बुरा वक्त अच्छे लोग

[संस्मरण एवं निबन्ध]

बुरा वक्त अच्छे लोग

सुधीर चन्द्र

राजकमल प्रकाशन

ISBN : 978-81-267-2994-4

मूल्य : ₹399

पहला संस्करण : 2017

प्रकाशक : राजकमल प्रकाशन प्रा. लि.
1-बी, नेताजी सुभाष मार्ग, दरियागंज
नई दिल्ली-110 002

शाखाएँ : अशोक राजपथ, साइंस कॉलेज के सामने, पटना-800 006
पहली मंजिल, दरबारी बिल्डिंग, महात्मा गांधी मार्ग, इलाहाबाद-211 001
36 ए, शेक्सपियर सरणी, कोलकाता-700 017

वेबसाइट : www.rajkamalprakashan.com
ई-मेल : info@rajkamalprakashan.com

मुद्रक : बी.के. ऑफसेट
नवीन शाहदरा, दिल्ली-110 032

BURA WAQT ACHCHHE LOG
by Sudhir Chandra

प्रस्तावना

अच्छे लोगों की बातें सौभाग्य से हर समय हो सकती हैं। बुरे से बुरे वक्त में भी। पर बुरे वक्त की बात करना आसान नहीं है। हर वक्त उसमें जी रहे लोगों को किसी न किसी तरह बुरा लगता ही है। और अगर हर वक्त ही बुरा है तो अपने वक्त के बुरे होने का रोना क्या! पर करें तो क्या करें? दूसरे भी दुखी हैं, इस जानने से अपना दुख क्या रत्ती-भर भी कम हो पाता है? होते रहे हों सारे वक्त बुरे, हमें तो अपना बुरा वक्त ही झेलना है!

हम की भी बात क्यों करूँ मैं? बेहतर है सिर्फ अपनी करूँ, छोड़कर दूसरों को सोचने के लिए कि उन्हें कैसा लगता है यह वक्त।

1962 से शुरू करूँ, जब पहली बार मेरी लिखी चीजें छपनी शुरू हुईं, तो याद आता है कि जो सोचूँ, जो चाहूँ सो लिख देता था मस्ती से। वह छप भी जाता था बगैर परेशानी के। इतना ध्यान जरूर रखना पड़ता था कि जो चीज लिखी है उसके विषय और उसकी भाषा-शैली के हिसाब से सही अखबार या पत्रिका को भेज दूँ। कभी-कभार इतना जरूर हो जाता था कि कोई चीज एक जगह से वापस आ गई तो दूसरी जगह छप जाती थी। यह डर तो मन में आता ही नहीं था कि कोई मुसीबत तो नहीं खड़ी हो जाएगी सरकार या समाज की ओर से।

उसी बीच आपातकाल भी आया, मय सैंसरशिप के। पर लिखना बन्द नहीं हुआ। नए तरीके जरूर सोचने पड़े लिखने के। ऐसे कि बात पहुँच जाए लोगों तक बगैर सैंसरशिप की गिरफ्त में आए। यानी कि डर आया उस बीच। सरकार का डर। पर यह डर नहीं था कि समाज के ही लोग—सरकारी अधिकारियों से अलग तानाशाह का गुणगान करनेवाले—टूट पड़ेंगे आप पर।

ऐसा भी नहीं था कि जिन विषयों पर लिखा करता था वे ऐसे विषय नहीं थे जिन्हें आज संवेदनशील कहा जाता है, जिन्हें लेकर आज कोई भी खड़ा हो जाता है आरोप लगाने कि उसके समुदाय की भावनाएँ आहत हुई हैं। मैंने तो अपना शोध-कार्य ही भारतीय राष्ट्रवाद के प्रारम्भिक दौर पर किया था। और अगर आपने साल-दर-साल राष्ट्रवाद के उभरने की प्रक्रिया पर अपनी नजरें गड़ाए रखी हैं तो

मुमकिन ही नहीं कि आप उसके लुभावने रूप के अलावा कुछ और देख ही न पाएँ। आप चाहें या न चाहें, राष्ट्रवाद के भाँड़ ही क्यों न हों आप, आपको दिखाई पड़ने लगेगा कि एक शोषणकारी व्यवस्था से, विदेशी हुकूमत से, आजादी दिलानेवाले इसी राष्ट्रवाद का एक और, बड़ा घिनौना, रूप भी होता है।

कितनी आसानी से राष्ट्रवाद पर उस समय लिख सकता था मैं। और मेरे जैसे अनगिनत दूसरे लोग। राष्ट्रवाद पर यानी कि भारतीय राष्ट्रीय आन्दोलन पर, स्वतंत्र भारत की संरचना पर, देश के विभाजन और पाकिस्तान के अस्तित्व में आने के अर्थ पर, या दूसरे शब्दों में जिसे सरलीकृत करके राष्ट्रवाद और साम्प्रदायिकता की परस्पर विरोधी कोटियों में बाँट दिया जाता है, उनके आपसी सम्बन्ध पर, धर्म और जाति पर।

ऐसे ही संवेदनशील विषयों का दायरा और बढ़ा जब राष्ट्रवाद को ही और व्यापक परिप्रेक्ष्य में समझने के लिए मैंने उस मानसिकता को समझने की कोशिश की जो अंग्रेजी राज के स्थापित होने के बाद अंग्रेजी शिक्षा और पाश्चात्य बौद्धिक आधिपत्य के सर्वग्राही प्रभाव में विकसित हुई। वह मानसिकता जो उन्नीसवीं सदी में उभरनी शुरू हुई और आज हमें परिभाषित करती है। इस सिलसिले में धर्म, कानून, साहित्य इत्यादि पर भी खासी नजर डाली।

जो सोचा, जो दिखलाई पड़ा, जो आदर्श हितकारी लगे, जो डर मन में आए, उन सब पर जब मन हुआ या कोई मौका आया, लिखा। कभी कोई अन्देशा, कोई खटका नहीं हुआ। इसमें 1990, 1992 और 2002 भी शामिल हैं। डर होने लगा 1990 और उसके बाद से। जब भी होता तो पिछली बार से ज्यादा होता। शायद इसलिए भी कि उस दौरान मैं गुजरात में रहता था। पर तब भी जो लिखा डरे बिना लिखा। जो देखा, जो सोचा, सो ही लिखा। अपने अन्दर उभरते डर की भी बात की। पर डरे बिना।

आज स्थिति बदल गई है। बैठे-बिठाए देशद्रोही घोषित किए जा सकते हैं, आप। या कोई और संगीन आरोप थोपा जा सकता है आपके ऊपर। कतई जरूरी नहीं है कि कोई सरकारी तंत्र इसमें आए। समाज का ही कोई तबका आपका जीना मुहाल कर सकता है। खत्म भी।

तो कोई पढ़ने-लिखने-सोचने की जिन्दगी जीने का, उसके सहारे दो वक्त की रोटी पाते रहने का फैसला शहादत करने के लिए तो नहीं करता। न ही किसी सभ्य समाज या राज्य-व्यवस्था को अपने लोगों से ये अपेक्षा करनी चाहिए कि सोचना-बोलना है तो उसके लिए खतरा उठाना सीखें, कुरबानी के लिए तैयार रहें। यह बात अलग है कि कुछ सोचने-बोलने-लिखनेवाले लोग, अपने तईं यह सब करेंगे। खुलकर या वैसे जैसे कि आपातकाल के वक्त किया था। बड़ी से बड़ी तानाशाही भी विचार की आजादी रोक नहीं पाती।

क्या वही हो रहा है हमारे यहाँ इस वक्त?

उसकी तैयारी।

ऐसा नहीं है कि पहले, सिवाय आपातकाल के, कोई गड़बड़ नहीं थी। पहले भी कभी देश के एक हिस्से में और कभी किसी दूसरे हिस्से में आक्रामक असहिष्णुता उभर जाया करती थी। पिछले ही साल जान से मार दिए गए प्रख्यात कन्नड़ विद्वान प्रोफेसर कालबर्गी और उनसे पहले मारे गए डॉ. नरेन्द्र डाभोलकर व गोविन्द पानसरे की हत्याओं ने दिखा दिया है कि असहिष्णुता किस हद तक जाने लगी है। पर इस सम्बन्ध में यह याद कर लेना सही परिप्रेक्ष्य पाने के लिए अच्छा रहेगा कि जान से मार दिए जाने से पूरे 26 साल पहले, 1989 में, प्रोफेसर कालबर्गी—उनके अपने ही शब्दों में—बौद्धिक आत्महत्या करने के लिए मजबूर कर दिए गए थे। और ऐसा उनके अपने ही लिंगायत समाज ने किया था। ठोस अकादमिक आधार पर बासव के बारे में कही गई कालबर्गी की कुछ बातों से कुपित हो गए थे कुछ प्रभावशाली लिंगायत। मजबूर कर दिया गया था कालबर्गी को अपना लिखा वापस लेने के लिए।

तमिलनाडु, पंजाब, कर्नाटक, दिल्ली, गुजरात आदि में अलग-अलग वक्त हुई आक्रामक असहिष्णुता की तमाम घटनाओं का लेखा-जोखा यहाँ किया जा सकता है। पर वैसा किए बगैर भी याद किया जा सकता है कि पहले भी खतरे आए हैं हमारे आजाद देश में विचार की आजादी पर।

फिर भी सारे देश को लेकर कहा जा सकता है, पूरी ईमानदारी के साथ, कि आजादी के बाद से विचार कभी ऐसे व्यापक, सुनियोजित और निरन्तर खतरे में नहीं रहा है जैसा कि आज है।

आज जबकि तरह-तरह की समस्याएँ हैं देश और दुनिया के सामने। जब उन बुनियादी सवालों के हल फिर से ढूँढ़ने की जरूरत है जिनके जवाब हम अब तक मान रहे थे कि हमको मिल चुके हैं। सवाल विकास के, सामाजिक-आर्थिक-सांस्कृतिक न्याय के, व्यक्ति-समाज-राज्य के सम्यक सम्बन्ध के, आर्थिक-राजनीतिक-धार्मिक सत्ता के दुरुपयोग के, अबाध बढ़ रही विषमता के बीच शोषितों-दमितों-दलितों की बढ़ती बेबसी के।

बुरा वक्त और बुरा हो जाता है जब बुनियादी सवालों को सुलझाने की बुनियादी जरूरत—सोचने-लिखने-बोलने की आजादी—समाज और व्यवस्था को खतरा लगने लगे। जब राष्ट्रवाद, धर्म, विकास आदि बहस के मुद्दे न रहकर पवित्र धारणाएँ हो जाएँ। स्वयंसिद्ध तर्कातीत धारणाएँ जिनकी पवित्रता को बनाए रखने का हर प्रयत्न होता रहे राष्ट्र की एकता, प्रगति और सांस्कृतिक समृद्धि के नाम में, जबकि उसका असल मकसद हो सशक्त व्यवस्थित स्वार्थों की सिद्धि।

सो सोचें इस बुरे वक्त के बारे में, कोशिश करें कि इस बुरे वक्त को बुरा बनाए रखनेवाले तमाम आकर्षक झाँसों में न आएँ, और आनन्द लें उन अच्छे लोगों का जिनका जिक्र है इस छोटे से संग्रह में। याद करें उन अच्छे लोगों को जिनको जानने-मिलने-सुनने का सौभाग्य मिला है आपको।

अन्त में, जैसाकि पहले चिट्ठियों में लिखते थे, थोड़ा कहा बहुत समझना। और हाँ एक स्पष्टीकरण भी, थोड़ी माफी के साथ। यहाँ संगृहीत पहले सात अपेक्षाकृत लम्बे लेख और 'हिन्द स्वराज : दो सवाल' विभिन्न पत्रिकाओं के आग्रह पर लिखे गए थे, और बाकी के सारे 'जनसत्ता' में एक नियमित स्तम्भ के लिए। अलग-अलग समय पर लिखे जाने के कारण, अनिवार्यतः, इनमें कुछ पुनरावृत्तियाँ हो गई हैं। इनको हटाना सम्भव न था, चूँकि वैसा करने से सम्बन्धित लेख का प्रवाह और उसका तर्क दोनों ही किंचित् गड़बड़ा जाते।

19-10-2016

—सुधीर चन्द्र

अनुक्रम

संस्मरण

पंडित भीमसेन जोशी के साथ पचास साल

कल, अन्ततोगत्वा, पंडित भीमसेन जोशी चले ही गए। काफी दिनों से हम जानते थे कि किसी भी दिन यह दिन आ सकता है। एक तरह से देखें तो वह इससे पहले ही चले गए थे। गाना बन्द हो गया था उनका। 'भारत-रत्न' भी उन्हें अपने घर, 'कलाश्री', में ही दिया गया था। गायक, जिस नाते दुनिया ने उन्हें जाना था, पहले ही चला गया था। और उस जाने के लिए भी उन्होंने हमें तैयार कर दिया था। बिलकुल बाद के दिनों में जब स्टेज पर कुर्सी-सी बना दी जाती थी, और वह पैर जमीन पर टिका अपना गायन प्रस्तुत करते थे, तो इस अचरज में, कि कैसे बिगड़ते स्वास्थ्य और बढ़ती वय से अप्रभावित रहा है उनका उदात्त संगीत, अवसाद की एक टीस जरूर जुड़ जाती कि अन्त आ रहा है।

पंडित जी ने तैयार कर दिया था हमें इस बिछोह के लिए। पर फिर भी उनके पार्थिव प्रस्थान ने बहुत बेचैन कर दिया है। उनकी 'कल ना परे मैं का' चक्कर काटे जा रही है मन में।

कौन सा रहस्यमय अपनापा बनता है हमारा भीमसेन जोशी जैसी विभूति से जो ऐसी बेकली घेर लेती है हमें? अच्छी तरह से जानते हुए भी कि उनका जाना जाना है ही नहीं। वह तो रहेंगे हमारे साथ। इस साथ का अन्त तो हमारे अपने जाने से होगा।

ठीक दिन याद नहीं। पर अनुभव न भूला है और न भूलूँगा। शायद 49 साल पहले हुआ था यह। एक मालकौंस सुनने को मिला। विलम्बित गत में बन्दिश थी : 'पग लागन दे।' सुनना शुरू ही हुआ था कि लगा जैसे कि ऐसा गायन पहले कभी नहीं सुना है। द्रुत गत—'रंगरेलियाँ करत सौतन संग'—के आते-आते मन में विश्वास होने लगा था कि यह संगीत अद्‌भुत है। भीमसेन जोशी का नाम और उनका संगीत सुनने का यह पहला मौका था। इसके कुछ साल बाद जब कुछ पैसे इकट्ठे कर रिकॉर्ड प्लेयर खरीदा तो जो पहले एल.पी. खरीदे उनमें भीमसेन जोशी का यह मालकौंस भी था। इसके दूसरी तरफ था मारुबिहाग।

इस तरह शुरू हुआ यह सिलसिला बढ़ता ही गया। बड़ी तेजी से। 1960 के दशक के शुरू में हम जैसों ने महसूस करना शुरू किया कि कोई बड़ा गवैया

निकल आया है, और दशक के समाप्त होते-होते यह नाम छाने लगा भारतीय संगीत-जगत में। दिल्ली के पुराने रहने वालों को याद होगा कि ये वे दिन थे जब शंकरलाल संगीत समारोह एक बड़े तम्बू के नीचे होता था और शाम को शुरू हो भोर तक चलता था। आज की तरह घड़ी की कोई गुलामी नहीं थी तब। उस जमाने में ही ऐसा रोमांचकारी, नितान्त अप्रत्याशित, अनुभव हो सकता था कि देर रात में उस्ताद अमीर ख़ाँ अपना दरबारी शुरू करें, अति विलम्बित में चलते-चलते, बगैर कोई आभास कराए कि बढ़त भी हो रही है, अति द्रुत में पहुँच जाएँ, और दरबारी की अन्तिम अति द्रुत तान के सम पर पहुँच जो अगली तान लें, वह ललित की पहली अति विलम्बित तान हो।

तो जिस समय भीमसेन जोशी का रुतबा जमना शुरू हुआ, उस समय हिन्दुस्तानी शास्त्रीय गायन बड़ी समृद्ध स्थिति में था। तरह-तरह की प्रतिभाएँ, बढ़ती विशिष्ट प्रतिभाएँ थीं मैदान में। या उभर रही थीं उसी समय। अमीर ख़ाँ, कुमार गन्धर्व, गंगूबाई हंगल, मल्लिकार्जुन मंसूर, किशोरी अमोनकर, इत्यादि। बड़े ग़ुलाम अली ख़ाँ और निसार हुसैन ख़ाँ जैसे पुराने उस्ताद भी उस समय अपने उरूज पर थे। शराफ़त हुसैन ख़ाँ और बासवराज राजगुरु जैसे कलाकार भी थे जो कभी छा न पाए पर उनके अपने चाहने वाले थे।

कोई भी कला हो, लोग अक्सर उसका सबसे बड़ा कलाकार तय करने में लग जाते हैं। शायद ही कभी रुकता हो यह शगल। उस हिसाब से बात करें तो निर्विवाद ही ज्यादातर लोग भीमसेन जोशी को हमारे जमाने का सर्वोच्च गवैया माने जाने की जिद करेंगे। मैं स्वयं इस तरह के स्थान-निर्धारण को निरर्थक मानता हूँ।

पर भीमसेन जोशी हैं अद्वितीय। बेजोड़। जो कि अमीर ख़ाँ भी हैं। कुमार गन्धर्व भी हैं। मल्लिकार्जुन मंसूर भी। सब अपने अलग-अलग तरीके से।

भीमसेन जोशी जिस तरह मुझे बेजोड़ लगते हैं, उसको व्यक्त करने की कोशिश करना चाहता हूँ। अगर एक ही शब्द में उसे व्यक्त करूँ तो वह है दुस्साहस। अतिक्रमण का दुस्साहस।

मालकौंस और मारु बिहाग वाले एल.पी. के बाद जब भीमसेन जोशी को संगीत सम्मेलनों और बैठकों में सुनना शुरू किया तो जल्दी ही एक बात समझ में आ गई। जब भी गाते तो वही जाने-पहचाने थोड़े से रागों को प्रस्तुत करते। बल्कि एक वक्त तो ऐसा आ गया जब, कार्यक्रम के समय के मुताबिक, अन्दाज लग जाता था कि क्या सुनने को मिलेगा पंडितजी से। शाम को पूरिया धनाश्री, मारु बिहाग, तिलक कामोद, फिर यमन कल्याण, पूरिया कल्याण, मालकौंस, अभोगी। सुबह को—जो भूले-भटके ही सम्भव होता था—ललित, मियाँ की तोड़ी, यमनी बिलावल और वृंदावनी सारंग। और अन्त में 'जो भजै हरि को सदा, सोई परम पद पाएगा'।

पर अचम्भे की बात यह थी कि कभी कोई उकताहट नहीं हुई बार-बार वही राग सुनने पर। हाँ मन में इच्छा जरूर आती थी कि कोई नया राग गा दें पंडित जी।

फिर—कहना कठिन है कब—भीमसेन जोशी ने अपनी सीमाओं का अतिक्रमण शुरू कर दिया। रागों की संख्या बढ़ी तो बढ़ती ही चली गई। किस्मत की बात कि जब यह विस्तार शुरू हुआ तो मैं गुजरात पहुँच चुका था। इस बीच दिल्ली में घड़ी का जो प्रबल प्रभाव वहाँ की संगीत-संस्कृति पर छाने लगा था, उससे गुजरात बिलकुल अछूता था। बड़ौदा के दरबार हॉल में प्रायः संगीत का आयोजन होता। आफ़ताब-ए-मौसीक़ी उस्ताद फ़ैयाज़ ख़ाँ की मूर्ति के ज़ेरे-साया बैठे बड़े-बड़े कलाकार घंटों गाते-बजाते। सबसे ज्यादा वहाँ आना होता भीमसेन जोशी का।

अपनी वैविध्य-सम्पन्नता का परिचय तो भीमसेन जोशी पहले ही दे चुके थे। खयाल, ठुमरी, नाट्य संगीत, भजन, अभंग, वचन इत्यादि ही नहीं, फिल्मी गाने भी उनके विपुल संगीत भंडार का अंग थे। मुझे आज भी उनके गाए 'ऊधो कौन देस को बासी' की गूँज सुनाई पड़ती है जो 1960 के दशक में आकाशवाणी का दिल्ली केन्द्र अक्सर सुनवाया करता था। पर न उस वक्त और न उसके बाद बाजार में उसकी रिकॉर्डिंग मिली। न ही कभी पंडित जी को किसी कार्यक्रम में गाते सुना। बाद में आकाशवाणी ने भी उसका प्रसारण बन्द कर दिया।

पंडित जी का एक कार्यक्रम विशेष रूप से उनके संगीत के समृद्ध वैविध्य के सन्दर्भ में याद आता है। दरबार हॉल में ही हुआ था। केवल कीर्तन हुए थे उस रात। ढोलक, तबला, मंजीरा, खड़ताल, चिमटा इत्यादि की संगत तो थी ही, एक विशाल पियानो के आकार का हारमोनियम जैसा वाद्य-यंत्र—जानकार माफ करें मेरा अज्ञान—भी था। बीच में भीमसेन जोशी विराजमान थे। कार्यक्रम का प्रारम्भ 'जय जय राम कृष्ण हरी' से हुआ था। मन्द्र स्वर और विलम्बित गत में प्रारम्भ हो, मानो अनन्त काल तक भाँति-भाँति से वही जाप करता, कीर्तन द्रुत और द्रुततर होता गया था। बीच-बीच में ढोलक, मंजीरा, खड़ताल, चिमटे वाले भी समवेत स्वर में पंडित जी के किसी आवर्तन को बढ़ाने लगते। वैष्णव, हिन्दू या धार्मिक होना जरूरी नहीं था उस संगीत में लीन हो सुध-बुध खोने के लिए। वैसे तो समय को ठहरा देने वाले उस संगीत का इस तरह हिसाब करना बेमानी है, पर एक-एक कीर्तन आध-आध, पौन-पौन घंटे चला था उस दिन।

तो उसी दरबार हॉल वाले जमाने में परिचय प्रारम्भ हुआ भीमसेन जोशी के अतिक्रमण का। जो सबसे उल्लेखनीय परिवर्तन दिखाई पड़ा वह था उनके कंठ का उन्मुक्तीकरण। गायन तो उनका शुरू से ही सशक्त और ऊर्जापूर्ण था। कोमलता भी उसमें शुरू से ही थी। मन्द्र से तार सप्तक के बीच उनकी आवाजाही नितान्त निरायास थी। इसीलिए वह चकित और मुग्ध कर देने वाली आकस्मिकता से एक ही तान में अपना स्थान बदल सकते थे। पर गाते वह दबे कंठ से थे।

यह एक ऐसा पक्ष था उनकी गायकी का, जिसके होने का एहसास केवल तब हुआ जब उन्होंने मुक्त-कंठ से गायन शुरू किया। इसका एक कारण तो यह रहा होगा कि उस्ताद क़रीम ख़ाँ और पंडित सवाई गन्धर्व—भीमसेन जोशी के क्रमश: गुरुमह और गुरु—की शैली को सराहते रहने के बाद भीमसेन का उस तरह गाना बहुत स्वाभाविक और प्रशंसनीय लगता रहा होगा। दूसरे, जो बाद में समझ आया कि दबा कंठ ही इतना प्रबल और भव्य था कि उसके आगे कुछ होने की अपेक्षा ही नहीं हुई। उन्होंने अपने गले के धर्म को पहचान लिया था। वही धर्म जिस पर चलने की हिदायत वह अपने शिष्यों को देते थे : 'मुझ जैसा नहीं अपने जैसा गाओ। अपने गले के धर्म से गाओ।' अपने को—हर अच्छे कलाकार की तरह—'चोर' बताते हुए वह कलाकार की 'अपने व्यक्तित्व की अभिव्यक्ति' पर बहुत जोर देते थे। चोरी सिर्फ पहला कदम थी। असल काम उसके बाद होता था : 'नकल को असल बनाना।'

यह तो तब उद्घाटित हुआ जब भीमसेन जोशी ने उस चमत्कृत कर देने वाले गले से गाना शुरू किया, जिसको हम सब जानते हैं। जिन्हें इस नाटकीय परिवर्तन की याद नहीं, वे पंडित जी का वह सी.डी. सुन सकते हैं, जिसमें पहले 1965 में गाया गया यमनी बिलावल है और उसके बाद 1987 में गाया गया विभास है। विभास के प्रारम्भिक सुर सुनते ही पहले और बाद का अन्तर उजागर हो जाएगा।

भीमसेन जोशी, लगता है, अपने को पुन: आविष्कृत करने में जुट गए थे। जुट गए थे अपनी 'असम्भव को सम्भव बनाने की धुन' को पूरा करने में। पुनर्नवा होते भीमसेन के गायन को सुनते लगता कि वहाँ कुछ भी असम्भव नहीं है; कल्पना और अदायगी का अनिवार्य अन्तर मिट गया है; कल्पना कहीं भी जा सकती है और कंठ उसका निरूपण कर सकता है कोमल से कोमल, बारीक से बारीक, भव्य से भव्य, कुछ भी, कभी भी हो सकता है। स्थापत्य का वैभव भी है और सूक्ष्म सुनारी भी है वहाँ। सब कुछ सहज। अविभाज्य। एकरस।

स्थापत्य के वैभव को लेकर कहा जा सकता है कि भीमसेन की गायकी की संरचना शुरू से ही सुगठित और सौष्ठवपूर्ण थी। और खासतौर से उल्लेख किया जा सकता है उनके खयाल गायन में अन्तरा की विस्तृत अदायगी का। शुरू से ही बड़ा मनोहारी ढंग होता था उनका स्थायी को धीरे-धीरे बढ़ाकर अन्तरा पर टिकने का। अन्तरा को भी वैसे ही मन्थर तरीके से स्नेहपूर्वक बढ़ाने के बाद वह वापस स्थायी पर लौटते थे मध्य लय में। एक और विशेषता उनके अन्तरा गायन के दौरान प्राय: देखने में आती। वह जब चाहते सम पर आने वाले शब्द को बदल देते, जबकि श्रोता सोचते कि सम निर्धारित शब्द पर ही आएगा।

पुनर्नवा भीमसेन जोशी के खुले गले से जो अतिरिक्त वैभव मिलना था उनके गायन को वह तो मिला ही, साथ ही उन्होंने अपने खयाल की संरचना को

और निखारने पर भी ध्यान दिया। पर सम्भवत: जो सबसे महत्त्वपूर्ण और आकर्षक चीज उन्होंने की वह थी अपने खयाल गायन की विस्तृत आलाप से शुरुआत। एक लम्बे अरसे तक अपने सार्वजनिक गायन में वह बगैर आलाप के, या न के बराबर आलाप से, सीधे बन्दिश पर आ जाते थे। अब वे विस्तृत आलाप प्रस्तुत करने के बाद ताल-बद्ध बन्दिश पर आने लगे। लगभग आगरा घराने के गवैयों की तरह।

पर उनका आलाप भी अपना अनूठा आलाप था। बन्दिश के सहारे ही चलता था यह। देता हुआ एक नया अनुभव खयाल गायन का। ताल-मात्रा से निर्बाध, पारम्परिक आलाप की ही तरह भीमसेन जोशी का आलाप भी राग के स्वरूप को धीरे-धीरे उद्‌घाटित तो करता ही, साथ ही साथ बन्दिश के रहस्य को भी उद्‌घाटित करने लगता। जानता हुआ, और जताता हुआ, कि उद्‌घाटित रहस्य अन्ततोगत्वा है अनुद्‌घटनीय ही।

इस आलाप को पहली बार जिस दिन सुना तब तक करीब बीस बरस हो चुके थे उनके 'पग लागन दे' को पहली बार सुने। इस बीच अनगिनत बार सुन चुका था भीमसेन जोशी का गायन। एक बार तो एक बड़ी छोटी अन्तरंग बैठक में भी सुन चुका था उनको। ऐसी अन्तरंग कि बीच में थोड़ी देर के लिए 'इंटरवैल' कर दिया था और मस्ती से सिगरेट पीने लग गए थे। इन अनगिनत सुननों में एक अति विशिष्ट सुनना भी रहा था। लाल किले में आयोजित कार्यक्रम में उस दिन मारु बिहाग गाया था उन्होंने। रोमांचित कर दिया था श्रोताओं को उस रात। मतलब इस सारे कहने का यह है कि बगैर उनका एकनिष्ठ भक्त हुए, मैं अभिभूत था भीमसेन जोशी के संगीत से जब पहली बार उनका आलाप सुना।

दरबार हॉल था। दरबारी गाने वाले थे पंडित जी। शुरू किया अपने धीर-गम्भीर स्वर में, दरबारी की गरिमा के अनुरूप : 'और नहिं कछु काम के।' समझते देर नहीं लगी कि अपनी प्रिय बन्दिश गाने जा रहे हैं : 'हम सहारे अपने राम के, और नहिं कछु काम के।' पर शुरू हुआ था : 'और नहिं कछु काम के।' सालों के अनुभव ने कहा कि बस शुरू होने ही वाली है बन्दिश। वैसा न हुआ। पंडित जी आलाप ले रहे थे। देर तक लेते रहे। मैं मनाने लगा कि बस ऐसे ही चलता रहे गायन। अनोखा अनुभव था वह।

यही वक्त था जब भीमसेन जोशी ने अपने राग-भंडार को बढ़ाना शुरू कर दिया। जहाँ पहले मालूम रहता था कि कौन से राग सुनने को मिल सकते हैं, अब विश्वास बनने लगा कि कुछ न कुछ नया तो सुनने को मिलेगा ही। इतना ही नहीं, अब नई-नई बन्दिशें भी सुनने को मिलने लगीं। अगर पहले सुना कोई राग गाने जा रहे हैं पंडित जी तो बहुत सम्भावना होती थी कि इस बार उस राग की कोई दूसरी बन्दिश सुनने में आएगी।

ऐसा ही एक अनुभव याद आ रहा है। दरबार हॉल में पंडित सवाई गन्धर्व की जन्म-शताब्दी के उपलक्ष्य में दो दिन का आयोजन था। पहले दिन गंगूबाई हंगल अपने गुरु के सम्मान में गा चुकी थीं। दूसरे दिन उनके गुरु भाई भीमसेन को गाना था। गायन का प्रारम्भ हुआ गुरु की प्रशस्ति करती मारवा की एक रचना से। उसके बाद मराठी में स्वयं ही घोषणा की पंडित जी ने कि अब पूरिया धनाश्री गाएँगे। और इसी के साथ बोले कि सुनने वालों को 'जास्ती आनन्द' मिले, इसलिए वह बन्दिश के बोल पहले ही बता देना चाहते हैं। फिर कहकर कि 'देवाची प्रार्थना आहे', उन्होंने बोल बताए :

सुमिरो तेरो नाम।
जीव दिया सब संसार,
हे काजी करीम,
अरज करत इब्राहीम,
मेरे तो मौला,
तुझ बिन कौन निस्तारे,
सुमिरो तेरो नाम।

इससे पहले कम से कम मैंने कभी उन्हें पूरी बन्दिश के बोल बताते हुए नहीं सुना था। न ही इसके बाद सुना कभी। सौभाग्य था जो एक बार सुन लिया। जिस तरह से यथास्थान वजन देकर उन्होंने बन्दिश की छन्दात्मकता को और उसके अर्थ को उजागर कर दिया अपने उच्चार से, उससे पता लग रहा था कि किस तरह बन्दिश के मर्म में पहुँचे होते हैं वह। कि कैसे वह अपनी जैसी, सम्भवतः अभूतपूर्व, रस निष्पत्ति कर पाते हैं गायन में।

पूरिया धनाश्री की यह बन्दिश तो पहली बार सुन ही रहा था, उस दिन का गायन भी दिव्य था। गुरु के लिए दिव्य से कम गा भी नहीं सकते थे पंडित जी। धन्य थे हम अकिंचन कि ऐसे शिष्य का वह गुरु-स्मरण सुन सके।

आज भी है मेरे पास एक कैसेट के दोनों ओर उस अविश्वसनीय 'सुमिरो तेरो नाम' की रिकॉर्डिंग। वह दरबारी—'और नहिं कछु काम के'—भी है, जिसने पुनर्नवा भीमसेन जोशी का प्रथम परिचय दिया था। दरबार हॉल में ही सुना एक विशिष्ट नायकी कान्हड़ा भी है, जिसके साथ एक मजेदार याद जुड़ी है। एक लम्बे बिहाग—'लट उलझी सुलझा जा बालम, हाथों में मेरे मेहन्दी लगी है'—और एक छोटे खयाल को गा इन्टरवैल करने के बाद पंडित जी फिर विराजे थे स्टेज पर। दोनों तानपूरे बजने लगे थे पीछे। अचानक पंडित जी बोले, अंग्रेजी में : 'नाउ आई विल सिंग नायकी कान्हड़ा इन बागेश्वरी अंग।' वही जानें कि क्यों, दरबार हॉल में, अंग्रेजी में घोषणा की। पर उनके इस अप्रत्याशित बर्ताव से जो भी हल्की-फुल्की मनोरंजन की लहर फैली हो श्रोताओं में, क्षण भर बाद ही पंडित जी के आलाप का पहला स्वर ही सबको कहीं और ले चला था।

मैं अकेला नहीं हूँ जिसके पास दरबार हॉल में भीमसेन जोशी के अद्‌भुत कार्यक्रमों की रिकॉर्डिंग्स हैं। तमाम और भी हैं। और इसमें कोई चोरी नहीं है। यह सब उदारमना पंडित जी की सहर्ष अनुमति से हुआ। बड़ौदा में एक छोटी-सी दुकान थी—शायद अभी भी हो—जिसके मालिक थे श्याम भाई। दुकान में तरह-तरह के संगीत के कैसेट—सी.डी. तब ज्यादा प्रचलन में नहीं था—बेचने के अलावा श्याम भाई दरबार हॉल के कार्यक्रमों के लिए म्यूजिक सिस्टम की व्यवस्था करते थे। जैसे भी हुआ हो, पंडित जी के कृपा-पात्र हो गए श्याम भाई। अनुमति मिल गई रिकॉर्डिंग करने की और रसिकों को बहुत थोड़े दाम पर देने की।

यह भी जोड़ देना जरूरी है, इस सन्दर्भ में, कि ऐसी उदारता आम नहीं थी दरबार हॉल में गायन-वादन के लिए आमंत्रित कलाकारों में।

उससे भी ज्यादा यह जोड़ना जरूरी है कि बाजार भरा पड़ा है भीमसेन जोशी के संगीत से। इसमें उनके कार्यक्रमों की कुछ 'लाइव रिकॉर्डिंग्स' भी शामिल हैं। इनमें एक भी उस संगीत के टक्कर की नहीं है जो पंडित जी की कृपा और श्याम भाई के सहारे मिली हैं। कारण यह कि व्यावसायिक हिसाब से तैयार की गई 'लाइव रिकॉर्डिंग्स' भी पूरी की पूरी नहीं हैं, कतर-ब्यौंत है उनमें। उस प्रभाव के आने का तो सवाल ही नहीं उठता इन बाजारू रिकॉर्डिंग्स में जिसका जिक्र मैंने 'सुमिरो तेरो नाम' और 'नाउ आई विल सिंग' के सहारे किया है।

यादें और बातें बहुत हैं। आखिर पचास साल का साथ है। दो का जिक्र और करूँगा बस। पहली उनकी अभूतपूर्व रस-निष्पत्ति से जुड़ी है, और साथ ही पंडित जी के एक ऐसे पक्ष को दिखाती है जिसकी जानकारी बहुत कम लोगों को है। आपात्काल के दिन थे। कमानी ऑडिटोरियम में सुबह का गायन था। कार्यक्रम का समापन पंडित जी ने एक भजन से किया। बोल थे : 'सोच समझ नादान! जिस नगरी में दया धरम नहिं, उस नगरी में रहना चाहे, सोच समझ नादान!'

पारम्परिक भजन था। बहुतों का जाना। पहले भी सुना हुआ। सो उसी मन:स्थिति में सुनना शुरू किया। पर जल्दी ही खटका-सा हुआ कि यहाँ तो कुछ और ही होता दिख रहा है। फिर पक्का विश्वास हो गया कि जो खटका हुआ है वास्तव में वही हो रहा है। आपात्कालीन भारत की राजधानी में गा रहे भीमसेन उस नगरी का चित्रण कर रहे थे, जिसमें हम सब रह रहे थे। दया-धर्म-विहीन भारत। चेता रहे थे—सोच समझ नादान—कि कैसे ऐसी नगरी में रहना चाह सकते हो।

एक और अतिक्रमण कर रहे थे। पारम्परिक भजन और शास्त्रीय संगीत को—शब्दों में हेर-फेर किए बगैर—क्रान्तिकारी राजनीतिक चेतना का माध्यम बना रहे थे। कर रहे थे ऐसा आपात्काल के आतंक के बीच। उनके चारित्रिक अदम्य साहस के इस पक्ष को भुलाना उनके साथ अन्याय होगा।

स्वरों के सहारे मनचाही भावोत्पत्ति करने में भीमसेन जोशी ने ऐसी सिद्धि पा ली थी कि एक ही बन्दिश को गाकर वह तरह-तरह के भाव पैदा कर सकते थे। इसका एक उदाहरण है उनका लोकप्रिय जोगिया 'पिया के मिलन की आस।' इस बन्दिश को आप अपने प्रिय से बिछुड़ने से उपजे अवसाद से भी जोड़ सकते हैं, और किसी निराकार आध्यात्मिक विरह से भी। पंडित जी का कमाल यह था कि वह अपनी इच्छानुसार इस बन्दिश को कभी इसका एक अर्थ और कभी दूसरा अर्थ उजागर करते हुए गा सकते थे। वैसे तो जोगिया के ही सहारे उसी पारलौकिक सत्ता से मिलन न हो पाने के एहसास को जब चाहें अपनी दूसरी प्रिय बन्दिश, 'हरि का भेद न पाया' के सहारे उजागर कर सकते थे। पर सदा ही वैसा नहीं करते थे। 'पिया के मिलन की आस' भी उसी भाव-स्थिति में गाने का फैसला कर सकते थे। (लिख गया मैं यह, पर कौन भीमसेन जोशी जैसे सर्जक किसी पूर्व निर्धारित निश्चय से बँधते हैं! वह तो उसी एक क्षण में कुछ भी कर देते हैं।)

अब कब जो लिखा सारा का सारा निजी अनुभव से सम्बन्धित है। जिस बात से खतम करना चाह रहा हूँ वह और भी निजी है। मैं पेशे से इतिहासकार हूँ। कोई कारण नहीं यह सोचने का कि पंडित भीमसेन जोशी ने मेरे लेखन या चिन्तन को प्रभावित किया होगा, भले ही अपरिमित आनन्द देता रहा हो उनका संगीत मुझे। पर सच यह है कि, इतिहासकार के नाते, मुझे जो प्रेरणा उनसे मिली है वह बड़े-बड़े चिन्तकों और विद्वानों से मिली प्रेरणा की तुलना में उन्नीस नहीं है। कलाकार भीमसेन जोशी का कायाकल्प, उनका पुनर्नवीकरण, जैसे-जैसे मैं देखता गया, वैसे-वैसे अतीत-वर्तमान-अनागत पर, या कह लें सम्भवित-सम्भाव्य पर, पहले से अधिक उन्मुक्त भाव से सोचने को प्रेरित होने लगा। समझता हुआ कि मौलिकता छलावा है, असल है पाए हुए को प्रश्नांकित करना, परिमार्जित करना, और आगे बढ़ाना।

पंडित भीमसेन जोशी के चले जाने के बाद भी चलते जाने वाला यह पचास साल पुराना साथ कितना और चलेगा, ज्योतिष ही जान सकती है। अच्छा लगेगा अगर उस अनिश्चित अनिवार्य अन्त के समय 'पग लागन दे', अथवा 'और नहिं कछु काम के', अथवा 'सुमिरो तेरो नाम' कानों में पड़ता रहे।

भूपेन खख्खर की याद

कुछ दोस्तियाँ पता लगने से पहले ही शुरू हो जाती हैं। या अपने हो जाने का एहसास होने लगने पर उससे भी पहले रहे होने का भ्रम देती हैं। भूपेन के साथ मेरी दोस्ती की फितरत कुछ ऐसी ही है। अच्छी तरह याद है पहली बार कब मिले। यह भी कि उसी मुलाकात में एक उन्सियत-सी उभर आई थी। पर यह नहीं लगा था कि दोस्त हो गए हम दोनों। पर बाद में, आज तक, कभी यह नहीं लगा कि उस पहली मुलाकात के अन्त में विदा लेने वाला भूपेन मेरा दोस्त नहीं था।

भूपेन को भी ऐसा ही लगा हो मैं कह नहीं सकता। कभी पूछने की जरूरत या इच्छा नहीं हुई।

अब जबकि अपने कलाकार मित्र की यादों का सिलसिला उस पहले दिन से जुड़कर ही शुरू हो गया—कहीं भी शुरू हो सकता था—तो क्यों न थोड़ा याद कर लूँ उस दिन को। बड़ौदा की बात है। 1980 के मध्य या अन्त की। गीतांजलि श्री—अभी कथाकार नहीं बनी थीं वह—और मैं थोड़े ही पहले एक-दूसरे की तरफ खिंचने लगे थे। गीता कपूर और विवान सुन्दरम के पास उन दिनों एक छोटा-सा सुन्दर घर किराये पर लिया हुआ था, जहाँ वे गाहे-बगाहे रहा करते थे। उन्होंने आम और चीकू के बाग में स्थित यह घर कुछ दिनों के लिए गीतांजलि और मेरे रहने के लिए दे दिया था।

इसी घर में एक दोपहर को अपने विशिष्ट मित्र वल्लवभाई के साथ भूपेन आया। पारस्परिक परिचय के बाद भूपेन ने बताया कि गैस का जो सिलिंडर हम इस्तेमाल कर रहे थे, वह उसने गीता-विवान को अस्थायी तौर पर दिया हुआ था, और अब दुर्भाग्य से—उसका मतलब हमारे दुर्भाग्य से था—उसको अपने सिलिंडर की जरूरत आन पड़ी थी। चूँकि हमें पहले ही आगाह कर दिया गया था, इस बाबत, हम तैयार थे स्टोव से अपना काम चलाने के लिए।

थोड़ी देर बातें करने के बाद भूपेन और वल्लवभाई सिलिंडर लेकर चले गए। चलने से पहले भूपेन ने दूसरे दिन दोपहर के खाने का न्यौता इतने इसरार से हमें दिया कि ना कहने की कोई गुंजाइश ही नहीं थी। इतना ही नहीं, उसने बातों के

दौरान जान लेने के बाद कि हमें हिन्दुस्तानी शास्त्रीय संगीत का शौक है यह भी कहा कि गुलाम मुहम्मद शेख के पास बड़ा अच्छा संकलन है पुराने प्रख्यात संगीतकारों के गायन-वादन का। सो वह गुलाम से तय कर लेगा कि हम लोग कब गुलाम और नीलिमा शेख के घर जाकर उनसे मिल और संगीत सुन सकते हैं।

इस तरह अचानक शुरू हुई मुलाकात दूसरे दिन खाने के दौरान और गहरा गई। गुलाम-नीलू के घर एक रात्रि-भोज का निमंत्रण इसी बीच भूपेन ले चुका था हमारे लिए। शायद हमारी स्थिति भाँप उसने उसी दिन हमें स्थायी निमंत्रण भी दे दिया, जब इच्छा हो उसके घर आकर ठहरने का।

कोई औपचारिकता नहीं थी भूपेन की बातों में। पूरे मन से वह कह रहा था कि जब चाहो आओ, जितने दिन चाहो रहो, मेरे घर में।

इसी बीच मुझे सूरत के एक शोध संस्थान में काम मिल गया और हमारी मुलाकातें बढ़ गईं। भूपेन जब भी विदेश जाता, उसका घर पूरी तरह से हमारा हो जाता।

वैसे 'पूरी तरह से' भूपेन का घर उसका अपना भी नहीं था। वह पांडु का भी घर था। हमारी रोजमर्रा की भाषा में पांडु के लिए एक ही शब्द दिमाग में आएगा : नौकर। पर वह निहायत गलत शब्द होगा। शायद अंग्रेजी का 'केयरटेकर' कुछ बेहतर इंगित कर सके पांडु की उस घर में स्थिति को। पर पूरी तरह से नहीं।

पांडु छुटपन में ही, जब भूपेन की माँ जीवित थीं और सारा परिवार बम्बई में रहता था, भूपेन के यहाँ आ गए थे। जब भूपेन ने बड़ौदा में अपना घर जमा लिया तो पांडु को वहाँ भेज दिया गया। घर में एक कमरा दे दिया गया पांडु को। फिर पूरा एक सैट बनवा दिया गया घर के ही अहाते में उनके लिए। कुछ साल बाद पांडु की पत्नी भी आ गईं और एक बेटी से बढ़कर उनके बच्चों की संख्या चार हो गई।

इसी बीच भूपेन ने पांडु के गाँव में एक घर बनवा दिया, जिसमें चारों बच्चों के लिए अलग-अलग कमरे थे।

बड़ौदा में पांडु परिवार के रहने की स्वतंत्र और समुचित व्यवस्था के बावजूद बच्चे प्रायः भूपेन के ड्रॉइंग रूम में बैठकर ही टी.वी. देखते थे। हफ्ते में दो बार उनके लिए चाइनीज भोजन मँगाया जाता था। बच्चों का स्कूल जाना-आना भूपेन की कार में होता था। बच्चों को घूमने जाना हो तो भी उसी गाड़ी में जाते थे।

पांडु के आराम का भी पूरा खयाल रखा जाता था। दोपहर के भोजन का वक्त तय था। इसके बाद पांडु आराम करने—या जो कुछ करना चाहें—चले जाते थे। शाम को निर्धारित समय पर चाय दे देते थे। कुछ कहने की जरूरत नहीं होती थी। कोई दावत न हो तो दोनों वक्त का भोजन दिन में ही बन जाता था। रात में बस गरम कर पांडु परोस देते थे वही। अगर पीने-पिलाने में ज्यादा देर हो जाए तो पांडु चले जाते थे। भूपेन और दोस्त लोग मिलकर खाना लगा लेते थे।

पांडु और बच्चों के लिए फिक्स्ड डिपॉजिट और बीमे की भी व्यवस्था थी।

भूपेन की कला में ठेठ आम आदमी को बार-बार, तरह-तरह से आते देखने वाले, सम्भव है, पांडु-भूपेन आख्यान पर कुछ अतिरिक्त विचार करना चाहें।

पांडु अन्त तक भूपेन की जिन्दगी में रहे। अपनी पारिवारिक परेशानियों, बीमारियों और नशाखोरी के बावजूद हर पल पूरी तरह से भूपेन को समर्पित। और भूपेन भी, पांडु के कारण आए दिन त्रस्त होने के बावजूद, पूरी तरह से पांडु और उनके परिवार का खैरख्वाह बना रहा।

निम्न एवं निम्न मध्यम वर्ग के आम आदमियों के साथ भूपेन की अन्तरंगता का लेखा-जोखा पूरी तरह सम्भव नहीं। हाँ उसका कुछ अन्दाज लगाया जा सकता है। मसलन, जिन दिनों हम भूपेन के घर रह रहे थे तो इस तरह के लोगों से हर दिन ही मुलाकात होती थी। इन सबके सम्बन्ध भूपेन के साथ न केवल समानता वरन् स्नेह के भी थे। ये लोग बगैर किसी हिचकिचाहट के हमारे साथ बैठते और बातें करते थे। भोजन का समय हो तो साथ बैठकर खाते थे। इस तरह के लोग प्राय: सूर्यास्त होने तक वापस चले जाते थे। पर एक विशिष्ट मित्र थे निम्न मध्यम वर्ग के जो कभी-कभार देर तक भी, या रात में भी, रुकते थे। एक बार उनके रहते हम लोगों का शाम का सुरापान चल रहा था, और किसी का गिलास खाली हो गया तो भूपेन के घर को अपना समझते और मेहमाननवाजी निभाते हुए उन्होंने तपाक से पूछा : 'आप और व्हिक्सी लेंगे, भाई ?'

अगर भूपेन की कला और उसकी जिन्दगी के इस अनोखे पक्ष का आपसी रिश्ता है कोई, तो एक और पक्ष भी उसकी जिन्दगी का जानना जरूरी है उसकी कला को भली-भाँति समझने के लिए। सर्वहारा से निजी सम्बन्धों की बिना पर इस तरह से जुड़े होने के साथ ही साथ भूपेन का उठना-बैठना समृद्ध से समृद्ध और सम्भ्रान्त से सम्भ्रान्त लोगों के बीच भी उतनी ही आत्मीयता से होता था।

पर यह बाद में हुआ। 1980 में जब हमारी दोस्ती शुरू हुई तो भूपेन का नाम तो होने लगा था, पर वह अन्तर्राष्ट्रीय ख्याति नहीं मिली थी जो जल्दी ही देखते-देखते मिलने वाली थी। पैसे की दृष्टि से भी अभी भूपेन को समृद्ध नहीं कहा जा सकता था। वह अभी स्कूटर पर ही चलता था और आधे दिन की नौकरी भी करता था नानूभाई अमीन की कम्पनी में चार्टर्ड एकाउंटेंट की। वहाँ से मिलने वाली पगार के बगैर घर खर्च सम्भव नहीं था।

उस वक्त और बाद के फर्क की एक अस्तित्ववादी स्मृति भूले नहीं भूलती। उस वक्त हम लोग रम या मामूली देशी व्हिस्की पीते थे। साल में एक-दो बार हम में से कोई विदेश जाता ही था। लौटने पर ड्यूटी फ्री वाली स्कॉच की बोतल खुलती थी। उन दिनों एक व्यक्ति केवल एक बोतल ला सकता था। उस बोतल से 'पैग' बनाते समय भूपेन के हाथ काँपने लगते और वह सामान्य से कम शराब ही गिलास में डाल पाता। कोशिश रहती कि जितने दिन स्कॉच की रईसी चल सके अच्छा।

पर बाद के दिनों में रईसी आम हो गई। आए दिन किसी न किसी बहाने स्कॉच खुल जाती और 'पैग' भी वैसे ही बनते जैसे रम या देशी व्हिस्की के बनते थे।

भूपेन की उन चन्द सालों में बदलती हैसियत से ही जुड़ी एक और दिलचस्प बात। गांधी को और हर तरह से भले ही, बाकी देश की तरह, गुजरात ने भुला दिया हो, नशाबन्दी का कानून वहाँ की हर सरकार बनाए रखती है। कभी नशाबन्दी के उत्साह के पीछे गांधीवादी सिद्धान्त जरूर रहे होंगे, पर अब नशाबन्दी का कानून कुछ निहित संघर्षों भर के लिए है। तस्करों और शासक वर्ग के निजी स्वार्थ। बहरहाल शाम को जब हम बैठते, उन शुरू के सालों में तो पांडु तेजी से दरवाजे और खिड़कियाँ बन्द कर देते और भूपेन उठकर उन्हें पुनः खोल देता। बाद में जब भूपेन को प्रसिद्धि मिलने लगी और पांडु को यकीन हो गया कि प्रसिद्धि अपने साथ सुरक्षा भी लाती है तो शाम को होने वाली यह कशमकश अपने आप खत्म हो गई।

वैसे थोड़ी असुविधा भी आई प्रसिद्धि की वजह से। बड़ौदा में बस जाने के बावजूद भूपेन का पासपोर्ट बम्बई के उसके पुश्तैनी पते से बना था। इसका फायदा उठाकर वह महीने में एक या दो बार एक्सप्रैस होटल जाकर अपना पासपोर्ट दिखाता था और बम्बई से बिजनेस के सिलसिले में बड़ौदा आने के बहाने सरकारी दुकान से शराब खरीद लेता था। सालों तक कानून के इस प्रावधान का फायदा उठाते रहने के बाद जब एक दिन भूपेन उस दुकान पर गया तो वहाँ बैठे आदमी ने कहा : 'भाई, अभी पिछले दिनों अखबारों में आपकी तस्वीर छपी थी और आपके पद्मश्री के बारे में आया था। आप तो बड़ौदा के ही रहने वाले हैं, मैं आपको शराब नहीं दे सकता।' उस आदमी के बोलने में भूपेन के लिए ऐसा मान था कि कानूनी दलील देकर शराब लेने की जिद करना बेकार था। सो भूपेन ने कुछ हँसी-मजाक कर, कि पद्मश्री ने कैसा घाटा करा दिया, घर की राह ली।

शराब के इस तवील जिक्र से यह न समझा जाए कि भूपेन को शराब की लत थी। शराब का उसे शौक था और सुरापान की संस्कृति पूरी नफासत से बरतता था वह। 25 साल देखने-समझने को काफी होते हैं। इतनी लम्बी अवधि में मैंने कभी भी उसे पीकर बहकते नहीं देखा। न सुना कि कभी ऐसा हुआ। बस सारे दिन काम करने के बाद एक मस्ती की चाह होती थी। शाम को अगर वह आता और किसी वजह से देर होने लगती तो बोल देता : 'दारू निकालो, दोस्त!' फिर छिड़ जातीं बातें, बहस-मुबाहिसे, चबाव-चिट्ठे। सब अत्यंत निर्द्वन्द्व भाव से।

बिलकुल ही बाद के दिनों में कैंसर से पीड़ित भूपेन को जब नाना प्रकार के असह्य शारीरिक कष्ट होने लगे तब भी शाम को एक-दो प्रिय मित्र जरूर आकर बैठते उसके पास और वह प्यार से उनको निहारता पीते हुए, उनकी बातों का आनन्द लेता, अपनी सारी पीड़ा को अपने अन्दर दबाए हुए, आँखों से या कभी-कभी छोटे-छोटे वाक्यों से जताता हुआ कि उनके वहाँ होने से वह कितना सुखी है।

ऐसी शामों को हमारे वे झगड़े न होते—और उनका न होना मुझे सालता रहता अन्दर ही अन्दर—जो भूपेन के स्वस्थ होने पर बिला नागा होते थे। इन स्थायी झगड़ों का कारण होता मेरा सोडा प्रेम। शाम के शुरू होते ही भूपेन कहता : 'देखो, आज चार बोतलें हैं सोडे की। सारी खुद ही न पी जाना। औरों का भी खयाल रखना।' और उस दिखावटी झगड़े को बढ़ाता हुआ कहने लगता : 'मैं व्हिस्की पीने के लिए बुलाता हूँ तुम्हें, सोडा पीने के लिए नहीं। इतना ही शौक है तो अपना सोडा ले आया करो। नहीं तो मुझे एक हजार रुपया दे दो। मैं उसी में से तुम्हारा सोडा मँगाता रहूँगा सारी जिन्दगी!'

शामों के एक खास पहलू का यह जिक्र कुछ ज्यादा ही लम्बा खिंच गया। शुरू हुआ था भूपेन के सम्बन्धों की वर्गीय व्यापकता और उसकी कला तथा इस व्यापकता के रिश्ते से, और वही सन्दर्भ पीछे छूट गया। सो फिर वापस वहीं।

भूपेन की कला और उसके साहित्य का एक बहुत बड़ा भाग निपट मामूली, प्रायः निम्न मध्यवर्गीय, आदमी को लेकर है। दोनों ही—कला और साहित्य—एक सामान्य-सी दिखने वाली किस्सागोई की शैली में हैं। बहुत गौर से न देखें तो उनमें बारीकी, जटिलता और बौद्धिकता जैसे तत्त्वों का आभास होगा ही नहीं। कुछ ऐसा ही भूपेन का व्यक्तित्व और रहन-सहन भी था। सामान्य, सरल, अजटिल दिखता। जब कभी कोई गम्भीर या अकादमिक बहस छिड़ जाए दोस्तों के बीच—जो आए दिन होता ही था—या किसी गोष्ठी, सभा इत्यादि में बोलना हो—वह भी अक्सर होता था—तो भूपेन बाज न आता कहने से कि वह कोई बुद्धिजीवी नहीं है, कि 'यह जो भाषा आप लोग बोलते हैं, मैं नहीं समझता।'

कहना कठिन है कि अपनी इस आत्म-छवि को भूपेन खुद कितना मानता था। एक वक्त था जब वह गहरे एहसास-ए-कमतरी से पीड़ित था। अपने दिमाग, अपनी पृष्ठभूमि और अपनी कला को लेकर। कला को लेकर यह एहसास धीरे-धीरे खत्म हो गया। पर हुआ धीरे-धीरे ही। मुझे याद है जब भूपेन को बड़े पैमाने पर ख्याति मिलनी शुरू हुई और उसे जगह-जगह आमंत्रित किया जाने लगा तो वह बड़ी ईमानदारी से आश्चर्य-मिश्रित प्रसन्नता में कुछ फुसफुसाता-सा कहता था : 'यार, पता नहीं मेरे काम में इन लोगों को क्या दिखाई देता है।' धीरे-धीरे यह आत्म-सन्देह छँटता गया और भूपेन आश्वस्त होने लगा अपनी कला को लेकर। पर दम्भ से वह बचा रहा।

इस बढ़ते आत्म-विश्वास ने भूपेन के एहसास-ए-कमतरी को काफी कम कर दिया। पर, शायद, मिटाया नहीं। उसके मन में अपने ही कुछ मित्रों की पहचान बुद्धिजीवियों के रूप में रही और प्रायः इनका नाम लेकर और इनसे अपने को बौद्धिक स्तर पर कम घोषित करते हुए—वह कहता रहा कि वह बुद्धिजीवी नहीं है। पर इस तुलना से उत्पन्न होने वाली कुंठा अब कुंठा से अलग कोई एहसास बनने

लगी, जिसमें भाव कुछ ऐसा था कि बुद्धिजीवियों का निस्सन्देह महत्त्व है पर मेरी—भूपेन की—'आँख' बस मेरे ही पास है।

कुंठा से अलग होने लगा था बुद्धिजीवी न होने का एहसास, बगैर पूरी तरह अकुंठित हुए।

वैसे भूपेन की बुद्धिजीवी न होने की निरन्तर घोषणा में एक शैतानी भी थी। जैसे कुछ मेधावी छात्र जानबूझकर 'बैक बैंचर' बने रहते हैं, कभी पढ़ते नजर नहीं आते और फिर इम्तहान में 'टॉप' कर जाते हैं, भूपेन को भी लगता है, कोई कुटिल मजा आता था लोगों को धोखे में रखने में।

सच यह है कि भूपेन बहुत ही पढ़ा-लिखा, सम्भ्रान्त और सुसंस्कृत व्यक्ति था। साहित्य—विशेषत: नाटक, कहानी और उपन्यास—मनोविज्ञान, 'माइथोलॉजी' और सिनेमा में उसकी खास दिलचस्पी थी। पर बातचीत के दौरान वह ज्यादातर जासूसी उपन्यासों और बम्बइया फिल्मों की ही बातें करता। कम ही लोग जान पाते कि 'क्लासिक्स' और देश में प्रसिद्ध या 'फैशनेबल' हो जाने वाले लेखकों को ही नहीं, उन लेखकों को भी भूपेन व्यवस्थित ढंग से पढ़े हुए है जो असाधारण होते हुए भी भारत में ज्यादा नहीं जाने गए। केवल दो नाम उदाहरणार्थ दूँगा—स्टानिस्लाव लैम और रेमंड कार्वर।

समलैंगिकता के विभिन्न पक्षों का निरन्तर अध्ययन भूपेन के प्रमुख बौद्धिक व्यसनों में था। यह सम्भवत: अकेला विषय था जिसकी बात छिड़ने पर कभी उसने नहीं कहा कि वह बुद्धिजीवी नहीं है और अकादमिक शब्दावली उसके पल्ले नहीं पड़ती। समलैंगिकता की बात चाहे व्यावहारिक स्तर पर हो रही हो, चाहे सैद्धान्तिक स्तर पर, वह अपनी बात पूरे विश्वास और दृढ़ता से रखता था। कभी-कभार वह आवेश में भी आ जाता इस विषय पर बोलते हुए। मुझे नहीं याद पड़ता कि, सिवाय गुजरात 2002 के, मैंने समलैंगिकता के अलावा किसी और विषय पर उसे भावावेश में बोलते सुना हो।

भूपेन को नजदीक से जानने वाले भले ही उसकी समलैंगिकता के बारे में जानते रहे हों, और गीता कपूर ने भले ही अपनी पहली पुस्तक 'कंटैम्पररी इंडियन आर्टिस्ट' (1978) में हल्का-सा इशारा इस तरफ कर दिया हो, उसने खुद काफी दिनों तक इस तथ्य को दबा-ढका रखने की कोशिश की। 1980 में उसके नजदीक आ जाने के बावजूद और उसके अगले ही साल उसकी समलैंगिकता का नाटकीय ऐलान-सा करती कलाकृति 'यू कान्ट प्लीज ऑल' के बन जाने के बाद भी, भूपेन बातचीत में इस विषय को दूर ही रखता।

ठीक-ठीक याद नहीं कब, लेकिन दोस्ती के कई साल बीतने के बाद ही, भूपेन ने समलैंगिकता की और अपनी समलैंगिकता की बात करनी शुरू की। तब कुछ अनुमान हुआ उस घनीभूत पीड़ा, आक्रोश और अपमान का जो भूपेन अपने अन्दर

लिये अन्त तक जीता रहा। कैसी भयंकर आत्म-तोषी अमानुषिकता हम समलैंगिकों के साथ बरतते हैं, और कैसा वंचित और त्रासद जीवन उन्हें जीना पड़ता है, यह भूपेन की बातें सुनकर समझ में आता था। बड़े अपमानों का जिक्र यहाँ सम्भव नहीं है, पर उन वचनों का एक उदाहरण तो दे ही सकता हूँ जिनके साथ समलैंगिक जीते हैं और जिनका आभास तक तथाकथित सामान्य लोगों को नहीं होता। एक बार फिल्मों की कुछ बात चल रही थी तो भूपेन ने खासे आवेश में आवाज को उठाते हुए कहा, 'माधुरी दीक्षित, माधुरी दीक्षित चिल्लाते हो तुम लोग, उसकी सुन्दरता का बखान करते हो, वह नाचती है तो उसके अंगों को देखकर उत्तेजित होते हो। कभी सोचा है कि क्या है उसमें हमारे लिए? क्यों नहीं बन सकती हमारे लिए फिल्में?'

शायद इसीलिए जब एक बार 'यू कान्ट प्लीज ऑल' के बाद उसने खोल ली अपनी हिम्मत तो अपने लिए और अपने साथी वंचितों के लिए उत्तरोत्तर प्रदर्शनकारी और आनन्ददायक चित्र बनाने लगा। 'टू मैन इन बनारस' और 'ययाति' जैसे आह्लादकारी चित्र इसी समलैंगिक स्वतंत्रता और संकल्प का परिणाम हैं। जिस समय भूपेन एक के बाद एक, छोटे-बड़े ऐसे ही चित्र बना रहा था तो फिर समाज की संवेदनशून्यता सामने आई। कहा जाने लगा कि भूपेन खख्खर को अब और कुछ नहीं बचा बनाने को। भूपेन का सीधा-सा जवाब था : 'सदियों से आदमी-औरत का सम्बन्ध तरह-तरह से चित्रित होता रहा है कला और साहित्य में। कभी किसी को नहीं लगा कि ये क्या हो रहा है। मैंने तो अभी शुरू ही किया है आदमी-आदमी का चित्रण और लोगों को लग रहा है बहुत हो गया।'

जिसे मैंने अभी संवेदनशून्यता कहा, वह देखने का ऐसा विचित्र अन्दाज पैदा कर देती है, जिसमें कुछ चीजें नजर से ओझल हो जाती हैं और कुछ दूसरी चीजें जरूरत से ज्यादा ही दिखाई देने लगती हैं, और देखने वालों को पता तक नहीं रहता कि वे कैसे देख रहे हैं। इसका एक उदाहरण मैं अपने ही देखने से देना चाहूँगा।

हुआ इस तरह कि भूपेन अपनी एक प्रदर्शनी के लिए काम कर रहा था। अचानक एक दिन बोला कि मैं क्यों नहीं उसका कैटलॉग लिख देता। मैं कुछ अचकचा-सा गया। जवाब दिया कि मुझे कला की कोई जानकारी नहीं है, मतलब क्या होगा मेरे लिखने का। इसीलिए तो कह रहा हूँ तुम्हें लिखने को—उसके कहे का कुछ ऐसा भाव था—देखने वाले तो ज्यादातर तुम्हारे जैसे ही होते हैं; तो क्यों न पता लगे कि ऐसे लोग क्या देखते और सोचते हैं। मुझे सच में लालच होने लगा लिखने का। साथ ही लगा कि कहीं बिचारा भूपेन यह प्रस्ताव करके फँस न जाए। सो मैंने कहा कि मैं लिखना तो चाहूँगा, पर एक शर्त पर। अगर मेरा लिखा उसे बेकार लगे तो वह उसे फेंक देगा।

एक अजीब उत्साह मेरे अन्दर आ गया इसके बाद। मैं बड़े गौर से भूपेन के काम को देखने लगा। एक फायदा यह भी था कि प्रदर्शनी में दिखाया जाने वाला काम ज्यादातर मेरे सामने ही हो रहा था। मैं एक-एक चित्र को बनते देख रहा था। कहाँ काम शुरू होता है और कैसी-कैसी स्थितियों से गुजरता हुआ कहाँ पूरा होता है। मेरे उत्साह में थोड़ा-थोड़ा आत्मविश्वास भी आने लगा। जब अन्त में मैं अपने छोटे-से ऑलिवेटी टाइप-राइटर पर कैटलॉग लिखने बैठा तो मुझे लगा कि मेरी भाषा भी मेरे इतिहास लेखन की भाषा से थोड़ी बदल रही है। शायद यह मेरा पहला ज़ाती अनुभव था रूप और वस्तु की अन्योन्याश्रितता का।

कैटलॉग छपा। भूपेन समेत कुछ लोगों को अच्छा भी लगा। शीर्षक था 'लुकिंग एट भूपेन खख्खर इन दीज ट्रबुलस टाइम्ज'। पर एक बात उसमें ऐसी थी जो, जब मैं उसे 'देख' पाया, निहायत निरर्थक और आपत्तिजनक थी। 'शेषशायी' नामक कृति में नाना प्रकार की मैथुन मुद्राओं में रत पुरुष जोड़ों की आनन्दमयी क्रीड़ा में मुझे उस रति की अनिवार्य वंध्यता दिखाई दी और इसी प्रदर्शनी में विहार करती भूपेन की मछलियों को लक्षित करते हुए मैंने उसे कैटलॉग में लिखा : 'केवल मछलियाँ ही प्रजनन करेंगी यहाँ।'

इस प्रदर्शनी और कैटलॉग का सन्दर्भ—'लुकिंग एट भूपेन खख्खर इन दीज ट्रबुलस टाइम्ज'—था हिन्दुत्व का, विशेष रूप से गुजरात में, उत्पात। मैं समझ सकता हूँ कि 'केवल मछलियाँ ही प्रजनन करेंगी यहाँ' प्रेरित था उस नपुंसकता से जो हिन्दुत्व की विकरालता ने पैदा कर दी थी। किन्तु फिर भी, समलैंगिकता के उत्सव को सहर्ष स्वीकारते हुए, इस वाक्य में उस उत्सव की फलहीनता को लेकर कुछ परेशानी तो थी ही।

कैसे मैं इस तरह 'देख' सका बगैर इसमें निहित अदेखने को देखे? मानव समाज में पुरुष-स्त्री की कुल जमा काम-क्रीड़ा का कौन-सा दशमलवांश प्रजनन के लिए होता है? बाकी तो उस समलैंगिक मैथुन जैसा ही है, जिसको देखकर मुझे उसकी अन्तिम फलहीनता का ध्यान हुआ था। प्रधानत: स्त्री-पुरुष रति का वांछित फल तो आनन्द ही होता है। और इस फल-प्राप्ति के दौरान पूरा प्रयास रहता है कि कहीं दूसरा 'फल' न आ जाए इसके कारण। आने लगे तो नष्ट करना चाहते हैं उस अवांछित फल को।

2

व्यक्ति विशेष की अपनी जो भी प्रवृत्ति हो, बात तो व्यापक अर्थ में काम—धर्म, अर्थ वाला काम—की है। काम जो आती-जाती दैहिक वासना से लेकर किसी अन्य से प्रेम और—घटती संख्या में ही सही—असीम में विलीन होने की चाह तक ले जाता है। भूपेन की कला में, समलैंगिकता के माध्यम से, काम अपने विविध रूपों में प्रकट होता है।

प्रसिद्धि दिलाने में भूपेन के उन चित्रों का बड़ा हाथ था, जिनमें उसने अलग-अलग पेशे के लोगों को चुनकर आम आदमियों के दु:ख-दर्द, उनकी इच्छाओं-कुंठाओं को दिखाया है। 1972 से शुरू होकर कोई बीसेक साल तक बनते रहे इन्हीं चित्रों ने भूपेन को भारत में पॉप कला का गुरु बनाया। इसी शृंखला का एक चित्र है 'टेलर'। 1988 में बने 173×173 सेंटीमीटर के इस तैल चित्र में उस जिन्दगी की झाँकी है, जिसे इसमें चित्रित दर्जी जैसे गरीब देशों के मामूली कस्बाई दर्जियों के सिले, पर अमीर बहुराष्ट्रीय कम्पनियों के ठप्पों से सम्मानित, 'रैडीमेड' कपड़ों का फैशन लगभग समाप्त कर चुका है।

इस शृंखला के अन्य चित्रों की ही तरह एक पूरी कहानी का एहसास कराने वाले 'टेलर' का मुख्य आकर्षण है एक ग्राहक के पायजामे—या पतलून—के नाप लिये जाने की कार्रवाई। दाहिने हाथ से अपनी कमीज ऊपर खिसकाए ग्राहक नीले धारीदार घुटन्ने में खड़ा है। सामने दर्जी फीते से नाप लेने की पुरानी प्रचलित मुद्रा में बैठा है—बाएँ पैर को पीछे फेंक घुटना जमीन पर टिकाए और दाहिने पैर को मोड़ घुटने पर अपना बायाँ हाथ टिकाए। बगल में दूसरी तरफ ग्राहक की कमर से नीचे फीता लटकाए दर्जी का सहायक बैठा है।

कुछ दिन पहले तक रोज घटने वाले इस परिचित व्यापार में भूपेन की आँख कुछ ऐसा भी देख लेती है जो परिचित न होने पर भी, 'टेलर' में घटित होने के बाद, अनहोनी नहीं लगती। नाप लेने के लिए ऊपर ग्राहक की कमर के पास से फीता लटकाने का काम सहायक का है। पर उसको ठीक जगह पर टिकाने का काम दर्जी का है। इस में जरा-सा भी फर्क आ गया तो नाप गलत हो जाएगा। इसीलिए दर्जी को 'टेलर मास्टर' या सिर्फ 'मास्टर' कहा जाता था उस हाल तक रहे जमाने में। भूपेन के 'टेलर' में मास्टर का कमाल यह है कि वह निहायत पेशेवर अन्दाज में सही स्थान तलाशते हुए ग्राहक के घुटने के बाहरी हिस्से पर अपना दाहिना अँगूठा टिका बड़ी कुशलता से अपनी चारों उँगलियाँ घुटन्ने के अन्दर पहुँचा देता है। एक क्षणिक स्पर्श का आनन्द पा जाने के लिए।

रोजमर्रा की निरानन्द जिन्दगी में खटे रहते हुए भी इच्छा की निरन्तरता और क्षणिक सुख की किसी सम्भावना को हाथ से न जाने देने का संकल्प बचाए रहते हैं 'टेलर' में चित्रित जैसे लोगों को। और देखने वाले भी—यह सफलता है भूपेन के चित्रण की—सोचने लगते हैं सहानुभूतिपूर्वक इन चरित्रों की आगे की कहानी के बारे में। मसलन, तो क्या टेलर मास्टर और उनके ग्राहक के बीच कुछ चला या उस नाप के साथ ही पूरा हो गया?

स्पर्श। स्पर्श का जादू जानती है भूपेन की कला। स्थूल से सूक्ष्म तक नाना विध स्पर्श उद्घाटित करती है वह। स्थूल और सूक्ष्म के पल-पल बदलते—हर स्पर्श को एक नया स्पर्श बनाते—अनुपात में।

इस दृष्टि से—सम्भवत: हर दृष्टि से—मैंने जितना भी काम देखा है भूपेन का उसमें 'सेवा' मुझे सबसे ज्यादा प्रिय है। बार-बार देखा है मैंने उसे। सुबह-शाम-रात, जागते-उनींदे-सोते, प्रसन्न मन-विषाद में, एकटक, उड़ते-उड़ते, हर तरह से देखा है मैंने 'सेवा' को। कभी बासी नहीं हुई वह। हर बार कुछ अलग दिखी।

भूपेन को भी बहुत प्रिय थी 'सेवा'। मुझे याद है वह शाम जब दीवार पर टँगी 'सेवा' को मैंने पहली बार देखा और अभिभूत हो निहारता ही रह गया। फिर अपनी टूटी-फूटी भाषा में बताने की कोशिश की भूपेन को कि क्या अद्‌भुत कृति बनाई है उसने। उसी उत्साह में मैंने यह भी कहा : 'यार भूपेन मैं पूछूँगा भी नहीं कि यह पेन्टिंग कितने की है, चूँकि मेरे पास पैसा ही नहीं है। लेकिन अगर होता तो मैं इसे ले लेता।' मेरे चुप होते ही भूपेन बोला : 'मैं इसे बेचूँगा नहीं, अपने पास रखूँगा।'

इसके कुछ साल बाद गीतांजलि और मैं दो साल के लिए जापान चले गए। लौटे तो अमीर तो नहीं थे पर पहले जैसी स्थिति भी नहीं थी। सो एक शाम हसरत-भरी आँखों से 'सेवा' को देखते हुए मैंने भूपेन से कहा : 'यार, कभी इसे बेचने की सोचो तो हमें ध्यान में रखना। मैं अभी भी नहीं पूछूँगा यह कितने की है। पर किस्तों में देते रहेंगे।' इस बार भी भूपेन का वही जवाब था। 'सेवा' वह अपने पास रखेगा।

कुछ और साल बीत गए। एक दिन भूपेन का फोन आया कि फाइन आर्ट्स फैकल्टी में उसकी प्रदर्शनी का उद्‌घाटन है। गीतांजलि और मैं पहुँच गए वहाँ। घूमते-घूमते देखा कि 'सेवा' पर लाल टिकुली लगी है। देखते ही मेरा मन बैठ गया। थोड़ी देर रुककर और औपचारिकता के कुछ शब्द बोलकर मैंने भूपेन से कहा कि अब हम लोग जाना चाहेंगे। उसने कुछ अचम्भित से भाव में कहा : 'कहाँ जा रहे हो? घर नहीं चलोगे?' मैंने मना किया, पर वह न माना।

भूपेन के घर पर खाने-पीने के दौरान मौका पाकर मैंने आहत भाव से उससे कहा : 'भूपेन, यह तुमने अच्छा नहीं किया। 'सेवा' बेच दी और हमें बताया भी नहीं।' 'किसने कहा, मैंने 'सेवा' बेच दी?' उसने पलटकर पूछा। 'तो फिर रैड डॉट क्यों लगा था उस पर?' मैं बोला। उसका जवाब था, 'मैं जानता था कि लोग इसे खरीदने की बात करेंगे। मुझे बेचनी नहीं है यह। इसलिए रैड डॉट लगा दिया।'

दूसरे दिन सुबह ही सुबह भूपेन का फोन आया। बोला, 'सुधीर, मैंने तय कर लिया है कि इस एग्जिबिशन के बाद 'सेवा' तुम्हारे घर जाएगी। लोन पर रहेगी तुम्हारे यहाँ।'

और आ गई 'सेवा' हमारे बड़ौदा के घर में। 2002 तक रही हमारे साथ। वहीं से चली गई मैंड्रिड के राष्ट्रीय कला संग्रहालय में प्रायोजित 'भूपेन खख्खर रिट्रॉस्पैक्टिव' के लिए। अगले ही साल, कैंसर से हार, 8 अगस्त को भूपेन भी चला गया।

अपनी प्रिय 'सेवा' को बस भेज दिया भूपेन ने हमारे घर। कितना कुछ कहना चाहता हूँ इस पर। कह पाऊँगा कुछ भी? कुछ भी नहीं कहूँगा। सिवाय इसके—भूपेन भी पसन्द करता इसे—कि सोड़ा देने में अभी भी उसका हाथ काँपता रहा, उसने बन्द नहीं किया अपना चिल्लाना।

'सेवा'। 1986 में बना 117×112 सेंटीमीटर का तैल चित्र। सशक्त, कोमल, संश्लिष्ट। बहुत कुछ कहता हुआ, पर फिर भी कोई रहस्य अपने में समेटे। अद्वितीय।

'सेवा' की बात भूपेन की कला में स्पर्श के नानाविध चित्रण के सन्दर्भ में आई थी। सो केवल उसका कुछ आभास कराना चाहूँगा। गूँगे के गाने की तरह।

चित्र के बीचोंबीच दो ढलती उम्र के आदमी बैठे हैं, आमने-सामने। बाईं तरफ वाला आदमी—भक्त—धोती पहने, नंगे धड़ जमीन पर बैठा है। वह अपलक अपने से किंचित ऊपर आसन पर विराजे दूसरे आदमी—गुरु—को अनिर्वचनीय विस्मय से निहार रहा है। गुरु लगभग निर्वस्त्र है। केवल एक छोटी-सी धोती से अपने सामने के थोड़े-से भाग को हल्का-सा कुछ इस तरह ढके हुए मानो आश्वासित कर रहा हो कि जो आच्छादित है—विस्मय का रहस्यमय स्रोत है—उसे वह किसी भी क्षण उद्‌घाटित कर सकता है।

मुग्ध भक्त उकड़ूँ बैठने वाली मुद्रा में अपने घुटने मोड़े है, पर बैठा है नितम्बों को जमीन पर टिकाए। (पालथी और उकड़ूँ के इस मिश्रण का कोई नाम अवश्य होगा जो बचपन में मालूम भी रहा हो तो अब भूल चुका हूँ।) सामने बैठे गुरु ने अपने लम्बे पाँव भक्त को छूते हुए पसार दिए हैं, और उनके एड़ी-पंजे दर्शक से ओझल हो गए हैं। ऐसे जैसे कि आँख-मिचौली खेल रहे हों भक्त के पैरों और नितम्ब के बीच। कभी सटते, कभी हटते उनसे। दूसरी तरफ भक्त का दाहिना हाथ गुरु की सेवा करता हुआ उनके बाएँ पैर पर है।

एक विशेष क्षण है इन दो पात्रों के मिलन का, जिसका 'सेवा' चित्रण करती है। वह क्षण है भक्त के अनिर्वचनीय विस्मय का। वह केवल इतना जानता है कि वह विस्मित है। पर कृपालु ज्ञानी गुरु जानते हैं उसका विस्मय क्या है। उनका मन्द-मन्द मुसकाना द्योतक है उनके सब कुछ जानने और भक्त के प्रति उनकी कृपा का। उसी कृपा से भक्त सब कुछ जान जाएगा समय आने पर। इस चित्रित क्षण—वर्तमान—से आगे जा 'सेवा' उस घटित को भी चित्रित करती है जो घटने वाला है।

क्या है वह भविष्य का घटित? 'सेवा' में स्पर्श का चमत्कार—निपट दैहिक वासना से लेकर चरम प्रेमानुभूति और अवर्णनीय आध्यात्मिक आनन्द या जो भी किसी का नाम है फना के लिए—इस तरह व्यंजित हो गया है कि जितनी समृद्ध देखने वाले की नजर है उतनी ही सम्भावनाएँ इस घटित की उसे दिखाई पड़ जाएँगी।

उस सबकी बात इस समय नहीं करूँगा जो समय-समय पर 'सेवा' में देखता रहा। केवल एक अनुभव बताऊँगा जिसकी याद 'सेवा' मुझे बार-बार कराती रही है। यह वह अनुभव है जिसके अन्त में रामकृष्ण परमहंस ने अपने पट्ट शिष्य से कहा था : 'नरेन, अब मैं भिखारी हो गया। मैंने अपना सब कुछ तुमको दे दिया।'

परमहंस के लाड़ले 'नरेन'—नरेन्द्रनाथ दत्त—अभी विवेकानन्द नहीं बने थे। अंग्रेजी शिक्षा प्राप्त कर रहे मेधावी नरेन्द्रनाथ पश्चिमी ज्ञान-प्रणाली में प्रतिपादित तार्किकता और वैज्ञानिकता से अभिभूत होकर भी कहीं कोई अभाव महसूस कर रहे थे। कोई गहरे बैठा, पर अस्पष्ट, असन्तोष। यह मन:स्थिति उन्हें रामकृष्ण परमहंस के पास खींच ले गई। वहाँ भी सन्देह और श्रद्धा की कशमकश चलती रही। एक दिन, अपना अन्त निकट जान, परमहंस ने नरेन को अपने आलिंगन में ले लिया। नरेन्द्र को लगा—ऐसा विवेकानन्द ने बाद में बताया—जैसे कोई ज्योति अन्दर प्रवेश कर गई हो। इसके बाद ही परमहंस ने कहा : 'नरेन, अब मैं भिखारी हो गया।'

इस अनुभव को भी लोग अपनी-अपनी नजर के मुताबिक देखेंगे। मसलन, अधिकतर श्रद्धालुओं की दृष्टि में देह यहाँ पात्र भर होगी। दिव्य ज्ञान के स्थानान्तरण के लिए। कुछ दूसरे इस आलिंगन की उस समलैंगिकता के विश्लेषण में ही अटके रहेंगे, जिसे श्रद्धातिरेक में पहले देखा तक नहीं गया था। कुछ और इस अनुभव की सम्भावना स्वीकार करते हुए तर्क देंगे कि जो ज्योति परमहंस ने प्रदान की वह कोई भौतिक पदार्थ तो थी नहीं कि देने के बाद चुक जाती, दोनों के पास न हो जाती। किन्तु कोई अपने पूर्वग्रहों के प्रति सचेत हो और उनसे उबरकर कोशिश करे देखने की, तो नए-नए अर्थ उद्घाटित होने लगेंगे इस अनुभव में।

देखने वाली नजर की सम्भावनाओं के अनुसार अनिवार्यत: सीमित या विस्तृत होने के बावजूद 'सेवा', अपने होने भर से, उस नजर का परिष्कार भी करती है, दिखाती है उसे नई-नई सम्भावनाएँ। निस्सन्देह 'सेवा' एक समलैंगिक कलाकृति है। पर एक और धरातल पर यह समलैंगिकता से आगे भी जाती है। यह धरातल वे नहीं देख पाएँगे जो समलैंगिकता को सिरे से ही अनैतिक या पाप मानते हैं। उनके लिए 'सेवा' के गुरु और भक्त मात्र पुरुष ही रहेंगे, किसी वृहत्तर अर्थ के प्रतीक नहीं होंगे। यही सीमा समलैंगिकता के कट्टर पक्षधरों की भी हो सकती है।

दरअसल—और यह बात कम लोग ही समझे हैं—समलैंगिक भूपेन खख्खर की कला एक समय के बाद समलैंगिक रहते हुए भी समलैंगिकता का अतिक्रमण करने लगती है। अगर, मोटा-मोटी, 'यू कान्ट प्लीज ऑल' भूपेन की कला में समलैंगिकता का आह्लादित निनाद है तो 'सेवा' उसके अतिक्रमण का सौम्य आमंत्रण है।

1998 में सिडनी के समलैंगिक मार्दीग्रा में भूपेन को आमंत्रित किया गया था। प्रदर्शिनी के भूपेन वाले हिस्से को—उत्सव के ही अनुरूप—नाम दिया गया था

'होमोइरॉटिक लिरिसिज्म फ्रॉम इंडिया'। इस बार फिर भूपेन ने मुझसे कहा कैटलॉग लिखने को। विडम्बना देखिए, इसी मौके पर मुझे आभास हुआ कि भूपेन खुद जो चाहे कहे या करे, उसकी कला को समलैंगिकता में बाँधना उसके मर्म को न समझना है।

जो बड़ा काम भूपेन की कला करती है वह है नारी और पुरुष के पारम्परिक और प्राकृतिक मान लिये गए विभेद को नकारना। 'सेवा' में हुए सूक्ष्म और संश्लिष्ट नकार के अलावा, 'यू कांट प्लीज ऑल' के बाद के इन्हीं सालों में अगर एक तरफ भूपेन ने 'टू मैन इन बनारस' (1982) और 'ययाति' (1987) जैसी कृतियों में समलैंगिकता को स्वच्छन्द अभिव्यक्ति दी, तो 'इन ए बोट' (1984) और तमाम अपेक्षाकृत छोटे कामों में पुरुष cross dressers का अन्वेषण भी किया। इस तरह का काम बाद तक चला, जिसका 1995 में बना 'सखीभाव' उसका श्रेष्ठ उदाहरण है।

इस सिलसिले में उल्लेखनीय यह भी है कि गांधी की androgyny और सखी सम्प्रदाय की विचारधारा में भूपेन की गहरी दिलचस्पी थी। उसके व्यक्तित्व में तथाकथित पुरुषोचित और स्त्रियोचित दोनों ही प्रकार के गुणों का मेल था। सम्भव है उसने जतन करके अपने व्यवहार में इस मेल को विकसित किया हो।

पुरुष और स्त्री का विभाजन अकेला विभाजन नहीं था, जिसे भूपेन ने नकारा। अपने अन्तिम वर्षों के काम में वह मानव और मानवेतर जीव-जगत के विभाजन को नकारने की दिशा में भी अग्रसर हो गया था। इनमें से काफी चित्र—सभी वाटर कलर में—मेरे बड़ौदा में रहते बने थे। दिन में भूपेन काम करता था और शाम को दिन का काम मुझे दिखाता था। इन चित्रों की प्रदर्शिनी के समय भी भूपेन ने मुझसे ही कैटलॉग लिखवाया था। वह एक और लम्बी कहानी है। फिर कभी।

भूपेन जैसे दोस्त की बात पूरी तो कभी हो नहीं सकती। वह मानता था कि किसी भी कृति को पूरा होने से पहले ही छोड़ देना चाहिए।

घुट्टी में मिला प्रसाद

कब हिन्दुस्तानी शास्त्रीय संगीत की गिरफ्त में आने लगा, याद नहीं। यादों के पहले से शुरू हो गया लगता है यह सिलसिला। पहली याद से भी पहले। बहुत छुटपन की याद। वक्त ठीक याद नहीं, पर ब्यालू हो चुकी थी और रात का अँधेरा था। पिता ने कहा : 'बेटा, नेंक दौड़ि के लम्बरदार के घर जाइकें उने बुलाइ लाऔ। कहियो उस्ताद फ़ैयाज़ ख़ाँ गाइ रए हैं रेडियो पै।' मैं वाकई दौड़कर गया। पिता ने सोचा होगा जितना, उससे भी तेज दौड़कर। हम मिसराने मोहल्ले में रहते थे और लम्बरदार बगल के चौधियाने मुहल्ले में। गली के अँधेरे को चीरने के लिए टॉर्च तो थी, पर बीच में जो भुतहा खड़ैरा पड़ता था, उसे तो हनुमानजी को याद करते हुए तेजी से दौड़कर ही पार किया जा सकता था।

यह पहली याद है। पर ऐसा नहीं है कि पिता ने सिर्फ एक बार ही अपने किसी मित्र को रेडियो पर आ रहे अच्छे संगीत को सुनाने के लिए मुझे दौड़ाया था। दरअसल उस वक्त आस-पड़ोस में सिर्फ हमारे ही घर में रेडियो था, जबकि संगीत का शौक पिता के साथ-साथ उनके और मित्रों-नातेदारों को भी था। जमाना भी बहुत अलग था तब। बिरादरी का भाव बड़ा प्रबल था। रेडियो था हमारे घर में। पर वह सिर्फ हमारा नहीं था।

नौ साल का था मैं जब आफ़ताब-ए-मौसीक़ी—पिता ने बहुत कुछ समझा दिया था इस बीच उस्ताद फ़ैयाज़ ख़ाँ के बारे में—जन्नतनशीं हुए। बहुत बुरा लगा था। पिता ने शायद महसूस किया था कि बेटा शरीक था उनके दुःख में।

उस दुःखद दिन के सहारे पीछे जाऊँ तो पाँच साल से ज्यादा का नहीं रहा होऊँगा उस्ताद फ़ैयाज़ ख़ाँ और उनकी मारफत संगीत से जुड़ी अपनी पहली याद के समय।

सन्देह किया जा सकता है कि फ़ैयाज़ ख़ाँ के नाम की याद उनके, या किसी और के, संगीत को सुनने का भी सबूत हो, यह जरूरी नहीं। जिन्दगी बिताई है इतिहास के अध्ययन-लेखन में। साक्ष्य और साक्षी दोनों के ही खेलों को थोड़ा-बहुत समझ लेता हूँ। आत्म-कथ्य के प्रति अतिरिक्त सतर्कता और शंका की जरूरत

भी जानता हूँ। सो, बगैर सोलहों आने सच्चा होने का दावा किए, बस इतना कहूँगा कि फ़ैयाज़ ख़ाँ के गायन की तरफ ताउम्र जिस तरह खिंचता रहा हूँ, और संगीत की जिस तरह की समझ बनी है मेरी, वह यादों और सुनियोजित सुनने के परे किसी अवचेतन सम्बन्ध की ओर ले जाते लगते हैं। शास्त्रीय संगीत का मैंने कभी अध्ययन नहीं किया। आज भी, बरसों दिन-रात संगीत सुनने के बावजूद, मुझे 'सा' और 'रे' का शऊर नहीं है। पर रागों की समझ बहुत पहले ही शुरू हो गई और वक्त के साथ नए-नए राग पहचानता रहा। हाँ, यह जरूर आए दिन हो जाता है कि कोई राग सुनना शुरू किया, उसका रूप पहचाना, और—एक लम्बे समय तक उसे न सुनने के कारण—उसका नाम दिमाग से गायब। सालों बाद किसी पूर्व परिचित से मिलते वक्त जैसे हो जाता है कभी-कभी।

खैर, यह मेरी बात की सच्चाई का सबूत हो या न हो, इतना तो शुरू में ही जाहिर कर देता है कि मुझे संगीत का ज्ञान नहीं है। संगीत के प्रति कशिश मुझे घुट्टी में मिल गई। पिता का प्रसाद है यह।

मजिस्ट्रेट थे मेरे पिता। कचहरी जाने से पहले नियम से हर दिन सुबह रेडियो लगा देते थे। आठ बजे अंग्रेजी और सवा आठ बजे हिन्दी में समाचार आते थे। जिस दिन अंग्रेजी में मैल्विल डिमैलो और हिन्दी में देवकी नन्दन पांडे या शिव सागर मिश्र समाचार पढ़ते, मैं खुश हो जाता। फिर साढ़े आठ से नौ बजे तक किसी एक कलाकार का गायन या वादन होता। बाद में शाम को साढ़े पाँच बजे और रात में दस बजे उसी कलाकार के दो और कार्यक्रम होते। इस तरह एक ही कलाकार से समय के हिसाब से अलग-अलग राग सुनने को मिलते।

इसके अलावा हर शनिवार को रात में साढ़े नौ से ग्यारह बजे तक संगीत का राष्ट्रीय कार्यक्रम होता और इतवार को सुबह दस बजे से एक घंटे की रविवासरीय संगीत सभा होती। मंगलवार को रात में दस से ग्यारह तक 'चयन' के अन्तर्गत अच्छा शास्त्रीय संगीत सुनने को मिलता। इन तीनों कार्यक्रमों में शीर्षस्थ कलाकारों को ही स्थान मिलता।

गरज यह कि पिता ने, बगैर जोर दिए या सीधे-सीधे कुछ कहे, संगीत सुनने की लत लगा दी। उनके अपने जीने में संगीत की ऐसी जगह थी कि कह दिया था कि अन्त आने पर उनके लिए गीता का पाठ न करवाया जाए, उनको आफ़ताब-ए-मौसीक़ी का भव्य गायन सुनवाया जाए।

पिता चार साल पहले बातें करते-करते अचानक चले गए। पता नहीं उसके बाद लगाया गया संगीत उन्होंने सुना या नहीं, पर, संयोग कहें या पूर्वाभास, उससे पहली शाम उन्होंने अपने छोटे भाई से अपनी पसन्द के दो राग सुने थे।

पिता आस्तिक थे। असाधारण थी उनकी अन्त समय गीता की बजाय फ़ैयाज़ ख़ाँ को सुनने की इच्छा। पर जहाँ तक संगीत के प्रति लगाव की बात है वह उस

समय कमोबेश लोगों के स्वभाव में रचा-बसा रहता था। सुनना ही नहीं गाना भी सामान्य स्तर पर चलता रहता था। मसलन, होली आने से पहले ही स्थानीय मन्दिर में या अपेक्षाकृत सम्पन्न घरों में रोज शाम को होरी गाने-सुनने के लिए सारा पड़ोस इकट्ठा होने लगता। ढोलक, मंजीरा, हारमोनियम और तबले के साथ समवेत गायन होता और देर रात तक चलता। अन्त में होली का दिन आता। जबरदस्त रंगबाजी होती जो दोपहर तक चलती। उसके बाद अपने गीले रंगीन कपड़ों को बदले बगैर लोग टोली में निकलते होरी गायन करते। देर तीसरे पहर जाकर समापन होता दिनों चलने वाले होली के त्यौहार का। लिख तो दिया समापन—65-67 साल पहले की बातें हैं और स्मृति रह-रहकर छकाती है—पर तभी याद आया कि समापन असल में शाम को कंस के मैदान में लगने वाले मेले से होता था।

मैं जिस प्रारम्भिक बचपन को याद कर रहा हूँ वह मैनपुरी में बीता था। उत्तर प्रदेश का एक औसत छोटा शहर। कहने को तो जिला मुख्यालय था, पर बिजली और नल तक मयस्सर नहीं थे, और ले-देकर हाई स्कूल तक की शिक्षा का इन्तजाम था वहाँ। मैनपुरी के जन-जीवन में संगीत की जो जीवन्त उपस्थिति थी, उसे काफी हद तक सामान्य माना जा सकता है। लगभग पूरे उत्तर भारत के लिए। और देश के पश्चिमी, पूर्वी और शायद सबसे ज्यादा दक्षिणी भागों के बारे में जो जाना-सुना-पढ़ा है, उससे लगता है कि वहाँ लोगों का संगीत की ओर स्वभावगत रुझान और अधिक था। आज भी है।

अब वापस अपने निजी अनुभव पर। शास्त्रीय संगीत सुनने का अनुभव। रेडियो का जिक्र मैं पहले ही कर चुका हूँ। इतना और कहना चाहता हूँ कि आज जिस तरह से शहर में रहने वाले ज्यादातर भारतीयों की जिन्दगी से रेडियो बाहर हो गया है, और जिस तेजी से वे 'इडियट बॉक्स' की गिरफ्त में आ गए हैं, उसके तमाम दुःखद और हानिकारक परिणामों में एक प्रमुख परिणाम है अच्छे संगीत से सतत आत्मीयता का अन्त। आप कितना भी विशाल क्यों न करते रहें, अपना निजी संग्रह रिकॉर्डिड संगीत का, और कितने भी नियमित तरीके से क्यों न सुनते रहें उस संगीत को, एक बड़ा हिस्सा अच्छे गायन-वादन का आपकी पहुँच के बाहर रहेगा, और आपको पता भी नहीं लगेगा कि कितने वंचित रह रहे हैं आप।

न जाने कितने नाम हैं—सब तो याद भी नहीं—जिनको सुनने का सुख मिलता ही नहीं अगर जीवन में एक लम्बे अरसे तक रेडियो की वह जगह न रही होती जो आज, दुर्भाग्यवश, टेलिविजन की हो गई है। कहाँ सुनने को मिलते शराफ़त हुसैन ख़ाँ, चाँद ,ख़ाँ, यूनुस ख़ाँ, रसिक लाल अँधारिया, ए. कानन, शिशिर कनाधर चौधरी, शन्नो खुराना, सुमति मुताटकर, सुलोचना यजुर्वेदी, कुमार मुकर्जी, बासवराज राजगुरु, पंडित अमरनाथ, महमूद मिर्जा, उमा शंकर मिश्र, वगैरा, वगैरा, वगैरा।

मैं जो बात कहना चाह रहा हूँ वह एक उदाहरण से शायद ज्यादा अच्छी तरह समझी जा सके। करीब दस साल पहले नेशनल लाइब्रेरी में कुछ पढ़ाई करने के सिलसिले में तकरीबन एक महीना कलकत्ता में रहने का मौका मिला। एक दिन ऐसे ही बातचीत के दौरान एक पुराने मित्र ने पूछा कि क्या मैं कुमार मुकर्जी से मिलना चाहूँगा। 'नेकी और पूछ-पूछ! तुम जानते हो उन्हें? कब मिलवाओगे?' मैंने कहा। दूसरे दिन शाम हम दोनों कुमार दा के घर में थे। दोस्त पहले ही फोन पर कुमार दा को मेरे बारे में बता चुका था। उनसे मिलने की मेरी उत्सुकता की बात भी कर दी थी उसने। पर उन्हें विश्वास नहीं हुआ था। मिलते ही उनका पहला सवाल था : 'आप मेरे बारे में कैसे जानते हैं?'

कुमार दा को अविश्वास न होता अगर उन्हें बताया जाता कि उन्हें कोल इंडिया के भूतपूर्व वायस-चेयरमैन के रूप में जानने वाला कोई व्यक्ति उनसे मिलना चाहता है। वे तुरन्त विश्वास कर लेते अगर उन्हें बताया जाता कि मैं इतिहासकार हूँ और उनके पिता, प्रख्यात समाजशास्त्री प्रोफेसर डी.पी. मुकर्जी, के बारे में उनसे बात करना चाहता हूँ। उन्हें अविश्वास हुआ यह सुनकर कि मैं संगीतज्ञ कुमार मुकर्जी से मिलने का इच्छुक हूँ। बड़ा मार्मिक था उनका 'आप मेरे बारे में कैसे जानते हैं?' उन्हें कहीं सन्तोष था, अच्छा लग रहा था कि उनके गायन को जानने-मानने वाले कुछ तो हैं, पर पूरी तसल्ली नहीं थी कि ये आदमी वाकई या कितना जानता है, और बगैर जाने वह विश्वास नहीं करना चाहते थे। एक कलाकार का आहत अहम् भी था उनके सवाल में।

जब मैंने बताया कि मैं आकाशवाणी के नेशनल प्रोग्राम ऑव म्यूजिक में और उसके अलावा भी रेडियो पर उन्हें सुन चुका हूँ, और धन्य हूँ कि वह मुझे वक्त देने को तैयार हो गए, तो बड़े सहज स्नेह से बातचीत करने लगे कुमार दा। देर तक बैठाए रहे मुझे। जब पता चला कि मैं उनके घर के पास ही रह रहा हूँ तो बोले कि लाइब्रेरी में दिनभर काम करने के बाद सीधे यहीं आ जाया करो। बड़ी आत्मीयता थी उनके आमंत्रण में। मैं आए दिन काम के बाद उनके यहाँ जाने लगा। उस वक्त वह तालीम दे रहे होते अपने शिष्यों को। नमस्कार करके मैं बैठ जाता। तालीम चलती रहती। कुमार दा का पुराना नौकर मेरे लिए नाश्ता और पेय रख जाता। कुमार दा आँखों से आदेश करते कि झिझके बगैर दिन-भर की पढ़ाई की थकान और पेट की भूख दूर करूँ। थोड़ी ही देर में पहले से चल रही तालीम पूरी हो जाती, शिष्य चले जाते, कुमार दा खुद अपना गिलास बनाते, और ढेर सारी बातें बताने लगते। खास तौर से लखनऊ में अपने बड़े होने और संगीत की ओर खिंचने के बारे में। लखनऊ उस समय संगीत का एक बड़ा केन्द्र था, बड़े-बड़े संगीत आयोजन होते थे वहाँ, और कुमार दा के पिता के यहाँ आना-जाना होता था उस्ताद फ़ैयाज़ ख़ाँ जैसे दिग्गजों का।

फ़ैयाज़ ख़ाँ का नाम आया तो चलते-चलते एक खास वाकये का जिक्र करने का मन हो गया। एक शाम अचानक कुमार दा ने कहा : 'सुधीर, कैन यू डू मी ए फेवर?' (ठेठ लखनवी अन्दाज में हिन्दुस्तानी बोलते-बोलते चाहे जब वह अंग्रेजी भी बोल जाते थे।) 'हुक्म करें, कुमार दा,' मैंने कहा। तो बोले कि फ़ैयाज़ ख़ाँ पर कुछ लिखा है उन्होंने अंग्रेजी में, और चाहते हैं कि मैं उसे पढ़कर अपनी राय दे दूँ और जहाँ जरूरी लगे उसे ठीक भी कर दूँ। उसी रात मैं पढ़ने बैठ गया, उनके लम्बे लेख को। अभिभूत, पढ़ता चला गया अन्त तक। कई जगह आँखें छलछला आईं, और एक जगह तो रोना फूट पड़ा। फ़ैयाज़ ख़ाँ के अन्दर के उस आदमी से रू-ब-रू करा रहा था वह अद्‌भुत लेख, जिसने उनको ऐसा महान फनकार बनाया था।

कुमार दा के लेख ने मुझे उस बात का मर्म समझा दिया जो सालों पहले, अलीगढ़ और दिल्ली के बीच रेलगाड़ी में हुई आकस्मिक बातचीत के दौरान उस्ताद शराफ़त हुसैन ख़ाँ ने कही थी। मुसलसल दो घंटे तक चली यह बातचीत लगभग सारी की सारी उस्ताद फ़ैयाज़ ख़ाँ पर केन्द्रित रही थी। यह समझाने के लिए कि उनके गुरु 'संगीत के समन्दर' थे—और इस तरह से बेमिसाल थे—शराफ़त हुसैन ख़ाँ ने एक ऐसी घटना का विशद वर्णन किया था जिसे सुनते हुए मेरी हँसी रुक नहीं पा रही थी। जब नई दिल्ली स्टेशन पर गाड़ी रुकने वाली थी, ख़ाँ साहब ने आखिरी बात यह कही थी : 'आजकल मैं अपने उस्ताद पर एक किताब लिख रहा हूँ। उसको पढ़ने वाले वैसे ही हँसेंगे जैसे आप हँस रहे थे। पर वे रोएँगे भी।' शराफत साहब असमय ही अल्ला को प्यारे हो गए। उनकी किताब न आई। पर कुमार दा ने अन्दाज करा दिया कि उसमें क्या होता।

संगीत में भी, जन-जीवन के हर क्षेत्र की तरह, सफलता—कलाकार के जीते जी मिलने वाली दुनियावी सफलता—कब, क्यों, कैसे और किसे मिलती है, समझ पाना असम्भव है। कारण जो भी हो, इसका एक परिणाम यह होता है कि कुछ कलाकार छाने लगते हैं—संगीत-सम्मेलनों में वही बुलाए जाते हैं, उन्हीं की ज्यादा रिकॉर्डिंग्ज होती हैं, अलग से उन्हीं के एकल कार्यक्रम आयोजित किए जाते हैं, उन्हीं के लिए भीड़ उमड़ती है—और बाकी सब हाशिये-भर तक पहुँच पाते हैं। जाहिर है कि छा जाने वाले सबके सब छा जाने लायक हों, ऐसा नहीं होता। न ही ऐसा होता है कि हाशिये वाले सब सिर्फ हाशिये के लायक ही होते हैं। यही स्थिति पहले थी, और आज ग़ालिबन पहले से कुछ ज्यादा है।

बड़े नाम कुछ लूँ तो बात बेहतर समझा सकूँगा। बासवराज राजगुरु को एक मुद्‌दत से रेडियो की कृपा से सुनता-पसन्द करता रहा था। दिल्ली में उनके इने-गिने कार्यक्रम हुए। इनमें से एक हुआ था श्रीराम सेन्टर में। सुबह के वक्त। गिने-चुने लोग पहुँचे थे। कार्यक्रम से पहले नाश्ता भी मिला था पहुँचने वालों को।

इसी सन्दर्भ में पंडित मल्लिकार्जुन मंसूर का नाम लूँ तो पिछले 20-25 साल मात्र से संगीत आयोजनों में जाने वाले राजधानी निवासी हँसेंगे। पर सच यह है कि उन जैसे मूर्धन्य गायक को अपनी दीर्घ आयु के अन्तिम पन्द्रेहक सालों में ही वह लोकप्रियता मिली, जिसके कारण उनको देश के हर बड़े सम्मेलन में बुलाया जाने लगा। नहीं तो उनकी पहचान संगीतज्ञों के संगीतज्ञ के रूप में थी। एक ऐसा संगीतज्ञ जिसकी गायकी इतनी कठिन थी और जो ऐसे अप्रचलित राग गाता था कि उसके लिए आम श्रोताओं को जुटा पाना मुश्किल था। अपनी ही बात करूँ तो मैंने पंडित मल्लिकार्जुन को पहली बार इलाहाबाद में सन् 1958 में सुना, और उसके बाद बीस-बाईस साल तक केवल रेडियो और रिकॉर्डों के माध्यम से सुन पाया। उस जमाने में संगीत नाटक अकादमी में व्यवस्था थी कि आप वहाँ जाकर उनके संग्रह में उपलब्ध रिकॉर्डों में से जो इच्छा हो चैन से घंटों सुन सकते थे। न जाने कितनी बार वहाँ बैठकर मैंने पंडित जी का जौनपुरी ऍल.पी. पर सुना था। ठीक साल याद नहीं, पर इतना याद है कि जब दिल्ली का प्रसिद्ध वार्षिक सर शंकरलाल संगीत समारोह मॉडर्न स्कूल के हॉल में पहुँचा, तब पहली बार उस समारोह में पंडित मल्लिकार्जुन को सुनने का मौका मिला। उसी के आसपास पंडित जी और रसिकों का भाग चेता और पंडितजी बार-बार बुलाए जाने लगे। अन्तिम बार, शायद अप्रैल, 1992 में, उनको विट्ठलभाई पटेल भवन के सभागार में सुना। उसके थोड़े ही समय बाद वह अपने आराध्य महादेव की शरण में चले गए।

उदाहरण बहुत हैं। रेडियो के प्रसंग में ऊपर जितने नाम गिनाए हैं उनसे भी ज्यादा बनेंगे मेरे अपने अनुभव पर आधारित उदाहरण। दूसरों को कुछ और नाम याद आएँगे। फेहरिस्त बढ़ती जाएगी। सोच रहा था, लिखते-लिखते, कि इस प्रसंग को यहीं समाप्त कर दूँगा कि एक बड़ा नाम याद आ गया, जिसे मैं बिलकुल भूल गया था (इतना लिखते ही एक नई फेहरिस्त दिमाग में उभरने लगी है) और जिसके साथ एक मार्मिक घटना जुड़ी है। यह नाम है पंडित मनीराम। बहुत बार सुना था उन्हें रेडियो पर और प्रशंसक बन गया था उनके गायन का। एक बार लन्दन में एक व्यक्ति से मिलवाया गया मुझे। मिलवाने वाले ने कहा : 'ये हैं पंडित दिनेश। संगीतकार हैं।' मिलवाने वाले ने जाहिर है सोचा था कि मैंने सुन रखा होगा पंडित दिनेश के संगीत के बारे में। वैसा न होने पर उसने आगे जोड़ा : 'पंडित मनीराम के बेटे हैं ये।' इतना सुनते ही मेरे चेहरे पर दूसरे ही भाव थे। अपनी प्रसन्नता को छिपाने की कोई कोशिश किए बगैर मैंने सीधे दिनेश से बात शुरू कर दी उनके पिता की प्रशंसा में। जब मैं रुका तो दिनेश ने कहा : 'आप जानते हैं मेरे पिता को! मैं तो समझता था कि सब केवल मेरे चाचा को ही जानते हैं।' चाचा यानी पंडित जसराज, पंडित मनीराम के छोटे भाई और शिष्य।

पंडित दिनेश ने मुझे सपत्नीक अपने घर भोजन का न्यौता दिया दूसरे दिन। भोजन से पहले उन्होंने पंडित मनीराम के लन्दन में आयोजित एक सार्वजनिक गायन की विडियो रिकॉर्डिंग दिखाई–सुनाई हमें। पहली बार हम अपने इस चहेते गायक को गाते हुए देख पा रहे थे। एक लम्बी कहानी जुड़ती है इस विडियो रिकॉर्डिंग से। जगह नहीं है उसे अभी बताने की। बहरहाल वह दुःखद कहानी तो समझ ही रहे होंगे आप जो 'आप जानते हैं मेरे पिता को!' में दबी पड़ी है।

2

बचपन से शुरू हुई बात, बीच का एक लम्बा वक्फा लाँघ, अपने आप ही ट्रैजिक रुख ले बैठी, जबकि कहानी प्रसाद की हो रही है। अशेष संजीवक प्रसाद।

धीरे–धीरे रंग ला रहा था वह। 1955 था या 1956। बरेली के मनोहर भूषण इंटरमीडिएट कॉलिज में 11वीं और 12वीं कक्षाओं में था मैं उस दौरान। माथुर साहब (पूरा नाम अब याद नहीं) प्रिंसिपल थे। बड़ा ध्यान रखते थे कि पढ़ाई तो अच्छी हो ही, पर खेल और तरह–तरह के सांस्कृतिक आयोजनों पर भी पूरी तवज्जह दी जाए। सो एक शाम महाराज किशोर कपूर का शास्त्रीय गायन आयोजित किया गया कॉलिज के हॉल में। 56 साल हो गए पर मैं भूला नहीं हूँ उनका दरबारी और उसकी बन्दिश, 'हम सहारे अपने राम के और नहिं कछु काम के।'

पहला और बड़ा आह्लादकारी अनुभव था मेरा वह लाइव शास्त्रीय संगीत सुनने का। रोमांच हो आया था उस शाम।

सौभाग्य उसी दौरान यह भी रहा कि मनोहर भूषण कॉलिज में संगीत की एक विषय के रूप में शिक्षा भी दी जाती थी। गाने–बजाने की वजह से और विषयों की पढ़ाई में दिक्कत न हो, इसलिए संगीत विभाग के लिए कॉलिज के खेल मैदान से सटी एक छोटी–सी दुमंजिला इमारत बनवा दी गई थी। इसी इमारत के एक कमरे में खेल का सामान रखने की व्यवस्था थी। मैं क्रिकेट खेलता था, सो प्रैक्टिस और मैचों के दौरान बगल की इमारत से आता संगीत भी एक कान से सुनता रहता। और तभी मेरी विजय जौहरी से दोस्ती हो गई। विजय हमारे ही कॉलिज में संगीत का विद्यार्थी था और बड़ा होनहार गायक माना जाता था। इस दोस्ती की वजह से मैं आए दिन उसके पास बैठने लगा। वह रियाज करता, बीच–बीच में बातें करने लगता या कुछ समझाने की कोशिश करता (पर 'सा' और 'रे' का शऊर वह भी न सिखा सका मुझे), और फिर धीरे–धीरे इतना खुल गया कि जो भी राग गा रहा हो, उसकी निर्धारित बन्दिश छोड़ कोई चटपटी—आप चाहें तो अश्लील का तसव्वुर कर सकते हैं—बन्दिश गाने लगता। पूरा खजाना था उसके पास ऐसी बन्दिशों का।

दुर्भाग्य से—एक इतिहासकार होने के नाते मैं गम्भीरता से कह रहा हूँ यह—उनमें से कोई भी बन्दिश याद नहीं रही। यह भी दुर्भाग्य ही है कि संगीत—और

समाज—के इस पहलू पर कोई खास ध्यान नहीं दिया गया है। पर, आज हो या न हो, एक वक्त था ऐसा, शायद बहुत लम्बा वक्त, जब हर स्तर पर मान्य पारम्परिक बन्दिशों के समानान्तर एक दूसरी दुनिया भी चलती थी संगीत की। 'हर स्तर पर' कहने का साहस मैं केवल एक आधार पर कर पा रहा हूँ। यह समझाते वक्त कि फ़ैयाज़ ख़ाँ संगीत के समन्दर थे, शराफ़त हुसैन ख़ाँ ने एक किस्सा सुनाया था। उनके अन्दाज में बयान किया तो लम्बा खिंचेगा, सो किस्सा मुख्तसर यों है।

एक बार फ़ैयाज़ ख़ाँ अतरौली गए हुए थे। गाँव वालों ने थोड़ा-बहुत सुन रखा था उनके बारे में। सो कुछ लोग उनके पास गए और कहा कि गाँव के लोग उनका गाना सुनना चाहते हैं। शराफ़त हुसैन के मना करने के बावजूद फ़ैयाज़ ख़ाँ मान गए और गाँव वालों को अगले दिन गाना सुनने की दावत दे दी। जब लोग खुशी-खुशी लौट गए तो शराफ़त हुसैन ने ख़ाँ साहब को समझाया कि गाँव वालों को मौसीकी की कोई तमीज नहीं है और ख़ाँ साहब जैसे गवैये का उनके लिए गाना भैंस के आगे बीन बजाने की मानिन्द होगा।

ख़ाँ साहब को वादाखिलाफी गवारा न थी। चुनाँचे दूसरे दिन गाँव वाले आए और गाना शुरू हुआ। जानते हुए कि ऐसे सुनने वालों के लिए आगरा घराने का विस्तृत नोमतोम का आलाप या विलम्बित का खयाल बेमाने होगा, ख़ाँ साहब ने सीधे द्रुत में एक छोटा खयाल शुरू कर दिया। जल्दी ही ताड़ गए वह कि इसका कोई असर नहीं हो रहा, सो उसे छोड़ एक दादरा छेड़ दिया। कई कोशिशें कीं पर असर कुछ न हुआ। तभी एक बुजुर्ग ने बीच गाने में कहा : 'भैया फ़ैयाज़ ख़ाँ, भौत है गई, अब चलैंगे।' ख़ाँ साहब हार मानने वाले नहीं थे। बोले : 'ऐसैं कैसें जाओगे आप लोग। कछू नास्ता-पानी तौ है जाइ।' फिर शराफ़त हुसैन से कहा कि नाश्ते का इन्तजाम करें और तबलची को इशारा किया ठेका लगाने का।

यह फ़ैयाज़ ख़ाँ का आखिरी दाँव था। उन्होंने एक नई बन्दिश शुरू कर दी। इसकी पहली पंक्ति थी : 'मौधू आइ बैठे गोरी के बुलाइवे कूँ।' बन्दिश शुरू ही हुई थी कि सुनने वालों की दिलचस्पी जग गई। वे तुरन्त इस मुखड़े का प्रसंग और अर्थ समझ गए। किसी बेवकूफ की बीवी रूठकर अपने मैके आ बैठी है। पति से जुदाई नहीं सही गई, सो वह गोरी को बुलाने आ गया है। मुखड़े को थोड़ी देर तक सहलाते-पुचकारते हुए लोगों की दिलचस्पी को चरम पर ला, ख़ाँ साहब ने बन्दिश आगे बढ़ाई (न भूलें कि रूठी पत्नी को मनाने खाली हाथ नहीं जाते) : 'लहँगाऊ लाए, दुपट्टाऊ लाए, नाड़ा न लाए लटकाइबे कूँ।'

'नाड़ा न लाए लटकाइबे कूँ' का आना था कि लोग 'बा भैया फ़ैयाज़ ख़ाँ', 'का बात है भैया फ़ैयाज़ ख़ाँ', 'नैक और भैया फ़ैयाज़ ख़ाँ' करने लगे। इसके बाद न जाने कितने पेचदार तरीकों से और अलग-अलग रागों में ख़ाँ साहब ने इस बन्दिश को बढ़ाया और लोग 'नैंक और, नैंक और' करते रहे।

अनजान विजय जौहरी से आफ़ताब-ए-मौसीक़ी तक फैली है एक समानान्तर दुनिया जिसे जानने की जरूरत है। (बैठे ठाले मन में आता है कि मौसीक़ी का दूसरा समुन्दर जिसे देखते-सुनते रहने का हमें सौभाग्य मिला—पंडित भीमसेन जोशी—क्या वहाँ भी यह दूसरा खजाना था बन्दिशों का!)

वैसे, हम सब जानते हैं, श्लील और अश्लील के अर्थ और मयार बदलते रहते हैं। मसलन, अगले वक्त में, जब मेरा शास्त्रीय संगीत सुनने का शौक बढ़ना शुरू हुआ था, जयजयवंती की एक बन्दिश आए दिन सुनने में आती थी। बन्दिश थी : 'पैंयाँ पड़ूँगी पलँगा ना चढ़ूँगी।' सालों से यह सुनाई नहीं पड़ी। सम्भव है कि इसका इंगितार्थ आज की श्लील की समझ को परेशान करता हो।

अभी तक जितना कुछ याद आया—कोई निश्चित रूपरेखा बनाकर नहीं लिख रहा मैं—उसमें संगीत सम्मेलनों का जिक्र ही नहीं हुआ। पर सच यह है कि लम्बे-लम्बे लगातार कई दिनों तक चलने वाले सम्मेलनों में संगीत सुनने का आनन्द बिलकुल ही अलग किस्म का होता है। उस आनन्द की आमद मेरी जिन्दगी में पहली बार आज से ठीक 58 साल पहले हुई थी। 1958 के जाड़े में। इलाहाबाद में। उसी साल एम.ए. की पढ़ाई करने के लिए विश्वविद्यालय में दाखिला लिया था मैंने। सुखद संयोग था कि उस साल विश्वविद्यालय अपने 70 साल पूरे कर रहा था और उस मौके पर तरह-तरह के कार्यक्रम आयोजित किए गए थे। बाकी कार्यक्रमों की धुँधली-सी भी याद नहीं, पर उस वक्त आयोजित संगीत सम्मेलन की याद मुझे ऐसे है जैसे मानो मैं अभी सीधा वहीं से चला आ रहा हूँ।

इस सम्मेलन में मैंने पंडित ओंकार नाथ ठाकुर और पंडित मल्लिकार्जुन मंसूर का गायन, पंडित राधिका मोहन मोइत्रा का सरोद और पंडित रवि शंकर का सितार वादन सुना, और पंडित गोपी कृष्ण का नृत्य देखा। सम्मेलन के दौरान संगत करने वाले कलाकारों में थे पंडित चतुर लाल और पंडित अनोखे लाल। ये दोनों महान तबलावादक असमय चल बसे, और अब तो उनको सुनने वालों में भी थोड़े ही बचे हैं।

अद्‌भुत था संगीत का वह अनुभव। जाड़ों के सूर्यास्त के बाद शुरू हो भोर के पाँच के आसपास चलता हर दिन का कार्यक्रम। अन्तिम दिन, जब पंडित ओंकार नाथ ठाकुर के गायन से समापन हुआ सम्मेलन का, बाहर निकलने पर हमने देखा कि शहर जाग चुका था और सड़कें चलने लगी थीं। सम्मेलन के दौरान कहने को तो दिन में जिन्दगी सामान्य ढर्रे पर चलती, खाना-पीना, लिखना-पढ़ना और शाम को क्रिकेट की नैट प्रैक्टिस हस्बे-मामूल होते, पर मन तो इन्तजार करता रहता उस दिन के संगीत कार्यक्रम का।

इलाहाबाद में ही अगले साल एक और बड़ा संगीत सम्मेलन सुनने का मौका मिला। प्रयाग संगीत समिति का वार्षिक सम्मेलन था यह। जिन तीन कलाकारों को

वहाँ सुनने की मुझे याद है वे हैं उस्ताद बड़े ग़ुलाम अली, उस्ताद विलायत ख़ाँ और उस्ताद हलीम ज़ाफ़र। विलायत ख़ाँ के वादन के दौरान कुछ ऐसा हुआ जिसका विशेष उल्लेख करना चाहूँगा। जैसी कि उनकी आदत थी, अपने पहले राग का (जिसका नाम भूल गया हूँ) बहुत ही विस्तृत निरूपण करने के बाद और, शायद, एक अपेक्षाकृत छोटी प्रस्तुति के बाद ख़ाँ साहब ने इंटरवैल कर दिया। इंटरवैल के बाद जब पर्दा उठा तो हॉल में गिनती के कुछ ही लोग थे। विलायत ख़ाँ का वादन और—भले ही रात्रि का अन्तिम पहर हो गया हो—उस विशाल हॉल में इतने कम लोग! कुछ भी हो सकता था उस समय। कुछ नाटकीय न भी होता तो इतना तो होता ही कि अनमने विलायत ख़ाँ बेमन से कुछ और बजाने का नाटक कर समाप्त कर देते अपना कार्यक्रम। हुआ कुछ और ही। स्थिति की नजाकत को भाँप, एक सज्जन ने निहोरे करते हुए ख़ाँ साहब से इल्तिजा की कि वह अपने वादन से सूर्योदय कराएँ! बोले तो बस वह सज्जन थे, पर निहोरा सबका था। क्षण-भर में वातावरण बदल गया। ख़ाँ साहब मुस्कराए, सितार उठाया, और ललित भटियार शुरू कर दिया।

संगीत का ज्ञान मुझे न तब था न आज है। कान भी वह नहीं थे जो, शायद, आज हैं। फिर भी यकीन करें आप, बड़ा असाधारण, बड़ा उदात्त संगीत फूटा था उस दिन विलायत ख़ाँ के सितार से। वे अनोखे स्वर, भाँति-भाँति से ललित से चलकर भटियार में समावर्तित होते वे झंकृत सम आज भी गूँज जाते हैं उस दिन की याद आते ही।

इलाहाबाद में ही उन्हीं दिनों पहली बार उस्ताद अली अकबर ख़ाँ को सुना। सिविल लाइन्स के पैलेस टॉकीज में आयोजित किया गया था वह कार्यक्रम। बड़ा अचरज हुआ था उस रात उनका सरोदवादन सुनकर। समझ नहीं पा रहा था कि कब और कैसे अति विलम्बित से शुरू हो अति द्रुत तक पहुँच जाते थे ख़ाँ साहब। यह एक नए संगीत अनुभव की शुरुआत थी। तब तक इस फन के दूसरे महारथी, उस्ताद अमीर ख़ाँ, का नाम भी नहीं सुना था मैंने।

बरसों बाद, संगीत से बिलकुल जुदा एक अपूर्व अनुभव के सहारे, उस्ताद अली अकबर और उस्ताद अमीर ख़ाँ जैसी सामान्य पकड़ से परे वाली बढ़त की प्रक्रिया के 'होने' को देखा/जाना। क्यूशू (जापान) के तटवर्ती इलाकों में 'सैंड बाथ' का खासा चलन है। ऐन समुद्र के किनारे आपको लिटाकर बालू से गर्दन तक ढक दिया जाता है। आपके सर के नीचे बालू से ही एक तकिया बना दिया जाता है। आप निहायत आराम से लेटे हुए पढ़ सकते हैं, मनन कर सकते हैं, एक टक आकाश को निहार सकते हैं, उनींद सकते हैं। बालू का यह स्नान तब तक चलता है जब तक असह्य न हो जाए।

मैं सौभाग्य से उस स्नान के वक्त मनन के मूड में था। आँखें मूँद लीं मैंने।

धीरे-धीरे मैंने बालू में गुनगुनाती हरारत महसूस की। बहुत ही—बहुत ही—धीरे-धीरे आई थी यह हरारत। और उतने ही धीरे-धीरे बढ़ रही थी। फिर मैंने अपने बदन पर हो रहे उस असर को बारीकी से महसूसना शुरू किया जो निहायत मन्थर गति से बढ़ रही हरारत पैदा कर रही थी। उस प्रक्रिया में एक क्षण आया जब मेरे बदन से पसीने का पहला कण फूटा। पसीना फूटने के क्षण को भोगा मैंने। जिन्दगी में पहली और आखिरी बार। बालू की मेरे बदन में हरारत बढ़ने लगी। धीरे-धीरे। मदहोश करती मुझे। बाद में—जैसा कि मुझे पहले ही सावधान कर दिया गया था—इतनी तेजी से असह्य हो गई कि बालू की उस समाधि से तुरन्त मुक्त कर दिए जाने का इशारा करना पड़ा मुझे।

अति विलम्बित—पसीने के फूटने का क्षण—से अति द्रुत—बालू से निकाले जाने की हड़बड़ाहट—तक सब कुछ पूरे विस्तार में महसूसा उस दिन। जाना कि ध्यान की ऐसी अवस्था के बिना आनन्द तो मिल सकता है अली अकबर और अमीर ख़ाँ का, लेकिन हम जान नहीं सकते उस आनन्द के 'होने' की पूर्णता।

चाहता हूँ, पा नहीं पाता वह ध्यान। जो पा जाता हूँ, प्राय:, वह है जगते-सोते के बीच झूलती निदास जो संगीत के सहारे चित्त को न जाने कहाँ-कहाँ घुमा लाती है। निखिल बनर्जी को तो मैं सुन ही नहीं पाता बिना निदास में गए। आँखें मूँद लेना ही नहीं होता काफी संगीत के भरपूर आनन्द के लिए। बेखुदी भी तारी होने लगे तो बनने लगती है बात।

क्यूशू के बालू स्नान से रोजमर्रा के स्नान की याद आ गई और उसने जवानी के उन दिनों की याद दिला दी जब नहाना बगैर गाना गाए हो नहीं सकता था। अब यह तो नहीं कह सकूँगा कि अपनी जवानी और हिन्दी फिल्म संगीत के उस सुनहरे दौर में मेरी 'बाथरूम सिंगिंग' में कभी मुकेश, तलत महमूद या मुहम्मद रफ़ी आते ही नहीं थे, पर सच यह है कि उस मस्त गायन में शास्त्रीय बन्दिशों की आमद अपेक्षाकृत कहीं ज्यादा होती थी। रागों के समय को खुलकर नजरअन्दाज करते हुए प्राय: जो बन्दिशें मैं गाया करता था—ये बन्दिशें उस समय बहुत प्रचलित थीं और आज गायब हो गई लगती हैं—उनमें से जो अभी लिखते-लिखते मन में गूँजने लगी हैं वे हैं 'कान्हा रे नंद नंदन' (केदार) 'कैसी निकसी चाँदनी' (बहार) और 'सुन्दर शाम देखन की आसा नैनन माँहि बसी' (जयजयवन्ती)।

बात दरअसल बन्दिशों की नहीं रागों की थी। कुछ राग उस दौरान इतने भा गए थे कि बारम्बार उन्हें ही सुनने और गुनगुनाने की इच्छा होती थी। ऐसा होने की एक वजह यह भी थी—हालाँकि तब इसका एहसास नहीं था—कि मेरी संगीत की समझ—अगर मुझ जैसे के बारे में संगीत की समझ का सवाल उठ सकता है—विकसित होनी शुरू ही हुई थी उस वक्त। उस सीमित समझ, या रुचि का एक पहलू यह भी था कि जहाँ कुछ राग बहुत अच्छे लगते थे, वहीं कुछ रागों का सुनना

भी दूभर हो जाता था। नापसन्द का कोई राग आने लगे, और पिता न सुन रहे हों, तो मैं रेडियो ही बन्द कर देता था या कोई और कार्यक्रम सुनने लगता था। उन नाकाबिले-बर्दाश्त रागों में प्रमुख थे—ललित, हिंडोल, मुलतानी, मारवा और चन्द्रकौंस। आज वही ललित, मुलतानी और मारवा मेरे चहेते रागों में हैं। हिंडोल भी पसन्द करने लगा हूँ। पर, बहुत कोशिश कर ली, चन्द्रकौंस के प्रति अभी भी उदासीन ही हूँ।

ललित से एक रोमांचकारी अनुभव की याद आ गई। अविश्वसनीय, किन्तु सत्य। सर शंकरलाल संगीत समारोह में उस्ताद अमीर ख़ाँ गा रहे थे। देर रात में उनकी बारी आई थी और अपना गायन उन्होंने दरबारी कान्हड़ा से शुरू किया था। राग की प्रकृति और अपनी धीर-गम्भीर गायन शैली के अनुकूल एक अत्यन्त विस्तृत और सम्मोहक विलम्बित खयाल के बाद उन्होंने द्रुत बन्दिश को भी असामान्य विस्तार से प्रस्तुत किया था और अति द्रुत लय में उसका समापन कर उसी लय में तराने पर आ गए थे। कम से कम मैंने इतने द्रुत में जाते, और उस अति द्रुत में उतनी देर तक रुकते, कभी नहीं सुना था अमीर ख़ाँ को। और तभी घटा वह अनुभव। मात्र एक पल में। एक अप्रत्याशित पल। अति द्रुत में चल रहे अपने दरबारी की अन्तिम तान को सम पर ला, उसी साँस में ख़ाँ साहब ने ललित की पहली अति विलम्बित तान छेड़ दी।

साधना की, सिद्धि की कौन-सी अवस्था में सम्भव हो पाते हैं ऐसे चमत्कार!

3

जिस शंकरलाल संगीत समारोह का जिक्र मैं कर रहा हूँ वह आज के शंकरलाल संगीत समारोह से बहुत जुदा था। उस जमाने के संगीत सम्मेलन आज के संगीत सम्मेलनों से थे ही अलग। उनका रूप कमोबेश वही था जो इलाहाबाद में देखे-सुने दोनों सम्मेलनों का मैंने पाया था। उनकी सबसे बड़ी विशेषता थी समय की अनन्तता। समय का ले-देकर उन पर कोई नियंत्रण था तो बस इतना कि कार्यक्रम शुरू होने का वक्त मोटा-मोटी तय रहता था। सिर्फ मोटा-मोटी क्योंकि शायद ही कभी कोई कार्यक्रम निर्धारित समय पर शुरू होता था। उस जमाने में संगीत सुनने के अपने लम्बे और विविध अनुभव में मैंने सिर्फ दो बार किसी कार्यक्रम को सही समय से शुरू होते देखा। दोनों ही बार कलाकार थे महान बाँसुरी वादक महालिंगम। पर वह मात्र संयोग ही रहा होगा, चूँकि महालिंगम के बारे में माना जाता था कि, समय से शुरू करना तो दूर, कभी आप यह मानकर नहीं चल सकते कि महालिंगम वाकई आएँगे भी या नहीं। मन में आ जाए तो कार्यक्रम के ही वक्त वह कहीं और भी पहुँच सकते थे।

समय और भारतीय शास्त्रीय संगीत के सम्बन्ध में मेरा जो मनपसन्द किस्सा

है वह कुछ इस तरह है। कहना न होगा कि किस्सा मनगढ़ंत है। पर, जैसा कि अक्सर इस तरह के किस्से करते हैं, एक बड़े सच को उजागर करता है। किसी संगीत सम्मेलन के दौरान जब पिछली शाम को शुरू हुआ कार्यक्रम अगली सुबह समाप्त हुआ तो आयोजकों की तरफ से ऐलान हुआ : 'देवियो और सज्जनो, आज शाम का कार्यक्रम ठीक छह बजे शुरू होगा। आपसे प्रार्थना है कि ठीक सात बजे आप सब अपना स्थान ग्रहण कर लें ताकि कार्यक्रम ठीक आठ बजे प्रारम्भ हो जाए।'

घड़ी की गुलामी के इस दौर में इस किस्से का गूढ़ अर्थ छुपा रहेगा, भले ही लोगों को इसमें एक मजेदार चुटकुले का आनन्द आ जाए।

बहरहाल, 45-50 साल पहले के जिस वक्त की मैं बात कर रहा हूँ, उस वक्त शंकरलाल संगीत समारोह किसी ऑडिटोरियम में नहीं, रवीन्द्र भवन के बगल में स्थित एक खाली मैदान में पंडाल लगाकर होता था। बाद में इसका आयोजन बंगाली मार्किट के पास पड़े एक मैदान में पंडाल लगाकर होने लगा। दिन का कार्यक्रम ज़ब भी शुरू हुआ हो, यह कोई नहीं जानता था कि समाप्त कब होगा। दो-ढाई बजे से पहले खत्म होने का तो सवाल ही नहीं था, कभी-कभार भोर तक चलता रहता था। जिस दिन उस्ताद विलायत ख़ाँ बजा रहे हों, उस दिन तो लोग रतजगे की तैयारी करके ही आते थे। एक बार—उस दिन इमरत ख़ाँ सुर बहार पर संगत कर रहे थे, अपने गुरु और बड़े भाई की—तो केवल बागेश्री बजाते रहे थे विलायत ख़ाँ तीन घंटे तक।

दिल्ली परिवहन की बसों का इन्तजाम रहता था। जब भी कार्यक्रम पूरा होता था श्रोताओं को नगर की विभिन्न दिशाओं में छोड़ने के लिए रवाना हो जाती थीं बसें।

ठीक याद नहीं कि कब वह परिवर्तन आया, फिर शंकरलाल संगीत समारोह मॉडर्न स्कूल के ऑडिटोरियम में और उसके बाद कमानी ऑडिटोरियम में होने लगा। धीरे-धीरे, विशेष रूप से कमानी सभागार में आने के बाद, शंकरलाल संगीत समारोह घड़ी से परिचालित होने लगा।

सौभाग्य से इसी परिवर्तन के आते-आते मैं गुजरात चला गया। वहाँ उस वक्त भी पुरानी परम्परा ही चल रही थी। मैं सूरत के एक शोध संस्थान में काम करता था, और वहाँ से सिर्फ दो घंटे के रेल सफर की दूरी पर बड़ौदा के दरबार हॉल में अक्सर संगीत के कार्यक्रमों का आयोजन होता था। दरबार हॉल जहाँ आफ़ताब-ए-मौसीक़ी उस्ताद फ़ैयाज़ ख़ाँ की संगमरमर की मूर्ति की उपस्थिति में कलाकारों को अपना गायन-वादन प्रस्तुत करना होता था। कितना भी बड़ा संगीतकार हो, आफ़ताब-ए-मौसीक़ी की मौजूदगी, उनकी याद, प्रेरित कर देती थी हर कलाकार को अपना सर्वोत्तम प्रस्तुत कर देने को। साथ ही कलाकारों को पता होता था कि

संस्कार नगरी बड़ौदा के निवासियों की एक बड़ी संख्या संगीत के पारखियों और रसिकों की है और उन्हें संतुष्ट करने के लिए कुछ असामान्य ही करना होगा।

बड़ा ही अद्‌भुत संगीत सुनने को मिला दरबार हॉल में। वहाँ का सुना कुछ मेरे पास आज भी है। आनन्द लेता रहता हूँ उसका। इनमें से दो का विशेष उल्लेख करना चाहूँगा। एक दरबारी और दूसरा पूरिया धनाश्री। दोनों ही पंडित भीमसेन जोशी के हैं। न जाने कितना संगीत भीमसेन जी का बाजार में बिक रहा है, पर उनमें एक भी ऐसा नहीं है जिसमें इस दरबारी और पूरिया धनाश्री जैसा आलाप और विस्तार हो।

सब बदल गया लगता है अब। मन नहीं करता घड़ी के गुलाम बन गए संगीत सम्मेलनों में जाने का। हाल का सिर्फ एक अनुभव बयान करूँगा। (पता नहीं क्यों 'सिर्फ एक' कह गया। ज्यादा अनुभव करने का कोई कारण नहीं बचा है।) कमानी सभागार में उस्ताद इमरत ख़ाँ बजाने वाले थे। मुद्‌दत बाद उनको सुनने का मौका मिल रहा था सो मैं चला गया। उनसे पहले आज के एक प्रख्यात कलाकार का गायन था। कार्यक्रम सात बजे शाम को शुरू होना था। शुरू हुआ बीस मिनट देर से। मैं खुश था कि कम ही सही, देरी तो हुई। गायक ने दो राग प्रस्तुत किए, फिर 'ठुमुकि चलत रामचन्द्र' गाया, और उसके बाद दिल्ली की मुख्यमंत्री से उपहार स्वरूप पुष्प पाए, और इतना सब साढ़े आठ बजते-बजते पूरा हो गया।

दूसरे दिन इसी संगीत समारोह में उस्ताद अब्दुल रशीद ख़ाँ और पंडित जसराज का गायन था। उस शाम इतनी भीड़ उमड़ी कि कमानी सभागार के आगे और पीछे के सारे फाटक बन्द कर देने पड़े। लोगों को समझाया गया कि अन्दर तिल रखने तक की जगह नहीं है। लोग थे कि डटे रहे, और नतीजा यह हुआ कि जो इस इरादे से आए थे कि 105 वर्षीय रशीद ख़ाँ को अपनी आँखों से देख और कानों से सुन—इस चमत्कार के होने पर विश्वास कर—वापस चले जाएँगे, वे अन्दर ही फँसे रह गए।

जाहिर है कि जहाँ जाने का मेरा मन नहीं होता उन्हीं संगीत सम्मेलनों में भीड़ की मारामारी होती है। शास्त्रीय संगीत के लिए यह अच्छा है। पर भविष्य क्या है इस संगीत का?

मेरी चिन्ता, मैं मनाऊँगा, मात्र भ्रम हो। सत्तर पार कर गए का निराधार भ्रम।

वैसे अपनी चिन्ता और निराशा के सन्दर्भ में यह जोड़ना जरूरी समझता हूँ कि बड़े संगीत सम्मेलनों की जो भी दशा हो रही हो, अभी भी शास्त्रीय संगीत का पहले जैसा आनन्द छोटी बैठकों में लिया जा सकता है। दिल्ली में, जहाँ अब रहता हूँ, कम से कम दो ऐसे उदार रसिक हैं—श्री विनोद कपूर और श्री प्रेमशंकर झा—जो शास्त्रीय संगीत की संस्कृति का निर्वाह करते हुए बैठकें आयोजित करते

हैं। इन बैठकों में किसी संगीतज्ञ को सुनना और उसी व्यक्ति को बड़े सम्मेलन में सुनना, ये दो बिलकुल ही अलग अनुभव होते हैं।

4

कहने को अभी भी काफी बचा है। मसलन, बीच-बीच में कुछ संगीतकारों को नजदीक से जानने के मौके आए, उनसे अन्तरंग बातें हुईं, उनकी बात हो सकती है। इसी तरह, इतने लम्बे अरसे तक संगीत सुनने के दौरान इसका मेरे अपने मानस, विशेष रूप से एक इतिहासकार के नाते चीजों को देखने-समझने के तरीके, पर जो असर पड़ा है, और जिस हद तक उस असर को समझ पाया हूँ, यह बताने का भी मन है। पर सब कुछ तो एक साथ एक ही जगह कहा नहीं जा सकता। कोई किताब तो लिख नहीं रहा मैं इस वक्त।

बस एक अन्तिम बात। पिता अन्त समय आफ़ताब-ए-मौसीक़ी को सुनना चाहते थे। मैं भी वैसा ही चाहूँगा। हाँ, मुझे कोई फर्क नहीं पड़ेगा अगर वह गायन पंडित भीमसेन जोशी का हो।

निबन्ध

जिन्दगी की रफ्तार

विषय : जिन्दगी की रफ्तार। समय : इक्कीसवीं सदी की बारहवीं साल का चतुर्थांश। हमारा अपना समय। ऐसा समय जो, सिवाय शायद उनके जो इसी समय में होश सँभाल रहे हैं, सुनने वालों के मन में बरबस एक चौथा शब्द भी ध्वनित करेगा, और विषय अपने आप बन जाएगा 'जिन्दगी की बढ़ती रफ्तार'। मानव इतिहास में बहुत बार बदलती है जिन्दगी की रफ्तार, और सभ्यता के विकास में सहायक भी रही है बढ़ती रफ्तार, पर आज की तेजी ऐसी अप्रत्याशित और अभूतपूर्व है कि इसके स्वरूप और सम्भावित परिणामों को समझ पाना मुश्किल हो रहा है। नियन्ता ही तो नहीं बन जाएगी यह हमारी जिन्दगी की?

कुछ भी निर्णायक तरीके से कह पाना कठिन है। हम सब इस पर अपने-अपने तरीके से सोच सकते हैं, और, जानते हुए कि हमारे जानने की विकट सीमाएँ हैं, अपने सोचने को एक दूसरे से बाँट सकते हैं। मुक्त भाव से, बगैर उन परेशानियों, विसंगतियों, अन्तर्विरोधों आदि को छिपाने का जतन किए जो इस विषय पर सोचते हुए हम दूर नहीं कर पाते।

जिन्दगी की रफ्तार सुनते ही एक तुलनात्मक परिप्रेक्ष्य खुलने लगता है मन में। एक साथ ढेरों यादें बेतरतीब उमड़ने लगती हैं। कम से कम 65 सालों के दरमियान पसरी यादें। सब उस जबरदस्त फर्क को उजागर करतीं, जो इस बीच जिन्दगी की रफ्तार में आया है, और पिछले कुछ सालों से अनोखी और निरन्तर बढ़ती तेजी पाता रहा है।

आजादी के आस-पास शुरू होतीं बचपन की यादें—मेरी पहली याद जिसकी तारीख निर्धारित हो सकती है गांधी के जाने वाली शाम की है—अगले तकरीबन बीस साल तक की जिन्दगी की यादों से जुड़कर जो प्रभाव आज मन पर बनाती हैं, वह लगभग एक-सी गति का है। एक मन्थर गति। अगर स्मृति धोखा नहीं दे रही तो जीवन के पहले 24 साल इस तरह बीत गए कि अलग से रफ्तार जैसी किसी चीज का एहसास ही नहीं हुआ। ऐसा भी नहीं था कि ये सारे साल एक ही जगह नीरस तरीके से बीते हों। पिता सरकारी नौकरी में थे। हर तीन साल में तबादला होता

ही था। कभी-कभी जल्दी भी हो जाता था। गरज यह कि मैनपुरी के पुश्तैनी घर से शुरू होकर ये 24 साल फतेहपुर, मथुरा, आगरा, बरेली, इलाहाबाद, और मुजफ्फरनगर समेत सात छोटे-बड़े शहरों में बीते।

बहुत अलग-अलग तरह के थे ये शहर। मैनपुरी और फतेहपुर में तो बिजली भी नहीं थी उस जमाने में। फतेहपुर में बाजार तक नहीं था। सप्ताह में एक बार हाट लगती थी। नल भी नहीं था। कुएँ से पानी भरना होता था। ज्यादातर सड़कें और, जहाँ तक याद पड़ रहा है, सारी गलियाँ कच्ची थीं। पानी भरने के लिए कहार और कहारिन थे। पीछे अपनी कमर पर पानी से लबालब मशकें लादे सड़कों पर छिड़काव करने वाले भिश्ती थे। प्रतिदिन गोधूलि के बाद कन्धे पर नसैनी लटकाए और हाथ में तेल-बाती लिये एक आदमी आता था—याद नहीं आ रहा उसके लिए कौन-सी संज्ञा चलती थी—जो खम्भों पर टँगीं, सड़कों और गलियों की लालटेनें जलाता था। फिर भोर के बाद बुझा देता था उन्हें।

दूसरे शहरों में नागरिक सुविधाएँ निसबतन ज्यादा थीं। मैं दरअसल लिखने जा रहा था कि दूसरे शहरों में मैनपुरी और फतेहपुर जैसी असुविधाएँ नहीं थीं। उसी वक्त मेरे उस मुझ ने जिसने अपना मस्त बचपन इन शहरों में बिताया था याद दिलाया कि कोई असुविधा होने का एहसास नहीं हुआ था उस वक्त। बहरहाल जो भी फर्क रहे हों, इन तमाम शहरों में आपस में, जिन्दगी की रफ्तार कमोबेश हर जगह एक सी खरामा-खरामा चलती थी।

रफ्तार के ही सिलसिले में याद आता है कि मैनपुरी, मथुरा और फतेहपुर—जहाँ रहकर मैंने कक्षा पाँच से आठ तक की पढ़ाई की—में स्कूल घर से बहुत दूर था। पर तीनों ही जगह हफ्ते में छह दिन, हर मौसम में, बस्ता लटकाए आना-जाना पैदल ही होता था।

शहर में बाकी आना-जाना भी ज्यादातर पैदल ही होता था। कभी-कभार, खासतौर से यात्रा के वक्त स्टेशन या बस अड्डा जाने के लिए, इक्का या ताँगा, और बाद में रिक्शा ले लिया जाता था।

ग्यारहवें दर्जे में दाखिला लेने पर पहली बार साइकिल मिली और वही वर्षों तक एकमात्र वाहन रही। पर जिन्दगी की रफ्तार को बढ़ा दिया हो साइकिल ने, ऐसा कोई आभास न तब हुआ और न आज, उसके बारे में सोचते-सोचते, हो रहा है।

रफ्तार के सन्दर्भ में बचपन-जवानी की जो यादें आ रही हैं, उनमें से कुछ और का जिक्र भी यहाँ हो सकता है बात को साफ करने के लिए। भिश्ती, कहार और सड़कों की बत्ती जलाने वाले की ही तरह जिन्दगी की मन्थर गति को परिभाषित करने वाले दो और पेशेवर भी आँखों के आगे घूमने लगे हैं। एक नाई और दूसरा कम्पाउंडर। पारम्परिक जीवन शैली और सामाजिक व्यवस्था में नाई की केन्द्रीय, और प्रायः नारदीय, भूमिका पर बहुत कुछ लिखा गया है। उसका भी जिन्दगी की

धीमी चाल से ताल्लुक है। पर मैं खास तौर से जो बात याद कर रहा हूँ, वह है नाई का घर-घर आना, बारी-बारी से बच्चों-बड़ों की हजामत और मालिश करना, इस पूरी प्रक्रिया का घंटों, बगैर किसी हड़बड़ी के, चलना और उस पूरे वक्फे का दीन-दुनिया में किसी को न बख्शती गप्पों में बीत जाना।

वक्त की इफरात—यानी जिन्दगी की धीमी चाल—को नाई—जनाने के लिए नाइनें भी होती थीं—की ही तरह कम्पाउंडर भी उजागर करते हैं। यह वो जमाना था जब हर प्राइवेट डॉक्टर के और हर अस्पताल के अपने कम्पाउंडर होते थे। डॉक्टर मरीज के इलाज के लिए पर्चा लिखता था—महिलाएँ कम ही डॉक्टर होती थीं तब—और लगभग हमेशा ही इसमें एक 'मिक्स्चर' होता था—'कम्पाउंड मिक्स्चर' जो कम्पाउंडर डॉक्टर के नुस्खे में दी गई हिदायत के मुताबिक एक शीशी में बनाकर देता था। उसके बाद वह शीशी पर कागज की पतली पट्टी से खुराकों के निशान लगाकर मरीज को देता था। बड़ी सफाई से, लगभग जापानी कलात्मकता से, कटती थी यह पतली पट्टी। आज के रैडीमेड और पेटैन्टड जमाने में कहाँ वक्त है मिक्स्चर का?

यह तो सिर्फ कुछ मिसालें हैं। सारा जीवन ऐसे ही चलता था। चाहे नुमायश हो चाहे मेला, कवि सम्मेलन हो या मुशायरा। संगीत सम्मेलनों में तो वक्त रुक ही जाता था।

संगीत सम्मेलन। हमारी जिन्दगी की रफ्तार का ऐसा अचूक सूचक शायद और कोई नहीं। मेरे लिए तो बिलकुल ही नहीं। कैसे, बताना जरूरी है।

1958 के जाड़े थे। इलाहाबाद विश्वविद्यालय की स्थापना के 70 साल पूरे होने पर बड़ा भव्य आयोजन किया गया था। इसी के अन्तर्गत एक संगीत सम्मेलन भी किया गया था। यह पहला मौका था जब मैं ऐसे बड़े संगीत सम्मेलन का आनन्द ले रहा था। देश के जाने-माने अनेक कलाकार शिरकत कर रहे थे उस सम्मेलन में। पंडित ओंकारनाथ ठाकुर, पंडित मल्लिकार्जुन मंसूर, पंडित राधिका मोहन मोइत्रा, पंडित रवि शंकर के उस सम्मेलन में गायन-वादन को आज भी याद करता हूँ। संगत करने वाले कलाकारों में दो की याद विशेष रूप से बरकरार है। ये थे पंडित चतुर लाल और पंडित अनोखे मिश्र। दोनों ही असमय चले गए।

हर दिन शाम से शुरू होता था कार्यक्रम और सुबह चार-पाँच बजे तक चलता था। अन्तिम दिन सम्मेलन का समापन पंडित ओंकारनाथ ठाकुर के गायन से हुआ। उन्होंने अपने गायन का समापन किया 'वन्दे मातरम' से। जब हम हॉल से बाहर निकले तो समय का एहसास हुआ। शहर जग चुका था और सड़कें चलने लगी थीं।

इसी सन्दर्भ में एक और बात। प्रयाग संगीत समिति के वार्षिक संगीत सम्मेलन से जुड़ी। उस दिन शाम से शुरू हुए कार्यक्रम का अन्त उस्ताद विलायत ख़ाँ के

सितार वादन से होना था। आधी रात के बाद ख़ाँ साहब की बारी आई। बड़े विस्तार से उन्होंने पहला राग—जिसका नाम मैं याद नहीं कर पा रहा—प्रस्तुत किया। उसके बाद थोड़ी देर का इंटरवल हुआ। इंटरवल के बाद, पता नहीं किस कारण से, ऐसा हुआ कि संगीत समिति के विशाल हॉल में गिनती के श्रोता ही बचे थे। यह देखकर ख़ाँ साहब के चेहरे पर नाखुशी और अविश्वास और न जाने क्या का मिला-जुला तीखा भाव आ ही रहा था कि बचे-खुचे गिनती-भर श्रोताओं में से एक ने कहा : 'ख़ाँ साहब, बड़ी इच्छा है कि आज आप यहीं सूर्योदय करा दें।' पल-भर में ख़ाँ साहब का भाव बदल गया। मुस्कराए और बोले : 'तो वही सही।'

और उसके बाद जो अद्‌भुत ललित भटियार शुरू हुआ तो सूर्योदय कराके ही खत्म हुआ। वैसे यह समझ में तभी आया जब अलौकिक हो गए हम लोग वापस अपनी दुनिया में लौट हॉल से बाहर निकले।

इलाहाबाद में 1958 से शुरू होकर बार-बार होता रहा संगीत का यह अनुभव 1964 में दिल्ली आ जाने के बाद भी सालों तक इसी तरह चलता रहा। वैसे तो दिल्ली में तमाम संगीत कार्यक्रम होते थे, पर सर शंकरलाल संगीत समारोह की कशिश अलग ही थी। उस जमाने में यह संगीत समारोह कमानी सभागार में नहीं होता था। कमानी सभागार का वजूद ही नहीं था तब। मैं जिस वक्त की बात कर रहा हूँ तब रवीन्द्र भवन के पास एक खाली मैदान में बड़ा सा पंडाल बनाया जाता था और वहीं यह भव्य संगीत समारोह होता था। उसके बाद पंडाल बंगाली मार्केट के पास पड़े एक मैदान में लगने लगा।

पंडाल और हॉल में संगीत का अनुभव बहुत अलग किस्म का होता है। पंडाल में एक खास तरह की अनौपचारिकता बनी रहती है, मस्ती से आना-जाना और बैठना-सुनना होता है। रफ़्तार से इसका सम्बन्ध है तो, पर वह थोड़े वक्र तरीके का है। उसे यहाँ न उठाकर मैं केवल संगीत कार्यक्रमों के उस पक्ष का जिक्र जारी रखना चाहता हूँ जो जिन्दगी की धीमी रफ्तार का सीधा सूचक है।

जिस जमाने की बात हो रही है उस जमाने में औसत मध्यमवर्गीय लोगों के पास अपनी मोटरगाड़ियाँ नहीं थीं। स्कूटर और मोटरसाइकिल भी बहुत ज्यादा नहीं थे। और न ही आज जैसे वेतन या दीगर कमाई के जरिये थे। मतलब यह कि संगीत सम्मेलनों में आने वाले अनगिनत लोग दिल्ली परिवहन निगम की बस सेवा पर आश्रित थे। और वह संगीत सम्मेलन ही क्या जो रात में सामान्य बस सेवा के बन्द हो जाने के बहुत देर बाद तक न चले? सो शंकरलाल संगीत समारोह के दौरान विशेष बसों की व्यवस्था दिल्ली परिवहन निगम की ओर से की जाती थी कि जिस वक्त भी दिन का कार्यक्रम पूरा हो—और मजाल है कि सुबह चार से पहले पूरा हो जाए—तो शहर की विभिन्न दिशाओं से आए श्रोताओं को उनके इलाकों में पहुँचा दिया जाए।

मुझे याद है एक बार उस्ताद विलायत ख़ाँ ने अपना पहला राग—बागेश्री—पूरे तीन घंटे बजाया था। उस दिन तो पूरी सुबह हो गई थी। कार्यक्रम के बाद मैं अपने एक मित्र के साथ उसी के घर चला गया। उसके पिता बैठे चाय पी रहे थे। मुझसे भी कहा चाय पीने को। मैंने कहा कि मंजन किए बग़ैर चाय नहीं पी सकता मैं। हँसकर उन्होंने कहा कि आदत के गुलाम न बनो; निषेध का कारण जानो; सारी रात जगकर संगीत सुना है, मुँह बिलकुल साफ है तुम्हारा। पीने लगा मैं उनकी दी चाय।

एक और महत्त्वपूर्ण बात यह थी कि शंकरलाल समारोह के दौरान बड़े-बड़े कलाकार दूसरे कलाकारों के गायन-वादन के दौरान घूमते-फिरते-बैठते-सुनते नजर आते थे। सिर्फ अपना कार्यक्रम करने के लिए आना और चले जाना रिवाज नहीं था उस वक्त। उनके पास भी वक्त था। भूल नहीं पाता हूँ पंडाल के बाहर एक रात उस्ताद जमीर ख़ाँ का गुनगुनाते हुए टहलना, या चाय के स्टॉल पर—पंडाल के ही बाहर—पंडित निखिल बनर्जी से मिलवाया जाना।

संगीत की बात करते-करते और बहुत कुछ याद आने लगा। इसमें से सबसे पहले उस दुनिया का जिक्र कर दूँ जिससे सीधा-सीधा मेरा ताल्लुक है। अकादमिक दुनिया। उस जमाने की अकादमिक दुनिया। कहने को बहुत कुछ है, पर केवल एक दृष्टान्त दूँगा। जवान था, नया-नया भारतीय उच्च अध्ययन संस्थान में फैलो बनकर गया था। साल में दो या तीन बड़े सैमिनार तो होते ही थे। हर सैमिनार एक-एक सप्ताह चलता था। सुबह नौ बजे से शुरू हो शाम के पाँच-छह बजे तक बहस-मुबाहिसा होता था। बीच में भोजन के लिए एक घंटा निर्धारित रहता था। दिन-भर में केवल चार पर्चे प्रस्तुत होते थे और उन पर जमकर संवाद-विवाद होता था। जल्प और वितंडा भी गाहे-बगाहे हो ही जाते थे।

दिन-भर चला विचार-विमर्श संगोष्ठी कक्ष से बाहर आ जाने पर खत्म नहीं हो जाता था। सैमिनार अनौपचारिक तरीके से देर रात तक चलता रहता, जब लोग दो-दो, चार-चार के गुटों में शाम को टहलने निकलते, रात के खाने पर साथ होते और उसके बाद भी मन हुआ तो बतियाते रहते।

यह इसलिए हो पाता कि सैमिनार में आए लोग पूरे सैमिनार के दौरान उपस्थित रहते, छोटे-बड़े का भेदभाव न होता, और सब एक ही जगह टिकाए जाते।

आज सात दिवसीय गोष्ठियाँ लगभग अकल्पनीय हैं। अब तो अन्तर्राष्ट्रीय सैमिनार तक एक या दो दिन के होने लगे हैं। कभी-कभी तो सैमिनार से ज्यादा वक्त यात्रा में लग जाता है। लम्बी गोष्ठियों को छोड़िए, एक दिन चलने वाली गोष्ठियों तक में यह आम हो गया है कि भाई लोग केवल अपने सत्र के लिए पहुँचते हैं और उसके पूरा होते ही चल देते हैं। बड़ी तेज रफ्तार हो गई है जिन्दगी की।

हमारे देखते-देखते क्रिकेट में हुआ कायाकल्प भी रफ्तार की इसी गाथा का अंग है। 50-50 ओवरों वाली एक-दिवसीय क्रिकेट की जरूरत, और उससे भी

काम न बनता देख, 20-20 ओवरों वाली फटाफट क्रिकेट का आविष्कार तो बताते ही हैं जिन्दगी की नित बढ़ती रफ्तार की कहानी; पर उससे भी गहरे स्तर पर टैस्ट क्रिकेट के बदलते चरित्र में उस कहानी की असलियत उभरकर आती है। मैं बात टैस्ट क्रिकेट के दौरान दर्शकों के अभाव भर की नहीं कर रहा हूँ, यद्यपि वह भी महत्त्वपूर्ण है। मैं ध्यान दिलाना चाहता हूँ टैस्ट क्रिकेट की बदलती रफ्तार की ओर। पारम्परिक टैस्ट क्रिकेट—दरअसल पूरी पारम्परिक क्रिकेट—में गेंदबाजी और बल्लेबाजी दोनों की एक विशिष्ट संरचना होती थी। ठहराव, बढ़त, खोज उस संरचना के प्रमुख अवयव थे। (उसमें भी सैयद मुश्ताक़ अली या डैनिस कॉम्प्टन जैसे अपवाद होते थे, और परिस्थिति के अनुसार जरूरी आक्रामकता का इस्तेमाल भी होता था।) अच्छे सुरक्षात्मक स्ट्रोक—आज तो स्ट्रोक के सुरक्षात्मक हो सकने का भाव ही समझ से परे होता जा रहा है—की वैसी ही प्रशंसा होती थी जैसी किसी अच्छे चौके या छक्के की। मैच ड्रा होकर भी रोमांचकारी लग सकता था पाँचों दिन मन्थर गति से चलकर।

बात चल निकली है तो दृष्टान्तों का सैलाब-सा आ रहा है मन में। उसे दबाए रहूँगा। पर एक अन्तिम दृष्टान्त देने से रुक नहीं पा रहा। डाकिये याद आ रहे हैं बड़ी शिद्दत से। टोपी समेत खाकी वर्दी में खरामा-खरामा चलते, या साइकिल पर सवार जगह-जगह उतरते, ऐसे कि अपने इलाके में उनके आने से आप अपनी घड़ी मिला सकते, आज लगता है कि वे डाकिये साक्षात मूर्ति थे उस जीवन की जहाँ न उम्मीद थी और न ही सामान्यत: जरूरत कि चार-पाँच छह या दस दिन से कम में आप अपनी खबर भेज या पा सकें। कुछ असामान्य घट जाए तो तार भेज दिया जाता था या, जहाँ सम्भव हो, ट्रंक कॉल बुक कराकर उम्मीद की जाती थी कि लाइन मिल जाए। ट्रंक कॉल की बुकिंग भी दो तरह की होती थी, सामान्य और 'अर्जेंट'। बैठे रहते थे आप डाक या तार घर में अपनी लाइन के मिलने का इन्तजार करते।

अपने निजी जीवन के अनुभव पर अभी तक जो कहा वह उस अनुभव से भी जुड़ता है जो मुझे वर्तमान भारतीय इतिहास के अपने अध्ययन के आधार पर हुआ है।

इतिहासकार पेशे से ही परिवर्तन—प्रक्रिया, क्रम, वैविध्य इत्यादि—के खोजी होते हैं। कुछ अपेक्षाकृत टिकाऊ दिखाई भी पड़ता हो उन्हें—जैसा कि संस्कृति या संरचना जैसे विषयों के अध्ययन में होता ही है—तो भी इतिहासकार की नजर उस स्थायित्व में हो रहे बदलाव और आभासी एकता में छिपी बहुलता की तरफ जाने से चूकती नहीं। इसके अलावा हरेक काल-खंड में भिन्न-भिन्न संरचनाओं का होना दिखाता है कि बदलाव और वैविध्य अनिवार्य तत्त्व हैं मानव जीवन के।

समझ में आने लगता है पुराना दार्शनिक सत्य कि आप एक नदी में दो बार अपना पैर नहीं डाल सकते। इसलिए ही नहीं कि दुबारा पैर डाल सकें आप, तब

तक नदी बदल चुकी होती है; इसलिए भी कि दुबारा पैर डालने तक आप खुद बदल चुके होते हैं।

तकरीबन पचास साल होने को आए जब परिवर्तन के खोजी के रूप में मैंने उन्नीसवीं सदी में भारतीय राष्ट्रवाद के विकास को समझने की कोशिश के साथ वर्तमान भारतीय इतिहास में अपना शोध शुरू किया था। राष्ट्रीय चेतना कैसे पनपनी शुरू हुई, यह समझने के दौरान समझ में आया कि राष्ट्रीय चेतना उस व्यापक सामाजिक चेतना का अंग मात्र थी जो औपनिवेशिक भारत में उभरनी शुरू हुई। धीरे-धीरे उन्नीसवीं सदी ने अपनी गिरफ्त में ले लिया मुझे। मैं रहने-सा लग गया उस काल में। फिर एहसास होने लगा कि असल में उन्नीसवीं और बीसवीं सदी के भारत में कोई फाँक नहीं है। कि जीवन के हर क्षेत्र में हुए नाटकीय बदलावों के बावजूद बीसवीं सदी का ख़ुदमुख़्तार भारत वही है जिसकी बुनियाद उन्नीसवीं सदी की गुलामी में पड़ी थी।

बहुतों को बेतुकी लग सकती है यह बात। ढेरों तर्क और तथ्य दिए जा सकते हैं इसके खिलाफ। मैं खुद उन्नीसवीं और बीसवीं सदी के साम्य को देर से और धीरे-धीरे समझ पाया। यहाँ उस समझ के विशद विवरण की दरकार नहीं है। महत्त्वपूर्ण तथ्य यह है कि परिवर्तन का एक पेशेवर खोजी डेढ़-दो सौ सालों में हुए नाटकीय परिवर्तनों के बीच निरन्तरता देखने लगा।

और तभी, इक्कीसवीं सदी के आते-आते अचानक लगने लगा कि यह लम्बी निरन्तरता भहरा पड़ी है। कि दुनिया अब अलग ही ढंग से चलने जा रही है।

सारी दुनिया, कहा जा रहा है, एक गाँव बनी जा रही है। ग्लोबल विलेज। गाँव जहाँ दूरियाँ खत्म हो जाती हैं। सब एक दूसरे को जानते हैं। अपनी जिन्दगी के साठ साल उन्नीसवीं-बीसवीं सदी में मस्ती से बिताने के बाद—मस्ती जो देश में भी उतनी ही रही जितनी दूसरे देशों में—इक्कीसवीं सदी के इस गाँव में मैं अजनबी पाता हूँ अपने आपको। अजनबी, निस्सहाय, किंकर्त्तव्यविमूढ़।

अन्त करूँ उससे पहले मन में आ रहे दो खयाल और लिख देना चाहता हूँ। पहला, जो हाल इक्कीसवीं सदी की निर्बाध बढ़ती रफ्तार मेरे जैसों का कर रही है, कुछ ऐसा ही हाल उन्नीसवीं सदी में उनका हुआ था जो उस समय हुए क्रान्तिकारी वैज्ञानिक-प्रौद्योगिक परिवर्तनों के कारण जिन्दगी की रफ्तार में आई तेजी में मानवीय विनाश न सही, मानवीय ह्रास देख रहे थे। हम कह सकते हैं कि उनका डर बेबुनियाद था?

दूसरा खयाल इक्कीसवीं सदी से पहले से मन में आता रहा है। बगैर देर तक टिके हुए। पर आज जब इक्कीसवीं सदी में जिन्दगी की बढ़ती रफ्तार पर लिखने बैठा हूँ तो छोड़ नहीं रहा वह खयाल। सो मुख़्तसर बयान कर देता हूँ उसे भी।

उसी नदी में दो बार पैर डालने की असम्भवता के ऐन उलट एक धारणा है। इसे गीता में में इस तरह रखा गया है : 'न तो ऐसा ही है कि मैं किसी काल में नहीं था, तू नहीं था अथवा ये राजा लोग नहीं थे, और न ऐसा ही है कि इससे आगे हम सब नहीं रहेंगे।' कठोपनिषद में यही विचार इस तरह आता है : 'ज्ञानी जानते हैं कि जो यहाँ है, वहाँ भी है; कि जो था वह आगे भी होगा। वे ऐक्य देखते हैं, विभाजन नहीं।' बाइबिल कहती है : 'जो हो चुका है वही है जो होगा, और जो किया गया है वही है जो किया जाएगा। सूरज के तले नया कुछ भी नहीं है।' यह भी : 'जो है सो पहले रह चुका है, जो होगा सो अभी है।'

सदियों बाद ब्लेक ने कहा : 'मैं भूत, वर्तमान और भविष्य को एक साथ घटते देखता हूँ।' समय की शाश्वत अविभाजित विद्यमानता की बात करते हुए हमारे अपने—हमारे अपने?—जमाने में टी.एस. एलियट ने कहा कि 'भूत और वर्तमान दोनों ही शायद भविष्य में उपस्थित हैं।'

कितना अजीब है—लगता नहीं कि मैं सिर्फ अपनी बात कर रहा हूँ—कि किसी नदी में दो बार पैर न रख पाने का सच और परिवर्तन की भ्रामकता का सच, दोनों ही मन में अटल सच के रूप में उतरते—या पहले से बैठे—लगते हैं। और, यह भी अजीब है, मन दोनों सच्चाइयों को शान्त भाव से माने रहता है, मानो उन दोनों में कोई विरोधाभास हो ही नहीं।

पर विरोधाभास तो है ही। भले ही तात्विक स्तर पर कोई कहे कि यहाँ वास्तव में दो विपरीत सच हैं, और कोई कहे कि यह सच की प्राकृतिक विपरीतता का उद्‌घाटन-भर है।

सच जो भी हो, यह भी दिलचस्प है कि एक अरसे तक मन में खटका करके जल्दी ही विलीन हो जाने वाला निरन्तरता का खयाल एक ऐसे समय में दिमाग में डेरा डाल के बैठ गया है जब सब कुछ अभूतपूर्व तेजी से बदलता नजर आ रहा है।

क्या हो सकता है इसका कारण? क्या है इसका अर्थ? वक्त के मारे किसी फिसड्डी की हाय-हाय तो नहीं है यह?

आधुनिकता : कबीर के बहाने

याद नहीं कि कब पिछली बार किसी समालोचक या समाजविज्ञानी ने वैसा सुख दिया जो पुरुषोत्तम अग्रवाल की 'अकथ कहानी प्रेम की : कबीर की कविता और उनका समय' बाँचते हुए मिला। अपार बौद्धिक-भावनात्मक सुख। वैसा सुख जो अच्छी साहित्यिक कृतियाँ देती हैं। जबकि है 'अकथ कहानी प्रेम की' समालोचना और इतिहास के बीच पसरी विधागत खाई को पाटता एक शोध-ग्रन्थ।

रूढ़ विधाओं के बीच की खाइयाँ पहले भी पटी हैं। आजकल तो इन्हें पाटने का फैशन-सा चल निकला है। उसकी अपनी सैद्धान्तिकी भी विकसित हो गई है। पर उसकी देखने-परखने की नजर और देखे-परखे को कहने के तरीके में कोई बुनियादी फर्क आया हो, ऐसा लगता नहीं। बौद्धिकता में अटल विश्वास और भावनात्मकता के प्रति सन्देह बदस्तूर बने हुए हैं। बुद्धि और भावना के द्वैध को वास्तविक व्यवहार, यानी शोध-कार्य और अकादमिक लेखन में नकार सकने वाला कोई नया अन्तर्विवेक अमूमन दिखाई नहीं देता इस नई चाल में। एक ऐसा अन्तर्विवेक, एक ऐसी अन्तश्चेतना जहाँ बुद्धि और भावना, विश्वास और श्रद्धा, तर्क और 'इंट्युशन' के बीच विपर्यय का सम्बन्ध न हो।

'अकथ कहानी प्रेम की' कुछ ऐसी ही अन्तश्चेतना की 'कौंध' की उपज है। वही स्रोत है इससे मिलने वाले सुख का। लगता नहीं कि उस कौंध के बगैर पुरुषोत्तम अपने विषय को वैसे समझ पाते जैसे कि समझ पाए हैं। समझ भी पाते तो, सम्भावना और भी कम है कि, उस तरह लिखने को प्रेरित होते, और उस तरह लिखने का साहस जुटा पाते, जैसे कि उन्होंने लिखा है अपने सुखसंचारक ग्रन्थ को।

पुरुषोत्तम ऐसा कर पाए हैं, बल्कि मस्त होकर किया है उन्होंने ऐसा, यह दर्शाता है कि कबीर काफी गहरे उतर गए हैं उनके अन्दर। सुपात्र को ही ऐसा अनुग्रह मिलता है।

मैंने जानबूझकर 'कौंध' की बात की है। एक ऐसी अन्तश्चेतना की कौंध जो 'देखना' जानती है, देखने को बाँटती नहीं। पर कौंध तो आती है, और चली जाती

है। हम चाहते हैं उसे स्थायी बना लेना। बना नहीं पाते। अक्सर समझ भी नहीं पाते कि वह आकर चली गई है। या यह कि जितना मिला है वह शुरुआत-भर है; आगे, यानी कि अभी, और बहुत कुछ बाकी है।

कबीर की कौंध भी है यह।

2

एक साल से इस पुस्तक को लेकर कुछ लिखने की इच्छा रही है मन में। इसकी समीक्षा नहीं, इसको लेकर कुछ। भली-भाँति जानते हुए कि इस पुस्तक का पूरा एक हिस्सा मेरी अपनी अकादमिक जानकारी के बाहर का विषय है। उस हिस्से के बारे में मैं, ज्यादा से ज्यादा, एक रसिक के नाते कुछ महसूस तो कर सकता हूँ, पर उसको लेकर कोई आधिकारिक टिप्पणी नहीं कर सकता। इस एहसास के बावजूद लिखने की इच्छा का होना, इतने दिनों तक बने रहना, और अब अमल में तब्दील होना भी सबूत है कि यह पुस्तक सामान्य से हटकर है।

जिस सुख के जिक्र से मैंने अपनी बात शुरू की है उससे एक और सुख भी जुड़ा है। वह यह कि हिन्दी में किसी एक विषय की प्रस्तुति ऐसे विशाल फलक पर हुई है कि जिसमें हमारी सामूहिक चेतना, हमारे अस्तित्व, हमारी ज्ञान-प्रक्रिया से सम्बन्धित बुनियादी सवाल उठते हैं।

एक तीसरा सुख भी है इस लिखने में। इस विश्वास का सुख कि पुरुषोत्तम में न वह कमजोरी है जो दिमाग खराब कर देती है प्रशंसा मिलने पर, और न वह जो असहमति में अनिवार्यत: अदावत और साजिश सूँघने लगती है। 'आप न डरौं न और डराऊँ।'

3

पुरुषोत्तम की किताब का एक बहुत बड़ा हिस्सा किताब के लिखे जाने की तैयारी है। वह रास्ता तैयार करता है इसके लिखे जाने का। तैयारी की पहली बात, 'कबीर को अकेले नहीं पढ़ा जा सकता। उन्हें पढ़ना होगा, भक्ति संवेदना के समग्र सन्दर्भ में।' ऐसा कर सकने के लिए 'ध्यान में रखने होंगे इस संवेदना के आत्म-संघर्ष और वाद-विवाद और साथ ही विवादरत पक्षों के परस्पर संवाद, परस्पर समायोजन। त्यागना होगा इतिहास को बन्द गली और अपने मनोवांछित लक्ष्य को उस बन्द गली का आखिरी मकान समझने का मोह।' इस पहली बात में ही इतनी ज्यादा बातें आ जाती हैं, और इनमें से काफी पर खासे विस्तृत विमर्श की जरूरत महसूस होती है पुरुषोत्तम को, कि उन्हें अपनी भूमिका में ही कह देना पड़ता है : 'कुछ तो यहीं मिलेगा, कुछ के लिए प्रतीक्षा करें अगली किताब की।'

दूसरी बात जो शुरू में ही हमसे अपनापा बनाते हुए पुरुषोत्तम हमें बताते हैं वह है :

> *कबीर को 'पढ़ने' के लिए उन्हें अजूबा बनाने के प्रलोभनों से मुक्त होना सबसे पहले जरूरी है। मध्यकाल में होते हुए भी, कबीर, अजीब बात है कि आधुनिक से लगते हैं। 'निरक्षर' होते हुए भी, कबीर, अजीब बात है कि 'ज्ञानीजी' कहे जाते हैं। मुसलमान वंश में जन्म होने पर भी, अजीब बात है कि रामानन्द के शिष्य बनते हैं...इस तरह की अजब-गजब मार्का बातों के आदि-स्रोतों की खोज स्वयं ही रोचक और रोमांचक है। यह खोज की तभी जा सकती है, जबकि आप देशभाषा स्रोतों पर 'कृपा' करने की बजाय उनसे संवाद करें, किंवदंतियों की अवैज्ञानिकता सिद्ध करने के पराक्रम की बजाय उनका सांस्कृतिक सार और आशय समझने की कोशिश करें। मैंने यही कोशिश की है। मैंने कबीर को 'चकित' होकर पढ़ने, या उनका मनमाना इस्तेमाल करने की नहीं, उन्हें ऐसे लगाव से पढ़ने की कोशिश की है, जिसमें जिरह के लिए विख्यात कवि से जिरह की भी पूरी गुंजाइश है। कबीर को धर्मगुरु बनाने की बजाय उनके कवि-व्यक्तित्व के साथ संवाद करने की कोशिश है।*

यह तो इब्तिदा भर है। जो कबीर से जिरह पर उतारू हो उसकी इब्तिदा जुझारू ही होगी। सम्मोहक भी। जिरह दूसरे को डराने-धमकाने-भगाने को तो है नहीं। सच देखने-दिखाने को है। सो अन्त तक चलेगी। ऐसे ही चलेगी। अगली किताब का इन्तजार करवाएगी।

तीसरी बात, हम कबीर को समझना चाहें या कुछ और, हमारे समझने में एक बुनियादी खोट रहेगी अगर हम न समझ पाए कि हमारा सोचना-समझना एक औपनिवेशिक मानस का सोचना-समझना है। हमारी चेतना का उपनिवेशीकरण हो चुका है। इस समझ के बाद ही शुरू होगी इससे मुक्ति की सम्भावना। सो पुरुषोत्तम की पुस्तक के केन्द्र में आ जाती है 'एक सभ्यतामूलक जिज्ञासा' जो यह जानने के लिए कि 'कबीर को कैसे-कैसे पढ़ा, बल्कि गढ़ा गया है', पुरुषोत्तम को औपनिवेशिक ज्ञानकांड से टकराने पर विवश कर देती है।

यह तीसरी बात मेरे लिए, महत्त्वपूर्ण होने के अलावा, इस कारण खास दिलचस्पी रखती है कि मैंने खुद इस पहलू को समझने की कोशिश की है। उस पर मैं अन्त में जाना चाहूँगा।

4

पुरुषोत्तम की इन तीन महत्त्वपूर्ण बातों के बाद मेरी एक बात। उस लेखकीय संवेदना के बारे में जिसने ऐसी एक साथ ही मर्मस्पर्शी और विचारोत्तेजक पुस्तक

सम्भव बना दी। इस संवेदना में किसी तरह की संकीर्णता के लिए स्थान नहीं है। अवचेतन तो सबको ही कमोबेश अपनी गिरफ्त में फाँसे रहता है, पर चेतन स्तर पर कोई प्रबल पूर्वग्रह बाँधता नहीं 'अकथ कहानी प्रेम की' के लेखक को। पहले भी पुरुषोत्तम को पढ़ा और, उससे भी ज्यादा, सुना है। गोष्ठियों में भी साथ रहा है उनका। पर ऐसी वैचारिक स्वच्छन्दता और परानुभूतिप्रवणता पहले नहीं मिली जैसी, सुपात्र होने के नाते, कबीर से पा ली है उन्होंने। गहरा आत्मावलोकन, निर्मम आत्म-विवेचन उन्हें वहाँ ले आया है जहाँ अब 'पॉलिटिकल करैक्टनैस' उन्हें रोकेगी नहीं वह कहने से जिस से बहुतों को—अल्पकालिक परिप्रेक्ष्य में देखने पर—उनका कहा जोखिम भरा, और इसलिए गलत लगे। सच को, उसके अनुमानित कुपरिणामों के भय से, न कहने वालों, या उसे झूठ बताने वालों, का ही प्रायः बोलबाला रहता है हर समाज में। बड़े बुद्धिजीवी खासे करीने से कर ले जाते हैं यह काम, बाकी कमोबेश फूहड़ तरीके से।

हमारे धर्मनिरपेक्ष लोकतांत्रिक मूल्यों के उदारमना पक्षधर प्रायः काफी सफाई से करते रहे हैं यह काम। पर उनकी सारी कुशलता के बावजूद आज स्थिति ऐसी हो गई है कि 'सैक्युलर फंडामैंटलिज्म' की, एक हद तक सही, शिकायत होने लगी है। यह लिखते हुए मैं स्पष्ट कर देना चाहता हूँ कि मैं स्वयं धर्मनिरपेक्ष लोकतंत्र का पक्षधर हूँ। और पुरुषोत्तम भी हैं। पर, सौभाग्य से, 'पॉलिटिकल करैक्टनैस' के जाल से मुक्त हैं वह इस पुस्तक में।

धर्मनिरपेक्ष चिन्तन-प्रणाली में धर्म का जैसा सरलीकृत अवमूल्यन होता रहा है हमारे यहाँ, धर्म को सिरे से ही जिस तरह अन्धविश्वास की कोटि में रख एक नकारात्मक ऐतिहासिक-सांस्कृतिक तत्त्व के रूप में देखा गया है, उसी का उदाहरण देकर मैं अपनी बात स्पष्ट करना चाहूँगा। अपने देश में जिस तरह देखते ही देखते हिन्दुत्व राष्ट्रीय राजनीति के केन्द्र में आ बैठा है, और जिस तरह उसने हमारी राजनीति के केन्द्र को ही दक्षिण में धकेल दिया है, या जिस तरह, उतने ही देखते-देखते, तुर्की में भी धर्मनिरपेक्षता का हमारे जैसा ही हश्र होने लगा है, उसको मद्देनजर रखते हुए अब धर्म के स्वरूप पर नए तरीके से विचार करने की जरूरत महसूस होने लगी है।

पुरुषोत्तम ने भी 'अकथ कहानी प्रेम की' में धर्म पर पुनर्विचार किया है। पुस्तक की विषय-वस्तु की भी माँग थी कि ऐसा किया जाए। आखिर कबीर धर्म-गुरु ही नहीं माने जाते रहे हैं, उनके नाम से पन्थ ही चल निकला है। उस पन्थ में भी वही सब हुआ है जो हर संगठित धर्म में होता है; वही सब जिसके कारण धर्म की सरलीकृत आलोचना इतनी आसान हो जाती है। और चूँकि पुरुषोत्तम अतीत में हो गए किसी कबीर को ही नहीं, एक जीवन्त 'फिनॉमिनन' को समझना चाह रहे हैं, उनके लिए वर्तमान भी महत्त्वपूर्ण है। सबसे महत्त्वपूर्ण है अतीत और वर्तमान का रिश्ता। कहाँ कटाव है, कहाँ निरन्तरता है, कहाँ कुछ और।

'कबीर की भाव भगति', पुरुषोत्तम कहते हैं, 'कुछ न्यारी ही चीज है। वह धर्मसत्ता-मात्र की कठोर आलोचना है; एक और धर्म का प्रस्ताव नहीं।' पर है भगति वह। इस भाव से ओतप्रोत कि कोई और सत्ता, कोई और सच भी है, जिसके रहस्य को भेदना आसान नहीं। 'धर्म कर्म कछु नाहीं उहंवा, न उहां वेद विचारा।'

आप उसे धर्मसत्ता कहें—या संगठित, संस्थागत, सांसारिक धर्म कहकर बयान करें—कबीर को अगर आप गम्भीरता से लेते हैं तो आपको धर्मों के परे के धर्म को गम्भीरता से लेना होगा। धर्मों के परे का धर्म जिसे गांधी सर्वोपरि शक्ति मानते थे। पुरुषोत्तम शायद धर्मसत्ता के बरक्स धर्म को रखने से पैदा हो सकने वाले बिगूचन को दूर रखना चाहते हैं। कारण जो भी हो, वह धर्मसत्ता के बरक्स आत्मसत्ता और अध्यात्म सत्ता को रख, धर्मसत्ता का निषेध प्रस्तुत करते हैं। पर धर्म के महत्त्व को नकारते नहीं वह। एक बार फिर उनकी बात उन्हीं के शब्दों में रखने का लोभ संवरण नहीं कर पा रहा मैं :

> *इस बात पर ध्यान देना चाहिए कि धर्म मनुष्य के जीवन, उसके अनुभव, स्मृतितंत्र और अस्तित्व-मात्र से उसके सम्बन्ध का समग्र आख्यान—टोटल नैरेटिव—है। वास्तव में धर्म ही अकेला समग्र आख्यान है। ऐसा आख्यान जिसके हवाले से मनुष्य अपने अलग-अलग अनुभवों को अर्थवत्ता के एक सूत्र में गूँथता है। ऐसा आख्यान जिसके जरिए हम इस विराट ब्रह्मांड में अपने होने—सार्थक ढंग से होने—के विस्मय-बोध का तर्क खोज पाते हैं। ऐसा आख्यान जो हमें ऐतिहासिक स्मृतियों का 'अर्थ' समझाता है, जो हमारे सामाजिक सम्बन्धों की व्याख्या करता है। इससे भी ज्यादा महत्त्वपूर्ण यह कि हमारे निबिड़ एकान्त को, हमारी गहनतम संवेदनाओं और भावनाओं को भी धर्म हमारे लिए बोधगम्य और व्याख्या के योग्य बनाता है। हम केवल एक जैविक संयोग का परिणाम नहीं, हमारे जीवन का कुछ विशिष्ट अर्थ है, यह विश्वास हमें दिलाता है : धर्म। हमारे 'इस' जीवन का अर्थ 'यहीं' तक सीमित नहीं है; इस अर्थ का विस्तार परलोक या जन्मान्तर या किसी अन्य रूप में 'यहाँ और अभी' से आगे तक जाता है। जीवन से परे भी जीवन है, और जीवन न भी हो तो ईश्वर है, ईश्वर न भी हो तो एक तर्केतर, कालातीत पहचान है, जो हमें हमारा धर्म देता है। दूसरे शब्दों में, धर्म मनुष्य को उसकी अपनी सार्थकता का आश्वासन देता है।*

पुरुषोत्तम, फलस्वरूप, आग्रह करते हैं :

> *अध्यात्म, आस्थातंत्र, बाह्याचार, नैतिक आग्रह और सामाजिक अस्मिता की संश्लिष्ट सत्ता के रूप में धर्म को देखना बेहद जरूरी है। धार्मिक कल्पना में हिंसा, प्रतिशोध और रक्तशुद्धि के आग्रह के अलावा भी बहुत कुछ है—*

बहुत पावन, शुभ और श्रेष्ठ। गांधीजी, ख़ान अब्दुल गफ़्फ़ार ख़ाँ, मार्टिन लूथर किंग, रमण महर्षि जैसी जानी-मानी हस्तियों का ही नहीं, दुनिया के करोड़ों साधारण धर्म-भीरू लोगों का जीवन इस बात का प्रमाण है। बात धर्म के विरुद्ध धर्मयुद्ध छेड़ देने की नहीं, उसकी सत्ता और भूमिका को द्वन्द्वात्मक समग्रता में समझने की है। धर्म के अध्यात्म-भाव को महत्त्व देने वाली और उसे सामाजिक सत्ता-तंत्र का अवेध्य रूपक बना देने वाली धर्म-दृष्टियों के बीच फर्क करने की, बल्कि उनके बीच चलने वाले सतत संघर्ष में अपना पक्ष चुनने की है। धर्म के गठन में अध्यात्म-भाव की महत्त्वपूर्ण भूमिका को समझते हुए यह सवाल पूछने की जरूरत है : धर्म के बाहर अध्यात्म-सत्ता की कल्पना सम्भव है या नहीं?

'धर्म' के महत्त्व को भलीभाँति समझने के बावजूद पुरुषोत्तम धर्म के बाहर अध्यात्म-सत्ता खोजना चाहते हैं। इसीलिए यह सवाल उठते हैं। कबीर की साधना जो उत्तर 'निर्भ्रान्त भाव से, रोमांचक ढंग से देती है,' वह है : 'हाँ, ऐसी कल्पना सम्भव है।' इसी अध्यात्म-सत्ता से जुड़ी है आत्म-सत्ता। उस आत्म की सत्ता नहीं जिसको लेकर कबीर ने कहा है : 'आतम खबर न जाना।'

नाम आप जो भी दें—मैं स्वयं गांधी के अर्थ में 'धर्म' के अतिरिक्त कोई अन्य शब्दावली जरूरी नहीं समझता—पुरुषोत्तम जो स्थापना कर रहे हैं उस पर गम्भीर विमर्श होना चाहिए।

5

मेरे लिए इस पुस्तक का सबसे आनन्दमय हिस्सा इसके अन्त का है। वह जहाँ, अन्ततोगत्वा, पुरुषोत्तम कबीर की कविता पर आ जाते हैं। ऐसा होना एक तरह से स्वाभाविक भी है। पुरुषोत्तम आखिर खिंचे तो कबीर की ही ओर थे। ऐसा तो था नहीं कि अध्ययन करना था औपनिवेशिक चेतना या ज्ञानकांड का, और कबीर माध्यम बन गए उस अध्ययन की स्थापनाओं को चरितार्थ करने का। पुरुषोत्तम का उद्देश्य कबीर को समझना था, और उनके लिए कबीर का असल महत्त्व कवि की हैसियत से है, धर्मगुरु, समाज-सुधारक या क्रान्तिकारी चिन्तक के रूप में नहीं। जो कुछ कबीर हैं अपनी कविता के प्रताप से हैं। और उनकी कविता अद्वितीय है। वहाँ भी जहाँ कुछ पाठक, कबीर के किसी काव्येतर पक्ष के प्रति अपनी आसक्ति के कारण, इसकी काव्यात्मकता से अचम्भित रह जाते हैं।

'अकथ कहानी प्रेम की' में 420 पृष्ठों में फैले दस अध्याय हैं। केवल अन्तिम अध्याय—" 'मुख कस्तूरी महमही' : कबीर की कविताई'—के कुल 27 पृष्ठों में सीधे-सीधे पुरुषोत्तम उस बात पर आते हैं जिसको कर सकने की स्थिति बीते नौ अध्यायों में तैयार की है उन्होंने। विचार-भाव-अभिव्यंजन को एकात्म करता यह

अद्‌भुत अध्याय पाँच अनुच्छेदों में बँटा है। इन पाँचों के वर्णनात्मक शीर्षक ही काफी हैं जताने को कि किस वैचारिक-भावनात्मक धरातल—पुरुषोत्तम का ही एक प्रिय विशेषण इस्तेमाल करें तो रोमांचक धरातल—पर कबीर की कविताई की बात हुई है यहाँ। शीर्षक हैं : 'सब्दहि देत लखाए' : कविता का ढंग; 'कहै कबीर, सुनौ भई साधो' : कविता की आवाज; 'या पद को बूझै, ताको तीनों त्रिभुवन सूझैं' : उलटबाँसी का अर्थ; 'अनल अकासा घर किया' : कविता का घर; 'हम तुम रहे निदान' : मृत्यु के सामने कविता।

हम सब कमोबेश अपने अन्दर, अक्सर बहुत गहरे, कबीर लिये फिरते हैं। पुरुषोत्तम हमें अपने कबीर से—यानी हमारे अन्दर के, इस पुस्तक के नहीं—मिलवाते हैं। चूँकि हममें से बहुत कम कबीर को प्रधानत: कवि के रूप में जानते हैं, जल्दी ही यह पुस्तक हमारे सोचे, या अनसोचे अन्दर पैठे, के बरक्स-सी खड़ी होने लगती है। अपने प्रतिरोध में हमें खड़ा करती-सी। देर तक टिकता नहीं वह प्रतिरोध और अपने सोचे-अनसोचे का मोह। पुरुषोत्तम का कबीर की कविताई का बखान मोहने लगता है हमें। हमारी बुद्धि को भी मना ले जाता है।

एक छोटा-सा उदाहरण काफी होगा। कबीर के तमाम ऐसे कथन हैं जो लोकमानस में, हमारी चेतना में, घर कर गए हैं। इनमें से एक है : 'यह जग आंधरा जैसी अंधी गाई। बछा था सो मर गया, ऊभी चाम चटाई।' देह की नश्वरता, मौत की लाजिमी से वक्तन-फवक्तन रूबरू करता रहा है यह कथन हमें। वक्ते-जरूरत आसान बनाता रहा है मौत का स्वीकार। उसी प्रयोजन में चुक जाती है, हममें से बहुतों के लिए, कबीर की कविताई। पुरुषोत्तम हमें बताते हैं :

> *मृत्यु की अपरिहार्यता कबीर की, या किसी की भी 'मौलिक सूझ' नहीं है। यहाँ जो कविता उत्पन्न हो रही है वह 'ध्वनित वस्तु' के कारण नहीं, ध्वनन की 'शैली और सामग्री' के कारण ही हो रही है। 'यह जग आंधरा जैसी अंधी गाई। बछा था सो मर गया, ऊभी चाम चटाई' इस कथन में भी 'ध्वनित वस्तु' तो जीवन की क्षणभंगुरता ही है, लेकिन दिल हिला देने वाला 'भावोन्मेष' कर रहा है, मरे बछड़े को चाटती अंधी गाय का बिम्ब।*

हमारी संवेदना के किसी सुप्तांश को जगा देते हैं पुरुषोत्तम। अपने विशिष्ट ध्वनन से भी और ध्वनित वस्तु को सम्भव करने वाले अपने वैदग्ध्य से भी। बाँचने और विचारने का अद्‌भुत, कहीं-कहीं नितान्त अप्रत्याशित, आनन्द देते हैं वह। मसलन, युधिष्ठिर द्वारा दिए गए यक्ष के प्रश्नों के उत्तरों में सबसे विख्यात उत्तर—रोज दूसरों को मरते देख भी हम ऐसे जीते हैं जैसे अमर हों—के साथ वह एक और प्रश्न—'असली यक्ष-प्रश्न—जोड़ देते हैं : 'यह परम आश्चर्य पलायन की सूचना देता है, या जिजीविषा की?' जानते हुए कि 'इसका कोई एक सही उत्तर हो नहीं सकता।'

6

असली यक्ष-प्रश्न, शायद, होता ही वह है जिसका कोई एक मुकम्मल जवाब मुमकिन ही न हो। लग सकता है किसी जवाब में—युधिष्ठिर के जवाब की तरह—कि जवाब मिल गया उठाए गए सवाल का। पर जवाब दरअसल उठाए गए सवाल को आगे ले जाता है, उसका समाधान नहीं होता। ग्रीक भाषा से आया शब्द 'ऍपोरिआ' मुझे बहुत प्रिय है। वैसे सन्देह, या सन्देह के उस स्तर, से सम्बद्ध जहाँ समस्या है, और बुनियादी है, पर समाधान नहीं। पुरुषोत्तम के 'असली यक्ष-प्रश्न'—जिसका एक सही उत्तर हो नहीं सकता—पर सोचते हुए मुझे लगा कि यक्ष-प्रश्न, शायद, 'ऍपोरिआ' ही है।

यक्ष-प्रश्न/ 'ऍपोरिआ' में निहित सन्देह-बिद्ध नजर से मैं बाकी बातें इस पुस्तक के बारे में करना चाहता हूँ। ऐसा करने के दौरान हो सकता है—लगभग निश्चित है—कि मेरा अन्दाज-ए-बयाँ सन्देह का न हो, जानने का हो। भले ही थोड़ी देर के लिए ही वैसा हो। उसे, उम्मीद है, बात आगे ले जाने के एक, सम्भवत: अनिवार्य, तरीके की तरह ही देखा जाएगा, न कि किसी निश्चित स्थापना के प्रयास के रूप में। सचमुच यह एक आमंत्रण है। खुले मन से चिन्तन-मनन, वाद-विवाद का आमंत्रण।

पुस्तक के पहले वाक्य में ही पुरुषोत्तम कहते हैं कि 'कबीर के अध्ययन की समस्याएँ भक्ति-संवेदना के, भारतीय सांस्कृतिक इतिहास के अध्ययन की समस्याएँ भी हैं।' इसके तुरन्त बाद वह बताते हैं कि 'भारत, बल्कि किसी भी गैर-यूरोपीय समाज के अतीत और वर्तमान को समझने के रास्ते में सबसे बड़ी बाधा है—चेतना का उपनिवेशीकरण।' यहीं से शुरू हो जाती है, इस बड़ी बाधा को हटा, पुस्तक के लिखे जाने की तैयारी। एक ऐसी चेतना, एक ऐसी चिन्ता का विकास जो यूरोकेन्द्रित न हो।

चेतना के जिस औपनिवेशीकरण से जूझने के लिए पुरुषोत्तम विवश हो जाते हैं, उसे समझने में मेरी भी रुचि रही है। थोड़ा-बहुत लिखा भी है इस विषय पर। लम्बे अरसे तक किसी एक विषय को अलग-अलग तरीकों से समझने की प्रक्रिया में जो निष्कर्ष-नुमा मन में आता है, हमेशा खतरा रहता है कि कहीं बौद्धिक हठ में न बदल जाए वह। पर चूँकि इतने लम्बे अरसे तक लगे रहने के बाद भी मन में हर वक्त यही रहता है कि बहुत कुछ बाकी है समझने को, ईमानदारी से कह सकता हूँ कि जो भी असहमति इस विषय में पुरुषोत्तम के लिखे को लेकर है उसमें अपनी स्थापना के प्रति मोह नहीं है।

चेतना के उपनिवेशीकरण को पुरुषोत्तम 'परम्परा और आधुनिकता के बीच संवेदना-विच्छेद' के रूप में देखते हैं। संवेदना-विच्छेद हमारी स्थिति है। (उत्तर-आधुनिकता भी, पुरुषोत्तम के हिसाब से, औपनिवेशिक चेतना का ही एक चरण है।) इस स्थिति में गिने-चुने अपवाद-भर हैं, जैसे टैगोर का 'गोरा' और गांधी का 'हिन्द स्वराज'।

पुरुषोत्तम के लिखे को तो गौर से पढ़ा ही है, उनकी स्थापना को ध्यान में रखकर अपने अब तक के पढ़े और लिखे पर पुन: विचार भी किया है। लेकिन मुझे संवेदना-विच्छेद नहीं दिखाई देता। पश्चिमी ज्ञान-कांड का निरन्तर बढ़ता आधिपत्य मैं देख सकता हूँ। पर उसके परिणामस्वरूप जो होता है वह संवेदना-विच्छेद नहीं है। पश्चिमी ज्ञान-कांड जिस वैचारिक-भावात्मक प्रक्रिया को जन्म देता है—निरन्तर चलती प्रक्रिया न कि एकबारगी विच्छेद—उसके लिए मुझे जो शब्द सबसे उपयुक्त लगा है वह है अंग्रेजी का 'ऍम्बीवेलैंस'। एक ऐसी मन:स्थिति जो एक साथ ही विपरीत दिशाओं में खिंचती रहती है। चाहे परम्परा हो चाहे आधुनिकता, दोनों के प्रति आकर्षण और विकर्षण घटती-बढ़ती मात्रा में बना रहता है, औपनिवेशिक चेतना में। धीरे-धीरे—एकबारगी नहीं—यह चेतना पश्चिमी ज्ञान-कांड से लगभग संचालित होने लगती है।

पिछले वाक्य में आया 'लगभग' बहुत महत्त्वपूर्ण है। यह उस निरन्तर घटते अंश की ओर ध्यान दिलाती है जिस अंश में तेजी से उपनिवेशित होती भारतीय चेतना अपनी परम्परा से जुड़ी रहती है। और उस जुड़ाव के फलस्वरूप एक क्षीण एहसास बना रहता है उसमें अपने औपनिवेशीकृत होने का। इसी क्षीण एहसास में निहित रहती है सम्भावना अपनी मुक्ति की कामना और प्रयास की।

अपने कहे की वास्तविकता मैं तरह-तरह के उदाहरण देकर दिखा सकता हूँ। पर यहाँ केवल उतना ही कहूँगा जिससे औपनिवेशिक भारतीय चेतना की 'ऍम्बीवेलैंस' की निरन्तरता का थोड़ा अन्दाज हो जाए। 19वीं सदी के अन्त में तब तक छपे आधुनिक मराठी साहित्य का मूल्यांकन करते हुए महादेव गोविन्द रानाडे (1843-1901) ने भविष्य को लेकर जो अपनी उम्मीद व्यक्त की वह प्रस्तुत सन्दर्भ में ध्यान देने योग्य है। उस समय के मराठी साहित्य में अनुवादों की प्रचुरता से प्रसन्न रानाडे ने लिखा कि जल्दी ही 'राष्ट्रीय मानस' उतनी ही अन्तरंगता से पश्चिमी यूरोप के विचारों को अपना बना लेगा जैसे कि प्राचीन संस्कृत ज्ञान को उसने पचा लिया था।

19वीं सदी का अन्त है जब रानाडे यह कह रहे हैं। बंगाल में अंग्रेजी राज को सौ साल से ऊपर और अंग्रेजी तालीम को—हिन्दू कॉलिज से शुरुआत मानें तो भी—अस्सी साल से ऊपर हो चुके हैं। उनके अपने महाराष्ट्र में भी आठ दशक तक चल चुका है यह सिलसिला। केवल 50 साल—उससे भी कम—और चलेगा औपचारिक उपनिवेशवाद। लेकिन अपने पारम्परिक ज्ञान या संवेदना से विच्छेद का कोई एहसास नहीं है उन्हें। इच्छा यह है कि ऐसा ही अन्तरंग सम्बन्ध पश्चिमी विचारों से भी बन जाए।

कहना न होगा कि रानाडे का जिक्र किसी एकाकी व्यक्ति का जिक्र नहीं है। तत्कालीन चेतना के सन्दर्भ में यह एक प्रतिनिधि पुरुष का जिक्र है। एक ऐसी तेजी

से बढ़ रहे मध्यम वर्ग का प्रतिनिधि जिसका आदर्श था शेक्सपीयर और कालिदास के साथ एक-सी अन्तरंगता।

मैंने जानबूझकर पहले शेक्सपीयर और बाद में कालिदास का नाम लिया। चूँकि उस वक्त के नवशिक्षित इसी क्रम में चीजें देखने लगे थे। पहले पश्चिम फिर भारत। कालिदास भी 'भारत के शेक्सपीयर' के रूप में सराहे जाने लगे थे। इसमें साफ-साफ परिलक्षित हो रहा था पश्चिम का उत्तरोत्तर बढ़ता बौद्धिक वर्चस्व। ऐसा सशक्त वर्चस्व कि गोवर्धनराय माधवराम त्रिपाठी (1855-1907) जैसा तेजस्वी चिन्तक-साहित्यकार बड़ी सहजता से अपनी डायरी में लिख सकता था, उपनिषदों के सन्दर्भ में : 'मुझे लगता है कि इनमें बड़ा अर्थ है। इस अर्थ को मानने या ठुकराने से पहले उसका अनुवाद आधुनिक विचारों की भाषा में करना होगा।'

अपनी परम्परा का अनुवाद—'ट्रांसलेशन'—'इन द लैंग्वेज ऑव मॉडर्न आइडियाज।'

19वीं सदी के अन्त तक पश्चिमी विचारों से अपनापा नहीं बना था—इच्छा थी बनाने की—पर समर्पण लगभग हो गया था उनके सामने।

विच्छेद नहीं था।

न बाद में हुआ। तभी, राजनीतिक आजादी हासिल होने से सिर्फ बीसेक साल पहले दार्शनिक के.सी. भट्टाचार्य (1875-1949), पश्चिमी सांस्कृतिक आधिपत्य के खिलाफ चेतावनी दे, वैचारिक स्वराज—'स्वराज इन आइडियाज'—पर जोर दे सके।

और उसके बाद, विशेष रूप से पिछले तीसेक साल के दौरान हुए औपनिवेशिक भारत के अध्ययन में, इस प्रश्न पर काफी गम्भीर विमर्श हुआ है। यहाँ तक कि—पुरुषोत्तम की इस धारणा के विपरीत कि 'सबाल्टर्न' इतिहास लेखन में पश्चिमी ज्ञान-कांड के विखंडन का कोई प्रयास नहीं हुआ है—दीपेश चक्रवर्ती की 'प्रॉविंशलाइजिंग यूरोप', आधुनिक ज्ञान-कांड के बाहर निकल पाने की सम्भावना को नकारने के बावजूद, पश्चिमी बौद्धिक वर्चस्व को चुनौती देती है।

पुरुषोत्तम की अपनी 'अकथ कहानी प्रेम की', औपनिवेशिक भारत के हाल के उस अध्ययन की तरह जिसका उल्लेख ऊपर किया है मैंने, अगर सम्भव हो सकी है तो उसका एक बड़ा सहायक कारण रहा है औपनिवेशिक चेतना का वह क्षीण शेषांश जो किसी न किसी तरह परम्परा से जुड़ा ही रहा। दादी और नानी से बचपन में सुनी कथाओं की धुँधली स्मृति की तरह। चेतन में ना-तुल्य और अवचेतन/अचेतन के विभिन्न तलों में निरन्तर तिरती स्मृति। शायद इन्तजार करती ऊपर से किसी आहट के आने का। शायद हमारे किसी वैसे ही धुँधले सामूहिक अवचेतन/अचेतन में भी अवस्थित।

जो अन्तिम बात मैं करना चाहता हूँ वह संवेदना-विच्छेद से ही जुड़ी है। पुरुषोत्तम अपनी पुस्तक में जिस आधुनिकता की बात करते हैं, वह देशज आधुनिकता है। उनका मानना है कि संसार के इतिहास में पश्चिमी आधुनिकता वाहिद और

पहली आधुनिकता नहीं है। इससे पहले कि औपनिवेशिक आधुनिकता के रूप में यह आधुनिकता हमारे यहाँ आती, हम अपने इतिहास के आधुनिक युग में पहुँच चुके थे। वह लिखते हैं :

> *कबीर के समय का भारत उद्धार के लिए यूरोपीय आधुनिकता के अवतार की प्रतीक्षा करता भारत नहीं, स्वयं अपनी परम्परा से पनप रही आधुनिकता की ओर बढ़ता भारत था। कबीर और तुकाराम आधुनिक इसलिए नहीं लगते कि वे अपने समय से आगे निकलकर आधुनिक हो गए हैं, बल्कि इसलिए लगते हैं क्योंकि जिस समय में ये कवि रचना कर रहे हैं, वह समय भारतीय इतिहास में आधुनिकता के उदय का समय है।*

'अपनी परम्परा से पनप रही आधुनिकता।' विचारोत्तेजक स्थापना है यह। कुछ ऐसा आभास देती कि आधुनिकता वही नहीं है जो पश्चिम में उगी और जिसे पश्चिम ने आधुनिकता की संज्ञा दी। अलग-अलग परम्पराओं में भी ऐसी गतिशीलता और ऐसी सम्भावनाएँ हो सकती थीं कि वे अपनी विशिष्ट आधुनिकता को जन्म दें। हमारी परम्परा ने कर दिया था वैसा।

पर पुस्तक में थोड़ा आगे बढ़ते ही पता लग जाता है कि दरअसल आधुनिकता तो वही थी, पर पनपी थी अपनी परम्परा से। अर्थात्, आधुनिकता के लक्षण तो वही हैं जो पश्चिमी ज्ञान-कांड ने मानक के रूप में निर्धारित कर दिए हैं, पर उनका उदय पश्चिम के प्रभाव में आने से पहले ही हमारे यहाँ हो गया था। सो इन मानक लक्षणों के सहारे—उनमें से हरेक की उपस्थिति उस समय में दिखाकर—'देशज' आधुनिकता के होने का दावा कर दिया जाता है। मसलन :

> *पब्लिक स्फीयर की अवधारणा का आधुनिकता की अवधारणा से गहरा सम्बन्ध है। हिन्दी में कुछ लोग इसके लिए 'सार्वजनिक क्षेत्र' या 'जनपद' जैसे शब्दों का प्रयोग कर रहे हैं। ये प्रयोग भ्रामक हैं, पब्लिक स्फीयर के लिए सही शब्द है—'लोकवृत्त।' अंग्रेजी राज के पहले के भारत में जिन्हें खेती-किसानी पर आधारित, सीमित ग्रामीण अर्थ-व्यवस्था और इतिहासविहीन जड़ समाज ही नजर आता है, और जो मानते हैं कि तर्काधारित, सार्वजनिक विमर्श यूरोप के बाहर हो ही नहीं सकता था, उन्हें आधुनिकता और व्यापारियों से जुड़े 'लोकवृत्त' की चर्चा अटपटी लगेगी। लेकिन जिस समाज में सामाजिक अनुभवों की जटिलता हो, विचार-विमर्श की परम्परा हो, सामन्ती जड़ता के विरुद्ध असन्तोष को सामाजिक आधार दे सकने वाले व्यापारियों और दस्तकारों की अच्छी-खासी तादाद हो, आर्थिक हैसियत और सामाजिक सम्मान के बीच खाई, और उसके प्रति असन्तोष हो; उसमें आधुनिकता और लोकवृत्त का विकास तो होगा ही। ऐसे लोकवृत्त की, यूरोप में विकसित हुए बुर्जुआ पब्लिक स्फीयर से समानता भी होगी, विलक्षणता भी।*

उनके प्रकटीकरण में समानता हो या विलक्षणता, लक्षण आधुनिकता के वही हैं, और उनके हिसाब से हमारी आधुनिकता पश्चिमी आधुनिकता से पुरानी है। देशज क्योंकर है यह?

आजकल दुनिया भर के भूतपूर्व दास देशों के इतिहास लेखन में क्षेत्रीय आधुनिकता की लहर चली हुई है। लैटिन अमरीका, अफ्रीका, एशिया, हर जगह पश्चिमी आधुनिकता से पहले आधुनिकता का प्रादुर्भाव दिखाया जा रहा है। पर है वह पश्चिमी आधुनिकता ही। क्या कोई विशिष्ट मानसिकता नहीं दिखती इस लहर में?

ज्ञान का समाजशास्त्र तो होता है, पर उसकी स्थापनाओं के बारे में पूरी तरह आश्वस्त होना कठिन होता है।

कुछ अनाश्वस्त-से भाव में ही, केवल भारत की चर्चा करते हुए, मैं कहना चाहूँगा कि एक ही आधुनिकता को मानक मान उसको अपने यहाँ कालक्रम में पश्चिम से पहले स्थापित करना एक ऐसे सामूहिक पुनरुत्थानवाद की ओर इशारा करता है जिसकी जरूरत लगभग हर औपनिवेशित समाज को महसूस हुई। कुछ वैसी ही जिसका जिक्र, उपनिषदों के सम्बन्ध में, गोवर्धन राम त्रिपाठी ने अपनी डायरी में किया था। अर्थ तभी असल है जब आधुनिक विचारों की भाषा में अनुवादित होकर भी अर्थ दिखे।

आपके होने का अर्थ आधुनिक से इतर होने में नहीं हो सकता। और आधुनिकता वही है जो पश्चिम में उभरने के बाद आधुनिकता कहलाई। पर, पश्चिम में, आधुनिकता को व्याख्यायित करने की विधियाँ बदलती रहती हैं और परिणामतः उसके केन्द्रीय लक्षणों का निर्धारण भी बदलता रहता है। ऐसा तो होता ही है कि इस विषय में वहाँ के विद्वानों में असहमति हो। पर फिर भी कुछ धारणाएँ किसी खास समय में, या खास तरह के बौद्धिक या विचारधारात्मक हलकों में, प्राधान्य पा जाती हैं या फैशनेबुल बन जाती हैं।

ऊपर जो लम्बा उद्धरण दिया गया है उसमें गौरतलब है उसका पहला वाक्य : 'पब्लिक स्फीयर की अवधारणा का आधुनिकता की अवधारणा से गहरा सम्बन्ध है।' पचास साल पहले जर्मन में प्रकाशित हो, करीब तीस साल तक अनाम-सी रहने के बाद, जर्मन विद्वान हैबरमास की पब्लिक स्फीयर की अवधारणा अचानक 1990 के दशक में अंग्रेजी अनुवाद होते ही आधुनिकता के विमर्श पर छा गई। परिणामतः अनिवार्य हो गया 'देशज' आधुनिकता को भी इस केन्द्रीय लक्षण से लैस करना।

अप्रासंगिक न होगा इस सन्दर्भ में फ्रांसीसी विद्वान मार्सेल देतिएन का उल्लेख। मूलतः प्राचीन ग्रीस के अपने अध्ययन के लिए विख्यात, देतिएन की विद्वत्ता बड़ी मूर्ति-भंजक रही है। न केवल प्राचीन ग्रीस की महान सांस्कृतिक उपलब्धियों से सम्बन्धित रूढ़ भ्रान्तियों को उघाड़ा है उन्होंने, आधुनिक पश्चिम जो सम्बन्ध अपना दिखाता है प्राचीन ग्रीस से, उस सम्बन्ध की असलियत भी उन्होंने उजागर की है।

देतिएन ने पिछले कुछ सालों से अफ्रीका और कॉकेसस जैसे 'पिछड़े' इलाकों से सम्बद्ध विद्वानों और शोध-कर्ताओं के साथ मिलकर एक बड़ा अध्ययन शुरू किया है, जिसमें 'पब्लिक' की आधुनिक समझी जाने वाली अवधारणा ध्वस्त प्राय हो गई है।

लेकिन, गौरतलब तथ्य है यह, देतिएन आधुनिकता का निराधार दम्भ दर्शाते हैं, पहले के वैसे ही फिनॉमिनन को आधुनिक सिद्ध नहीं करते।

पुरुषोत्तम के देशज आधुनिकता की खोज के प्रयास को जिस लम्बे सिलसिले के रूप में मैं देख रहा हूँ उसका रूप 1960-70 के दशकों में काफी प्रभावशाली रहा था। उस समय, पूँजीवाद को आधुनिकता के केन्द्र में रख, यह स्थापित करने की कोशिश हुई थी कि औपनिवेशिक चंगुल में फँसने से पहले भारत में पूँजीवादी विकास की पूरी सम्भावनाएँ थीं। पर औपनिवेशिक सत्ता ने उस विकास की प्रक्रिया, अपने हितसाधन के लिए, अवरुद्ध कर दी।

उससे भी पहले, 19वीं सदी के उत्तरार्द्ध में जब भारतीय राष्ट्रीय चेतना का विकास हो ही रहा था, एक नियामक सभ्यता-विषयक अन्तर जो विदेशी शासक अपनी श्रेष्ठता सिद्ध करने के लिए बता रहे थे वह राज्यतंत्र को लेकर था। उनके यहाँ लोकतंत्र था, निरंकुश राजशाही नहीं। परिणामत: उस समय जो प्रयास हुए वे यह दिखाने के थे कि, विदेशी शासक जब जंगली थे, हमने तभी लोकतंत्र के सिद्धान्तों पर अमल करना शुरू कर दिया था। यह सब बैठे-बिठाए नहीं हो गया था। इसके लिए बड़े संघर्ष हुए थे।

सम्भव है जिस सिलसिले की एक कड़ी के रूप में मैं पुरुषोत्तम की देशज आधुनिकता की अवधारणा को देख रहा हूँ, वह किसी और उद्देश्य से प्रेरित हो। कोई महत् बौद्धिक उद्देश्य। यदि वैसा है तो भी इस प्रयास में कुछ बुनियादी खामी नजर आती है।

इस समय मैं सिर्फ दो परेशानियों का जिक्र करूँगा। एक अपेक्षाकृत गौण और दूसरी ज्यादा गम्भीर।

गौण से ही शुरू करूँ तो जो तर्क-पद्धति, उदाहरण के लिए, ऊपर दिए गए उद्धरण में—और बाकी हिस्सों में भी—अपनाई गई है वह सामाजिक-ऐतिहासिक प्रक्रिया को समझने के लिए उपयुक्त नहीं लगती। गौर करें कि जिन लक्षणों को आधुनिकता की उपज के लिए पर्याप्त/अनिवार्य मान लिया है उन्होंने, उनकी उपस्थिति गिनाते हुए पुरुषोत्तम कहते हैं कि इतना हो जाने के बाद 'आधुनिकता और लोकवृत्त का विकास तो होगा ही।'

लक्षणों—पुरुषोत्तम की स्थापना को और मजबूत बनाने के लिए मैं लक्षणों को 'कारण' भी मानने को तैयार हूँ—की उपस्थिति से उन स्थितियों में जहाँ मानव भी एक कारक के रूप में विद्यमान है, किसी भी फल की प्राप्ति को अनिवार्य नहीं माना जा सकता। चाहे वैयक्तिक हो चाहे सामूहिक, मानव स्वभाव, और उसके कारण

मानवीय प्रतिक्रिया, की गूढ़ और, सौभाग्य से, अभी तक बूझ अप्रत्याशितता किसी भी समीकरण को कभी भी बदल सकती है। पुनरावृत्ति—'रिपीटेबिलिटी'—केवल विज्ञान को मयस्सर है, जितनी भी है। वहीं आप अपेक्षा कर सकते हैं कि निर्धारित अनुपात में निश्चित तत्त्वों के मिलने से निश्चित फल निकलकर आएगा।

जो अपेक्षाकृत बड़ी परेशानी पैदा होती है देशज आधुनिकता की अवधारणा से—तब और भी ज्यादा जब कबीर से जोड़ दी जाए—वह एक ऐसे लक्षण को लेकर है जिससे अलग कर देने पर आधुनिकता का कोई अर्थ ही बचता नहीं दीखता। तर्क की, व्यक्ति की, पूँजी की, वर्गिक असन्तोष और महत्त्वाकांक्षा की चाहे जैसी व्याख्या कर ली जाए, केवल इन्हीं के, या ऐसे ही और तत्त्वों के, सहारे आधुनिकता परिभाषित नहीं हो सकती। ये सारे तत्त्व काफी प्राचीन काल से विभिन्न रूपों में स्थान-स्थान पर दिखाई पड़ जाएँगे। पर उनका होना भर काफी नहीं होता आधुनिकता के आने के लिए।

आधुनिकता का अनिवार्य नियामक तत्त्व वह है जिसकी तरफ मैक्स वैबर ने—मैक्स शैलर ने भी—ध्यान दिलाया। यह है 'डिसएंचांटमैन्ट ऑव द वर्ल्ड'—संसार की रहस्यमयता और उससे जुड़े विस्मय-बोध का विलय। इसके आने ने ही सम्भव बनाया आधुनिक मानव। वह मानव जो मानता है कि वही सृष्टि के केन्द्र में है, वह अजेय है, उसकी सामर्थ्य असीम है। सकल सृष्टि है ही उसकी खातिर। 'मैन इज द मैजर ऑव ऑल थिंग्ज।'

मुझे आपत्ति न होती—या कोई दीगर आपत्ति होती—अगर पुरुषोत्तम आधुनिकता की कोई देशज अवधारणा प्रस्तुत करते और दिखाते कि वैसी आधुनिकता कबीर के काल से—या और पहले से—हमारे यहाँ विकसित हो गई थी। पर वह उस आधुनिकता को मानकर चल रहे हैं जिसके इस समय प्रमुख सिद्धान्तकार हैबरमास हैं। और वह आधुनिकता 'डिसएंचांटमैन्ट ऑव द वर्ल्ड' से विलग करके देखी नहीं जा सकती।

क्या कबीर उस रहस्यमयता और विस्मय-बोध के बगैर कविता कर सकते थे जिसे आधुनिकता ने नष्ट कर दिया है? क्या आधुनिकता कबीर पैदा कर सकती है?

पश्चिमी ज्ञान-कांड से टकराना जरूरी हो सकता है कबीर को नए तरीके से समझने के लिए। देशज आधुनिकता की अवधारणा न उनको समझने के लिए और न ही उनके महत्त्व को दर्शाने के लिए जरूरी है। कबीर आधुनिकता से बहुत, बहुत ज्यादा बड़े हैं।

सम्भव है पुरुषोत्तम की अगली किताब में कुछ गम्भीर पुनर्विचार हो 'अकथ कहानी प्रेम की' पर। सम्भव है वह अपनी स्थापनाओं को और विश्वसनीय बनाने वाले तथ्य-तर्क लेकर आएँ अगली किताब में। जो भी हो, यह विमर्श आगे चलना चाहिए।

कविता से अलगाव

इससे पहले कि कविता के होने का अलग से कोई एहसास हो, काव्य-संसर्ग घुट्टी में मिल गया। संगीत की तरह। बिन जाने, बिन माँगे। जिस परिवेश में पैदा हुआ, बड़ा होने लगा, उसमें कविता लोगों के जीवन में, उनके सोचने-बोलने में साँस लेने की तरह थी। कोई भी बात हो रही हो, कैसी भी परिस्थिति हो, कविता आ ही जाती थी। और प्रायः निर्णायक साबित हो जाती। बात-बात में कहावतों का इस्तेमाल हो जाता, और ज्यादातर कहावतें कविता में होतीं। तुलसीदास की 'रामचरितमानस' तो मानो खान थी सांसारिक व्यवहार और विवेक की। तुलसी जितने न सही, कबीर, रहीम, मीरा, सूरदास, भूषण इत्यादि भी लोगों को अपने भाव और विचार सक्षम तरीके से व्यक्त करने के लायक बनाए रखते थे।

'रामचरितमानस' का तो उस वक्त हमारे जीवन से ऐसा अभेद सम्बन्ध था कि घर में कुछ भी अच्छा या बुरा हो, भविष्य को लेकर कोई आकांक्षा या आशंका हो, तुरन्त 'मानस' खुल जाती थी सगुन विचारने के लिए। प्रायः हर घर में गीता प्रैस गोरखपुर से छपी 'रामायण' होती थी। वाल्मीकि की 'रामायण' नहीं, तुलसी रचित 'मानस' जिसे 'रामायण' के नाम से ही जाना जाता था। इसके प्रारम्भ के पन्नों में पारायण विधि के अलावा सगुन विचारने की विधि भी रहती थी। अपने प्रश्न या अपनी समस्या को मन में साफ-साफ व्याख्यायित करके आप आँखें मूँदकर अपनी दाहिनी तर्जनी समस्या-समाधान के लिए तैयार किए गए एक यांत्रिक वर्ग के अन्दर कहीं भी रख देते थे। फिर आप आँखें खोलकर देखते कि आपकी उँगली कहाँ पड़ी है। यह स्थान आपको 'मानस' की एक चौपाई तक ले जाता। आप स्वयं या परिजनों से परामर्श कर उस चौपाई के गूढ़ अर्थ को समझने का जतन करते, वह गूढ़ अर्थ जो आपके प्रश्न या आपकी समस्या से जुड़ा होता और उसके भावी समाधान को इंगित करता। इस टीका-व्याख्या के लिए किसी पंडित, पुरोहित या विशेषज्ञ की दरकार नहीं होती थी। होती, तो वह अभेद सम्बन्ध न होता।

दरअसल अभेद सम्बन्ध न सिर्फ 'रामायण' या कुछ विशिष्ट कवियों से था जिनसे सदियों का अपनापा चलता आ रहा था। अभेदता दरअसल कविता से थी।

सोते-जागते, हँसते-रोते, जाने-अनजाने बसी रहती वह जीवन में। वैयक्तिक जीवन में भी और सामुदायिक जीवन में भी।

जिन्दगी की रफ्तार कुछ और ही थी उन दिनों। जिन्दगी का ढब भी। अनगिनत मौके आते लोगों के साथ बैठने और रहने के। और कुछ नहीं तो शादियाँ ही अमूमन तीन से पाँच दिन तक की होतीं। नजदीकी रिश्तेदार ही नहीं दूर वाले भी दिनों पहले आ इकट्ठा होते और दिनों बाद जाते। ऐसे मौकों पर चबाव-चिट्ठा—परनिन्दा रस का आनन्द—के अलावा जो अन्य मनोरंजन होते उनमें तीन प्रमुख थे : पहेलियाँ बुझाना, अन्त्याक्षरी और समस्या पूर्ति। तीनों ही होते कविता के माध्यम से। और अगर बरात या घरात में कोई आशु कवि भी मिल जाता तो फिर तो भाग्य ही खुल जाते सबके। जवान, बूढ़े, बच्चे, सबके सब अपनी इच्छा का विषय या शब्द कवि को बताते और तपाक से एक कविता जन्म ले लेती। इतनी फरमाइशों के चलते कोई भी रस अवहेलित न रहता। आशु कवि पाए भी उन दिनों इफरात में जाते थे।

पहेलियों, समस्या पूर्ति और आशु कविता से सिंचकर बनी और स्वयं उन्हें सींचने वाली संवेदना का हमारे सामूहिक जीवन से पलायन हो चुका है। अन्त्याक्षरी बच गई है। पर अब वह कविता से हट फिल्मी गानों पर टिक गई है।

बात फिलहाल पहले की हो रही है। सो वापस वहीं। जब कविता और जीना अभिन्न थे। लोग आनन्द में हों या अवसाद में, कविता से कटते ही नहीं थे। और कविता के सहारे अवसाद में भी आनन्द न सही सुकून तो पा ही लेते थे। बस एक उदाहरण दूँगा। नन्हे चाचा का। जब की बात बता रहा हूँ तब मालूम भी नहीं था कि नन्हे चाचा से कितनी दूर की रिश्तेदारी थी। नितान्त अपने थे वह और उनका घर बिलकुल अपना घर था। जीवन बीमा का काम करते थे नन्हे चाचा। काम के ही चक्कर में कानपुर में सपरिवार रहने लगे थे। आर्यनगर में एक घर ले लिया था किराए पर। आमदनी अनिश्चित थी और औसतन अपर्याप्त। शायद ही कभी घर बगैर मेहमानों के रहता। बहुत कम मेहमान पहले से इत्तिला करके आते। रहा लौटने का सवाल, सो तब न पूछने का रिवाज था और न बताने का कि कितने दिन डेरा डालने का इरादा है। नन्हे चाचा और उनका पूरा परिवार बड़ी आवभगत करते सब की। मेहमान जब जाने की मंशा जताते तो निहोरे कर एक-दो दिन और तो रोक ही लेते उनको। अगर दिशा-शूल का बहाना मिल जाए तब तो जाने ही न देते मेहमान को।

'अतिथि देवो भव' का मनसा वाचा कर्मणा पालन करने वाले ऐसे नन्हे चाचा—बगैर आत्म-दया या तंज जैसा कोई भाव मन में लाए—कभी-कभार हँसते हुए—'अपऔं हाल तौ जि है' कहकर—सुनाते :

एक तौ सड़क किनारे गाँउँ,
दूजे बड़िन-बड़िन में नाँउँ।

तीजे रहे द्रव्य सौं हीन,
कक्का मो पै बिपदा तीन॥

वाकई नाम था बड़ों-बड़ों में नन्हे चाचा का। उठना-बैठना था उनमें। बगैर किसी तरह की गैरबराबरी के। कभी किसी को लेकर शक भी हो जाता कि अपने बड़प्पन के गुमान में है तो अपने जीवन का यह सिद्धान्त-मंत्र याद कर लेते : 'आप कौं न चाहै ताके बाप कौं न चाहिए।' बड़ा शालीन आत्म-सम्मान गूँजता उनके इस मंत्रोच्चार में।

जीवन और कविता की अभेदता के अनेक स्तर, रूप और पक्ष थे। इसका एक रूप रोजमर्रा की भाषा के स्तर पर प्रकट होता था। नन्हे चाचा माथुर चतुर्वेदी ब्राह्मण—चौबे—थे। बड़ी चटपटी ब्रज बोलते थे चौबे उस समय। मर्द हों या औरतें, बच्चे हों या बुजुर्ग, गालियों का इस्तेमाल किए बिना बोलना असम्भव था उनके लिए। स्वाभाविक था कि कविता भी, खास तौर से आह से उपजी कविता, उसी तरह बरती जाए। वक्त बदल गया है, और उसी के साथ बदल गई है शिष्ट-अशिष्ट की समझ। सो बदली समझ का सम्मान करते हुए, पर जो बात कहनी है उसको कहने से अपने को रोके बिना, याद करना चाहता हूँ वह दिन जब नन्हे चाचा ने, अपनी सामान्य मुस्कान मुस्काते हुए कहा था :

कहाँ गए बे लोग, सुख दुख की पूछत रहे।
रहि गए बेटीचोद, पूछ पाछ निन्दा करें॥

हो सकता है कि श्लील-अश्लील और शिष्ट-अशिष्ट के प्रचलित प्रतिमान प्रकाशन के समय 'बेटी' के आगे तीन बिन्दु लगवा दें ताकि मर्यादा भी बनी रहे और पाठक असल शब्द को समझ भी जाएँ। औरों की क्या कहूँ, मैं खुद देर तक पसोपेश में रहा कि पूरा शब्द जस का तस लिख दूँ या रिक्त स्थान का सहारा लूँ। अन्ततः जस का तस लिखने का फैसला किया। नहीं जानता कि छपकर किस रूप में आप तक पहुँचेंगी ऊपर उद्धृत दोनों पंक्तियाँ। बहरहाल, जैसे भी पहुँचे और इस असाधु शब्द को लेकर आपकी अपनी जो भी प्रतिक्रिया हो, उस मनःस्थिति की कल्पना जरूर कीजिएगा जिसमें किसी को इस शब्द के अतिरिक्त और कोई शब्द समर्थ विकल्प के रूप में ठीक ही नहीं लगा। उस दर्द, उस बेबसी, उस गुस्से की सोचिएगा जो होता है जानने पर कि सहानुभूति जताकर आपका दुखड़ा सुनने वाले ही आपके दुखड़े को दूसरा ही रंग देकर आपकी निन्दा कर रहे हैं। उस बेबसी की भी सोचिएगा जो भाषा और साहित्य के जैविक सम्बन्ध को काट एक ऐसी फाँक डाल देती है कि कुछ शब्द—चाहे कितने भी सटीक, स्वाभाविक, सशक्त और अपरिहार्य क्यों न लगें किसी रचनात्मक क्षण में—त्याज्य ही रहते हैं।

इससे पहले कि बात दूसरा ही रुख ले ले, और 'लोक' और 'ललित' के कँटीले सवाल से जूझना पड़ जाए, वापस अपनी कहानी पर लौट लूँ। ऊपर दिशा-शूल का

जिक्र हुआ—आज तो बहुतेरे जानेंगे ही नहीं कि दिशा-शूल है क्या बला—तो याद आया कि 'सोम सनीचर पूरब न चाला' से शुरू हो, पूरी हिदायत होती थी कविता में कि सप्ताह के किस दिन किस दिशा की यात्रा वर्जित है। इसी तरह आहार, रति, शयनादि जीवन के हर व्यापार को लेकर विधि-निषेध का पूरा ब्यौरा कविता के माध्यम से जन-चेतना में रहता था। मसलन, एक बार सुन लिया कि 'कम खाय, न मरै न मुटाय' या 'कम खाना गम खाना, न हकीम के जाना न हाकिम के जाना', तो चाहकर भी भुलाना नामुमकिन हो जाता था। भले ही अमल उस पर रत्ती भर न हो।

सीख और सीख पर अमल कोई कविता-भर से तो निर्धारित होते नहीं। घर, पड़ोस, पाठशाला, व्यक्ति की निजी परिस्थितियाँ, व्यापक समाज का वातावरण, बहुत कुछ हमें बनाते हैं जो हम बनते हैं। मैं अगर आज, इस खासे लम्बे जीवन में पहली बार, मुड़कर कविता के साथ अपने सम्बन्ध को देखने-समझने की कोशिश कर रहा हूँ तो लग रहा है कि कविता ने जो कुछ कारगर किया—अच्छा या बुरा—वह चेतन से ज्यादा अवचेतन के स्तर पर हुआ। मसलन, इससे पहले कि उनको उनकी अलग-अलग संज्ञाओं से जानूँ, लय, छन्द, ध्वनि, रस कविता के माध्यम से मेरी चेतना का अंग बन गए थे। 'रामचरितमानस' पढ़ सकने की स्थिति तो बाद में आई—इसका विधिवत आद्योपान्त पाठ आज तक नहीं किया है—पर याद कर पाना मुश्किल है कि कब से सोरठा, दोहा, चौपाई और 'मानस' के 'छन्द' को उत्साह से गाने लगा था। कुछ ही दिनों में इसमें कवित्त और सवैये भी जुड़ गए थे। बड़ा आनन्द आता था इन दोनों ही छन्दों के गायन में।

इसी तरह का प्रभाव मेरी बौद्धिक निर्मिति पर भी पड़ा ही होगा। पर अवचेतन के प्रभाव हमेशा चेतन की पकड़ में आते नहीं। इसीलिए, अर्थात् पकड़ से परे रहने के कारण, सशक्त और टिकाऊ बने रहते हैं। सो वैसे प्रभाव की तो चर्चा भी नहीं हो सकती। लेकिन एक-दो ऐसे प्रभावों की बात, इशारतन, जरूर करना चाहूँगा जो कालान्तर में पकड़ में आ गए।

कुछ घर के माहौल, कुछ उस पड़ोस जिसमें 9-10 दस साल का हुआ, और कुछ ब्रजभाषी चौबे समाज में जन्मने के कारण—कुछ उस युग के कारण भी जिसमें पैदा होने का इत्तिफाक हुआ—न सिर्फ कविता के बीच होश सँभाला बल्कि जल्दी ही कविता का अर्थ भी समझ में आने लगा। सोचता हूँ तो विश्वास नहीं होता कि स्कूल में पढ़ाए जाने से पहले ही बिहारी जैसे कवि के कई दोहे कंठस्थ तो हो ही गए थे, उनके अर्थ भी समझ में आ गए थे। इनमें एक था उनका अति प्रसिद्ध 'अमिय हलाहल मद भरे स्वेत स्याम रतनार' वाला और दूसरा था बिलकुल ही दूसरे भाव-बोध में अवस्थित 'कनक कनक तैं सौगुनी मादकता अधिकाय' वाला।

किशोरावस्था में ही 'स्वेत स्याम रतनार'—रंगों के प्रतीकार्थ—समझने का कुछ ऐसा प्रभाव पड़ा कि रंगों की मारफत मैं चीजों को देखने लगा। 13 साल का

रहा होऊँगा कि पिता का तबादला आगरा हो गया। जीवन में पहली बार मैंने अकबर का मकबरा और ताजमहल देखे। फिर अक्सर साइकिल उठा जाने लगा दोनों ही जगह। एक बार तो भाव-विभोर हो एक लेख-सा लिख डाला दोनों की तुलना करते हुए। तुलना का एकमात्र आधार था ताजमहल का सफेद रंग और अकबर के मकबरे का लाल रंग। एक ऐश्वर्य का द्योतक और दूसरा अनुराग का। इतिहास जो भी रहा हो, मेरे लिए तो सारा यथार्थ सफेद और लाल में सिमट आया था।

एक और कवि जिनकी कुछ रचनाएँ बगैर प्रयत्न किए याद हो गई थीं भूषण थे। 'भूषन भनत सिवराज वीर तेरे त्रास, नगन जड़ातीं ते वे नगन जड़ाती हैं' और 'तीन बेर खातीं ते वे तीन बेर खाती हैं' आज भी नहीं भूला हूँ। पक्का नहीं कह सकता कि ऐसी कविता ने कभी साम्प्रदायिक संकीर्णता और कटुता दी या नहीं। दी भी हो तो और तमाम ऐसे प्रभाव और कारण थे कि हिन्दू कट्टरता ग्रस न पाई मुझे। पर भूषण ने—भूषण जैसी कविता के होने ने—बाद में, जब मैं भारतीय इतिहास के निरन्तर अध्ययन में लग गया, एक समझ दी मुझे। वह यह है कि अगर अपने इतिहास को समझना है तो जहाँ तक सम्भव हो पूरे यथार्थ को उसकी अच्छाइयों, बुराइयों, अनिश्चितताओं और विरोधों के साथ, बगैर किसी भी हुए को नकारे, समझना होगा।

2

जो इस तरह बिन जाने बिन माँगे मिल गया वह मिलता भी रह सकता था। सायास और लगातार उसमें बढ़ोतरी की जा सकती थी। कुछ हद तक ऐसा हुआ भी। बी.ए. करते समय जो तीन विषय चुने उनमें एक था हिन्दी साहित्य और दूसरा था अंग्रेजी साहित्य। तब एक दूसरे ही तरीके से कविता पढ़ने-समझने का मौका मिला। बाद में कुछ साल जामिया मिल्लिया इस्लामिया में पढ़ाया। वहाँ हर साल कम से कम एक बार हिन्दुस्तान और पाकिस्तान के अच्छे शायरों को सुनने का मौका मिलता। उससे पहले इलाहाबाद विश्वविद्यालय से उस वक्त एम.ए. किया था जब फ़िराक़ साहब अंग्रेजी विभाग में थे। उनका होना ही काफी था शायरी, खास तौर से उनकी शायरी, में दिलचस्पी पैदा करने के लिए। जो बहरहाल पहले ही पैदा हो गई थी जब पिता ने अयोध्याप्रसाद गोयलीय द्वारा सम्पादित और देवनागरी में प्रकाशित उर्दू शायरी की किताबें खरीदना शुरू कर दिया था।

ठीक याद नहीं, पर 30-35 के बीच के अपने किसी जन्मदिन पर खुद ही एक तोहफा अपने लिए खरीदा था : टी.एस. इलियट की कविताओं का एक संकलन। उन्हीं सालों में, जिन्दगी में पहली बार नहीं, कुछ कविताएँ लिखीं भी। इनमें से तीन तो आचार्य नामवर सिंह द्वारा सम्पादित 'आलोचना' में छपीं। मुझे याद है कि मेरी कविताओं के छपने के कुछ ही दिन बाद संयोग से नामवर जी, पंकज सिंह और

मैं कहीं मिल गए। पंकज बोले : 'नामवर जी, अगर आप सुधीर की जैसी कविताएँ भी छापेंगे तो 'आलोचना' का क्या होगा।' पंकज सही थे। चालीसेक साल हो गए, पर कविता करने की अपनी नाकाबलीयत को लेकर, दुर्भाग्य कहें या सौभाग्य, जरा सा भी सन्देह नहीं हुआ है मुझे।

बहरहाल, कविता से बचपन में ही बन गया सम्बन्ध खुद कविता करने या न करने पर तो निर्भर था नहीं। वह अबाध चल सकता था। नहीं चला।

क्यों ऐसा हुआ? कोशिश करके भी समझ नहीं पाता। कब ऐसा हुआ? कोई एक दिन या माह या साल नहीं है कि कह सकूँ तब हुआ—या शुरू हुआ—यह बिगाड़। लेकिन जब भी हुआ, ऐसे चुप्पे-चुप्पे हुआ कि मुझे ही खबर न हुई। और ऐसा पूरा हुआ कि मैं कविता के मामले में अनपढ़ हो गया। न सिर्फ यह कि अपने समय में हो रही कविता से—अगर मेरे कहे को अक्षरश: न लें—अपरिचित रह गया। अतिरिक्त त्रासदी यह हुई कि पहले के पढ़े-गुने में भी भारी जंग लग गई। पहले कितना कुछ अनायास कंठस्थ हो गया था। आज कोशिश करूँ तो भी याद नहीं आता। पढ़ूँ तो अर्थ समझने में दिक्कत होती है। 'रामचरितमानस' भी टीका के साथ पढ़नी पड़ती है। लज्जा आती है कि मैं, उस माँ का बेटा जिसने मानस में नवधा भक्ति पर पूरी किताब लिखी है, आज ऐसा मूक और पंगु हो गया हूँ। आलोचकों और कवियों से मित्रता है। उनके बीच उठना-बैठना होता है। नाना विषयों पर चर्चा होती है। कविता की बात होती है तो चुप बैठ जाता हूँ।

जैसे भी हुआ हो, यह दु:खद बिगाड़ हुआ मुझसे ही है। लगता नहीं कि जानकी नाथ भी सहाय करेंगे ऐसे में।

66 साल : एक निजी लेखा-जोखा

66 साल देश की आजादी के, पर लेखा-जोखा निजी। शुरू में ही सफाई दे देना ठीक होगा। 15 अगस्त, 1947 को एक बड़ी घटना हुई। देश को राजनीतिक आजादी मिल गई। यह घटना वास्तव में घटी, इस तथ्य को लेकर विवाद की, असहमति की गुंजाइश नहीं। पर इसके अलावा बहुत ही कम ऐसा होगा जिसको लेकर पूर्ण सहमति हो। मसलन, जो आजादी उस दिन मिली उसका स्वरूप क्या था? क्या इसी आजादी के लिए इतना लम्बा स्वतंत्रता आन्दोलन चला था? 'ये वो सहर तो नहीं' की उदासी बिना वजह तो नहीं रही होगी? दक्षिण अफ्रीका से लौटकर पूरे 32 साल तक अंग्रेजी राज के खिलाफ डटे रहने के बाद गांधी अकारण ही तो नहीं बेचैन होने लगे होंगे आजादी को लेकर?

मतलब यह कि आजादी कोई ऐसी चीज नहीं है जिस पर आप कोई पक्की वस्तुनिष्ठ टिप्पणी कर सकें। उसके बारे में जो कुछ भी कहेंगे आप, उसमें कितनी भी वस्तुनिष्ठता क्यों न हो, वह आप के अपने नजरिये की उपज होगी। जब आप उसके बारे में एक खास तरीके से बोल-सोच रहे होंगे, तभी तमाम लोग तमाम और तरीकों से बोल-सोच रहे होंगे उसी के बारे में। इतना ही नहीं, यह भी बहुत मुमकिन है कि आज का आपका बोला-सोचा, आपके कल के सोचे-बोले से जुदा हो, या कल जुदा हो जाए। सच तो यह है कि मोटा-मोटी घटनाओं की तारीखों और लोगों के नामों के अलावा—वह भी हमेशा नहीं—इतिहास में जो कुछ भी महत्त्व का होता है उसके बारे में कुछ भी मुकम्मल और वस्तुनिष्ठ तरीके से नहीं कहा जा सकता। जो इतिहास हमारे सामने घटता है, जिसके कमोबेश हम खुद साक्षी होते हैं, उसके बारे में तो वस्तुनिष्ठता की गुंजाइश नावत् हो जाती है। तथ्य से ज्यादा तथ्य की छवि का महत्त्व होता है। और छवि एक कभी नहीं होती। न ही स्थायी। छवि ही तथ्य बन जाती है।

2

मेरे जीवन की एक निहायत धुँधली—प्रागैतिहासिक—याद है जो मुझे लगता है आजादी से जुड़ी है। अच्छे-बाबा के कन्धों पर सवार हो अपने शहर मैनपुरी के बड़े

सार्वजनिक मैदान में किसी जश्न–मेले की याद। याद भी नहीं, याद जैसा कुछ। न जाने क्यों, मन में हमेशा रहा है कि यह 15 अगस्त, 1947 का जश्न था। जो भी हुआ हो उस दिन, मन के किसी कोने में, कहें कि मेरे बनने में, आजादी का उल्लास रहा जरूर है।

एक और याद। बिलकुल पक्की। बरेली के मनोहर भूषण इंटरमीडिएट कॉलिज में था जब 'जागृति' फिल्म आई। हमारे प्रिंसिपल माथुर साहब ने पूरे कॉलिज के लिए सिनेमा हॉल में ही दोपहर वाले शो से पहले एक स्पैशल स्क्रीनिंग करवाई 'जागृति' की। देश–प्रेम का अनोखा सामूहिक संचार हुआ था उस दिन हम सब में।

फिल्मों से ही जुड़ी एक और याद उसी जमाने की। एक सरकारी आदेश आया कि हर फिल्म की समाप्ति पर स्क्रीन पर फरफराता हुआ राष्ट्रध्वज दिखाया जाए और उसी के साथ 'जन गण मन अधिनायक' की रिकॉर्डिंग सुनाई जाए। इस दौरान सारे दर्शक खड़े रहें। मुझे याद है कि सिनेमा हॉल में राष्ट्रीय गान सुनते समय रोमांच हो जाता था। शब्दशः रोमांच। यह भी याद है कि शुरू के सालों में लोग बड़े धीरज और सम्मान से राष्ट्रीय गान के दौरान खड़े रहते थे। पर बाद में धीरे–धीरे लोग उकताने लगे इस अनिवार्य अनुष्ठान से। कुछ बैठे ही रहते उस दौरान, कुछ दरवाजों की तरफ बढ़ने लगते बाहर निकलने की बेसब्री में। बाद में तो अनुष्ठान ही ठप्प हो गया।

क्यों? अपने निजी लेखे–जोखे का देश के व्यापक राजनीतिक–सांस्कृतिक परिप्रेक्ष्य में विश्लेषण करने का इरादा होता तो इस प्रश्न पर थोड़ा टिकता। पर इस समय इरादा सिर्फ इतना है कि देश की आजादी से सम्बन्धित अपनी कुछ यादों और बदलते एहसास का जिक्र करूँ, इस नीयत से कि आपको उकसा दूँ अपने–अपने अनुभवों के आलोक में मेरे कहे का विवेचन करने को। बस इतना जोड़ दूँ अपने 'क्यों' के सन्दर्भ में कि इस सवाल पर विचार करते वक्त यह भी याद रखना होगा कि जो हश्र राष्ट्रीय गान का हुआ वही हश्र उस योजना का भी हुआ जिसके तहत हर फिल्म के पहले 'न्यूज रील'—समाचार दर्शन—का दिखाया जाना लाजिम हुआ करता था।

'जागृति' के तकरीबन चार बरस बाद की एक अहम याद। नया–नया इलाहाबाद विश्वविद्यालय में दाखिला लिया था और सर सुन्दरलाल छात्रावास में रह रहा था। प्रधानमंत्री जवाहरलाल नेहरू का विश्वविद्यालय के मैदान में भाषण था। अपार भीड़ उमड़ पड़ी थी। मोटा–मोटी याद है कि देश और दुनिया के तमाम मसाइल पर बोले थे नेहरूजी। जो बात साफ–साफ याद है वह है उनका 'आराम हराम है' पर विस्तार से बोलना। बड़ी भर्त्सना की थी उन्होंने देश में होने वाली छुट्टियों की। छोटे से छोटा त्यौहार हो तो छुट्टी, खुशी का कोई मौका हो तो छुट्टी, कोई मर जाए तो छुट्टी, हर बहाने से छुट्टी। एक और बात भी याद है। देश–प्रेम का जज्बा और प्रबल हो गया था नेहरूजी को सुनकर।

वही जज्बा मई की चिलचिलाती गरमी में तीन मूर्ति से राजपथ तक नेहरूजी की अन्तिम यात्रा में शिरकत करने के लिए विवश कर गया था। 1964 में।

देश-प्रेम किस कदर भरा था मन में उन दिनों, इसका अन्दाज महमूदुल हसन चाचाजी के पाकिस्तान चले जाने की खबर ने जो सदमा पहुँचाया मुझे, उससे लगाया जा सकता है। बरेली कॉलिज से बी.ए. की पढ़ाई कर रहा था कि पिता का तबादला हो गया। कॉलिज के छात्रावास में कोई जगह नहीं थी उस वक्त। महमूदुल हसन चाचाजी और बेगम महमूदुल हसन—चाचीजी—ने तुरन्त अपने यहाँ बुला लिया मुझे। बड़े लाड़ से रखा अपने साथ एक साल। कुछ साल बाद, सरकारी नौकरी पूरी होने पर, दोनों पाकिस्तान चले गए। निःसन्तान थे, और उनके सारे नजदीकी रिश्तेदार पहले ही पाकिस्तान जा चुके थे। निहायत स्वाभाविक था उनका फैसला। पर मुझे बहुत ही बुरा लगा। उद्विग्न हो गया मैं। लगा कि मेरे चाचाजी और चाचीजी देश के प्रति वफादारी न निभा पाए।

3

इसके बाद की यादें धीरे-धीरे शुरू हो निरन्तर गहराते मोहभंग की यादें हैं। यह विरोधी सिलसिला 1965 में पाकिस्तान से हुई लड़ाई ने शुरू किया। युद्ध की घोषणा हुई न थी कि सारे देश में एक जहरीला उन्माद छा गया। देश-प्रेम ने देखते-देखते नृशंस रूप ले लिया। तर्क, विवेक, बौद्धिक सन्तुलन देशद्रोह के सूचक बन गए। प्रेम और मानवता के गीत लिखने वाले बड़े-बड़े कवि अचानक आग उगलने लगे। विनोबा भावे और जयप्रकाश नारायण जैसे महान शान्तिवादी युद्ध के समर्थक बन गए। आकाशवाणी और बड़े से बड़े अखबार सच्चे-झूठे प्रचार का माध्यम हो गए।

लाइलाज था यह सामूहिक जुनून। कोई सुनने-सोचने को तैयार नहीं था। न जाने क्यों, मुझे इतिहास का एक बुनियादी सबक याद आ रहा था। वह यह कि लड़ाइयों के कारण सदा बड़े पेचीदा होते हैं। इनको साफ-साफ समझ पाना उस समय भी बड़ा कठिन होता है जब, सालों बाद, किसी लड़ाई से सम्बद्ध दस्तावेज विश्लेषकों को उपलब्ध हों। तो वे सामान्य नागरिक असलियत को क्या जानेंगे जो जुनून में आपा खो बैठे हैं? इसी के साथ एक और सन्देह मन में उभरा। नेहरू के निधन के बाद से देश के विभिन्न तबकों में असन्तोष बढ़ने लगा था। आए दिन अखबारों में नए-नए विरोध प्रदर्शनों के समाचार पढ़ने को मिलते थे। केन्द्र की कांग्रेसी सरकार की परेशानियाँ पिछले लगभग एक बरस से बढ़ती ही जा रही थीं। तो सन्देह यह हुआ कि, जैसे हम मानते रहे थे कि आन्तरिक समस्याओं से अपनी जनता का ध्यान बँटाने के लिए पाकिस्तानी सरकार हिन्दुस्तान से—खासतौर से कश्मीर को लेकर—झगड़ा करने लगती है, कहीं ऐसा तो नहीं कि इस बार हमारी सरकार ने वही पैंतरा आजमाया हो।

इत्तफाक कुछ ऐसा हुआ कि इसी दौरान मेरा शोध कार्य भी जोरों पर था। मैं 1857 के बाद और भारतीय राष्ट्रीय कांग्रेस की स्थापना के बीच हुए राष्ट्रीय चेतना

के विकास पर काम कर रहा था। इस अध्ययन ने मुझे राष्ट्रवाद के मूल चरित्र को गौर से देखने का मौका दिया। मैंने पाया कि राष्ट्रवाद एक ही वक्त में जबरदस्त आदर्शवाद और निहायत संकीर्ण स्वार्थों को अपने में समोए रखता है। प्रेरक और आह्लादकारी होने के ही क्षण में यह बेहद घिनौना भी होता है। आश्चर्य नहीं कि राष्ट्रवाद के सिद्धान्त पर आधारित राज्य—राष्ट्र-राज्य—और उसी के नाम में लड़ कर हासिल की गई आजादी का चरित्र भी वैसा ही संश्लिष्ट और भ्रामक हो। एक साथ कल्याणकारी और खूँखार।

गरज यह कि जीवन की वास्तविकता का 1965 में चालू हुआ नया अनुभव और आधुनिक भारतीय इतिहास में शोधकार्य दोनों ही एकसे इशारे कर एक दूसरे को सुदृढ़ करने लगे। जल्दी ही श्रीमती इन्दिरा गांधी के आपात्काल ने और अधिक मोहभंग कर दिया, और जो थोड़ी बहुत कसर बची थी वह जनता सरकार ने पूरी कर दी।

4

अब तो केवल संशय बचा है। कहीं कुछ अच्छा होता दिखाई देता है—और छिटपुट अच्छा तो होता ही रहता है आज भी—तो खुशी हो सके उससे पहले ही आज के इस अच्छे के कल होने वाले हश्र को लेकर डर लगने लगता है। या इस अच्छे की नगण्यता का एहसास सताने लगता है। या जो बुरा है वह अक्सर जितना बुरा माना जा रहा है उससे बहुत ज्यादा बुरा मुझे लगता है। तीनों स्थितियों के उदाहरण देना चाहूँगा।

(1) गुजरात 2002 के बाद जब एन.डी.ए. की जगह यू.पी.ए. की सरकार बनी तो, राहत भले ही मिली हो, समझ में नहीं आया कि हम जैसों के बीच जो उल्लास की लहर उठी थी वह क्योंकर थी।

(2) गुजरात 2002 के ही बाद जब सर्वोच्च न्यायालय ने आदेश दिया कि बड़ौदा बैस्ट बेकरी कांड और कुछ अन्य मामलों की सुनवाई गुजरात राज्य के बाहर हो तो मन परेशान होता रहा कि कुछ मामलों में न्याय की सम्भावना पैदा करने वाला यह आदेश क्या चिल्ला-चिल्लाकर बता नहीं रहा कि बाकी सब लोग न्याय पाने की उम्मीद तज दें। कि कहाँ पहुँच गया है आजाद भारत कि पूरे के पूरे एक राज्य में—एक समृद्ध राज्य में—उच्च न्यायालय तक पर विश्वास नहीं किया जा सकता कि निडर और निष्पक्ष हो अपना कर्तव्य पालन करेगा वह ?

(3) 2002 की हिंसा के बाद से नरेन्द्र मोदी तीन बार धूमधाम से चुनाव जीतते रहे हैं। एक बार साम्प्रदायिक द्वेष की लहर पर और दो बार विकास पुरुष की हैसियत से। मैं मोदी तक सीमित रख ही नहीं पाता अपने को। मैं उनकी सोचे बगैर नहीं रह पाता जो मोदी को जिताते रहते हैं। मोदी से ज्यादा व्यापक है वास्तविक आधार डर का।

5

दो साल, 2005-06 में, आइजॉल में रहने का मौका मिला। स्वेच्छा से भारतीय गणतंत्र का हिस्सा बन शान्तिपूर्ण प्रजातांत्रिक जीवन बिता रहे मीज़ोरम में। वहाँ जो देखा और महसूस किया उसको लम्बी चर्चा की दरकार है। प्रस्तुत सन्दर्भ में दो साल के उस देखे-महसूसे का इतना-सा सार देना काफी होगा कि औपचारिक स्तर पर आजाद भारत के और नागरिकों के ही समान नागरिकता के समस्त अधिकार पाने के बावजूद, सामान्य मीज़ो चेतना में सारे 'हिन्दुस्तानी' वाई—विदेशी—हैं। उनके ऐसा सोचने के ठोस आधर र भी हैं। अंग्रेज तो चले गए, पर साम्राज्यवादी मनोवृत्ति 'हिन्दुस्तानियों' में भर गई है देश के दूर दराज के क्षेत्रों, विशेषत: तथाकथित आदिवासियों के प्रति।

मीज़ो मानसिकता का अनुमान कर सकने के लिए सिर्फ एक प्रसंग काफी होगा। एक प्रख्यात मीज़ो साहित्यकार से मिलना तय हुआ। उन्हीं के घर पर। बड़े शिष्ट ढंग से आवभगत की उन्होंने। बातों का सिलसिला किसी भी 'वाई' से मिलने पर होने वाले स्वाभाविक सन्देह से शुरू हुआ। धीरे-धीरे उन्हें विश्वास होने लगा कि इस वाई से मित्रता जैसा कुछ हो सकता है। बहुत खुलकर बोलने लगे। लाल डेंगा के नेतृत्व में हुए लम्बे मीज़ो स्वतंत्रता संग्राम के दौरान हुए क्रूर भारतीय दमन की अपने बचपन की अमिट यादों को याद करने लगे। अन्त में बाहर तक छोड़ने आए। फिर आने का आग्रह किया, और विदा करने से पहले मुझसे कहा : 'मैं जानता हूँ कि आप जानते हैं कि हम आपसे बहुत दूर हैं। पर मैं बताना चाहता हूँ कि आप नहीं जानते कि हम आप से कितने दूर हैं।'

अनुमान यह भी करना होगा कि अगर अपने राज्य में ख़ुदमुख़्तार हो गए मीज़ो आजाद भारत में ऐसा महसूस करते हैं तो जो नितान्त वंचित हैं—तरह-तरह से वंचित—वे क्या महसूस करते होंगे।

मैं अपने आपको वंचित नहीं कह सकता। अच्छा खाता-पीता मध्यवर्गीय हूँ। गाहे-बगाहे लिख-बोलकर अपनी भड़ास निकाल लेता हूँ। फिर भी लगता है कि आजाद नहीं हूँ। बेबस हूँ। महमूदुल हसन चाचाजी के पाकिस्तान गमन से विचलित हुआ था। 1992 में सूरत में था और 2002 में बड़ौदा में। आजाद हिन्दुस्तान का आजाद नागरिक। क्या कर लेता अगर चाचाजी-चाचीजी न चले गए होते वक्त रहते पाकिस्तान ?

गांधी सिर्फ साढ़े पाँच महीने जी पाए थे आजाद भारत में। उसी वक्त उन्हें बू आने लगी थी देश में। थोड़े से और भी थे उन जैसे।

और आज ?

नेतृत्व की मौत

कैसे शुरू करूँ वह लिखना जो लिखे बगैर रह नहीं पा रहा हूँ? कई शुरुआती वाक्य मन में घुमड़ रहे हैं, पर कोई भी सही नहीं लग रहा। क्या हो सकता है कोई वाक्य इस बात को सही तरीके से शुरू करने के लिए? हो सकती है सही शुरुआत इस बात की?

सो, गलत ही सही, एक ऐसे वाक्य से शुरू करता हूँ जो बड़ी देर तक मन में घुमड़ता रहा : '16 दिसम्बर [निर्भया कांड] की रात राजधानी में हुए क्रूर जानलेवा सामूहिक बलात्कार ने सारे देशवासियों को हिला दिया है।' भले ही देर लगी समझने में कि यह कहना गलतबयानी होगी, कुछ तो मन में रहा होगा कि यह लिखने से रोक लिया अपने आपको, और तब तक रोके रखा जब तक यह न समझ में आ गया कि भले ही भावुकता में बह हम यह मानना चाहें कि सारा देश सन्नाटे में आ गया है, सच बदकिस्मती से कुछ और है।

दूसरों के मन में झाँक उनके भावों को भली-भाँति समझने का पक्का दावा कोई समझदार व्यक्ति नहीं कर सकता। फिर भी दूसरों के कहे-किए और अनकहे-अनकिए इत्यादि के सहारे हम वक्त जरूरत उनके मनोभावों का अन्दाज लगाते रहते हैं। उस समय थोड़ा ज्यादा ही जब हमारा अपना भला-बुरा इन दूसरों के भावों पर निर्भर होता हो। कभी-कभी ऐसी स्थिति भी पैदा हो जाती है जब दूसरों के भाव उनके कहे के ऐन उलट होते हैं।

एक अरसे से हमारी राजनीति—प्रजातांत्रिक राजनीति—कुछ इस तरह बदलने लगी थी कि कभी-कभार का सार्वजनिक कपट सामान्य-सा होने लगा था। आज वह कपट सामान्य से आगे चला गया है। नियम बन गया है अब वह हमारे राजनीतिक प्रभु वर्ग का। पूरा राजनैतिक प्रभु वर्ग, केवल सत्ता भोग रहा गिरोह भर नहीं।

घर में कोई ट्रैजिडी घटती है तो फिलवक्त बड़ी-बड़ी अदावतें भुला दी जाती हैं। मौत होती है तो, चार दिन को ही सही, श्मशान-वैराग्य आ घेरता है। 16 दिसम्बर को जो हुआ हमारे यहाँ—क्या नाम देंगे उसे?—वह भी अगर हमारे हुक्मरानों की

आदमियत को न उभार सका तो उसका क्या अर्थ बनता है ? अगर इस वक्त भी वे शान्ति और व्यवस्था की अपनी संकीर्ण समझ से मुक्त न हो सके, अगर इस वक्त भी वे अपने फौरी नफा-नुकसान का हिसाब ही लगाते रहे, सहज मानवीय दुःख, सन्ताप, आक्रोश और बेबसी के उफान में अपने सिंहासन का हिलना देखने लगे, अगर इस वक्त वे इतना सारा अकरणीय और अकल्पनीय कर सके, तो और कोई अर्थ बनता हो या न बनता हो, यह निश्चित है कि हमारे यहाँ नेतृत्व का निधन हो चुका है।

राजनीति के हमारे हमाम में किसी की भी नंगई अब छिपी नहीं है। बात कहीं से भी, किसी से भी शुरू की जा सकती है। देश के गृहमंत्री को ही ले लें। गृह माने घर। घर का रखवाला। घर में मातम छाया था जब गृहमंत्री ने वह कहा जो सारे देश ने सुना। पूछे जाने पर कि न्याय की माँग कर रहे शोक-संतप्त मासूम लोगों से मिलकर उन्हें सांत्वना और आश्वासन देने की कोशिश क्यों नहीं की मंत्री महोदय ने, मान्यवर ने कहा कि कल कांग्रेसी आन्दोलन करेंगे, फिर भाजपा के लोग और माओवादी, तो गृहमंत्री किस-किस से मिलने जाएगा। इसी सन्दर्भ में उन्होंने यह भी कहा कि इंडिया गेट पर प्रदर्शन कर रहे लोगों में एक प्रतिशत लोग हिंसा पर उतारू थे, और ऐसे लोगों के रहते सोनिया गांधी और राहुल गांधी की सुरक्षा खतरे में पड़ सकती थी। यदि ऐसा खतरा न होता तो सोनिया जी और/या राहुल खुद प्रदर्शनकारियों से मिलने और बात करने आ जाते। इसी एक प्रतिशत के आधार पर गृहमंत्री ने निहत्थे लोगों के विरुद्ध हुई पुलिस की हिंसा को उचित ठहराया।

देश के पहले गृहमंत्री को सरदार और लौहपुरुष कहा जाता था। बड़े संकट के समय में थे सरदार गृहमंत्री। बार-बार और तरह-तरह के कठोर फैसले करने पड़े थे उनको। पर पल-भर के लिए भी मानवीय संवेदना नहीं खोई थी उन्होंने। दूसरे ही दिन थे वे, और लोग भी दूसरे ही थे तब। सो रोना क्या उस सबका ? सिवाय यह समझने के लिए कि कहाँ से कहाँ आ गया है भारतीय गणतंत्र।

वर्तमान भारत का इतिहासकार हूँ मैं। राष्ट्रवाद और आधुनिक भारतीय सामाजिक चेतना पर काम करता रहा हूँ जिन्दगी भर। बहुत नजदीक से, भीतर जाकर देखा है चीजों को। कोई नॉस्टैल्जिया नहीं है पहले को लेकर। गड़बड़ तब भी था काफी कुछ। पर ऐसा नहीं था।

ऐसी तो, मन कह रहा है कहने को, एमरजैंसी भी नहीं थी। मुकम्मल तौर पर नहीं कह पाऊँगा यह। बहुत सोचना पड़ेगा वैसा कहने से पहले। पर यह कोई मामूली बात नहीं है कि इतनी बड़ी बात कहने का मन हो रहा है आज।

कठोर, निष्ठुर निर्णय करने पड़ सकते हैं, असाधारण परिस्थितियों में राजधर्म के सम्यक निर्वाह के लिए। पर ऐसे निर्णय—विशेष रूप से ऐसे निर्णय—संवेदना और विवेक का निबाह करते हुए ही लिये जा सकते हैं। अन्यथा, अन्ततोगत्वा,

कठोर निर्णय का अर्थ होता है आत्मघात। और चूँकि सत्ताधारी हर चन्द अपने अन्त को टालना चाहते हैं, संवेदनाहीन और विवेकशून्य कठोर निर्णय दूसरों की भी तबाही लाते हैं।

हालाँकि हुआ वैसा ही, यह समझ पाना मुश्किल है कि न्याय की माँग कर रहे हजारों लोगों और सरकार के बीच तकरार की स्थिति पैदा कैसे हो गई। एक तरफ, एक साथ होना चाहिए था दोनों को। हम जानते हैं कि न्याय की माँग भी लोगों और सरकार के बीच विषम विरोध का रिश्ता पैदा कर सकती है। दो साल मीज़ोरम में रहकर मैं बहुत करीब से राजनीतिक जीवन की इस विचित्र और तेजी से बढ़ रही विडम्बना को देख चुका हूँ। 2012 में ही हुआ जल समाधि का सत्याग्रह और भ्रष्टाचार विरोधी आन्दोलन हमारे सामने हैं। पर इस तरह के तमाम विरोधों में विरोध का कारण स्पष्ट होता था। कहीं न्याय के अलग-अलग अर्थ होते थे, कहीं स्वार्थ की टकराहट होती थी।

इस बार तो ऐसा कुछ नहीं था। फिर भी टकराहट हुई। क्यों? गृहमंत्री की बातें और उनका मदान्ध अन्दाज जवाब हैं इस क्यों का। इस मदान्धता के चरित्र को समझना जरूरी है। सत्ता का वह मद तो है यहाँ जिससे बिरले ही बच पाते हैं, पर यह कमजोर और कायर सत्ताधारियों का मद है। लोगों से बिलगे, सदा सशस्त्र सैनिकों से घिरे, अपने बँगलों को दुर्ग बनाए, ये सत्ताधारी खुद नहीं जानते कि कितने डरे रहते हैं वे।

इतने डरे कि कोई जोखिम उठाने की भी हिम्मत नहीं कर पाते। मान भी लिया जाए कि इंडिया गेट पर जमा लोगों में से एक प्रतिशत शरारती इरादों से पहुँचे हुए थे वहाँ। यह भी मान लीजिए कि उत्पात हो जाने की स्थिति में मुश्किल हो जाता इन शरारती तत्त्वों को औरों से अलग कर पाना। यह सब मानकर भी क्या यह माना जा सकता है कि इंडिया गेट पर स्थिति इतनी विस्फोटक थी कि वाकई कुछ भी हो सकता था किसी नेता के वहाँ पहुँचने पर?

कोई नेता होता तो पहुँचता न।

पर नेता होने का स्वाँग तो करना ही पड़ता है जब लगे कि उसके बगैर गुजारा नहीं है। सो जब जन्तर-मन्तर पर हजारों लोग उमड़ पड़े तो दिल्ली की मुख्यमंत्री पहुँच लीं वहाँ मोमबत्ती जलाने अपने अंगरक्षकों और अधिकारियों से घिरी हुईं।

विडम्बना बहुत हल्का पड़ता है, सो एक अपेक्षाकृत सही किन्तु कदाचित अशिष्ट शब्द इस्तेमाल करना पड़ रहा है। क्या प्रभु वर्ग में कोई ऐसा था, या कोई ऐसी थी, जो इस दोगलेपन को देख सके कि जिस लड़की ने लाखों-करोड़ों को उनकी नैतिक सुप्तावस्था से निकाल बाहर किया है, जिसके लिए जन्तर-मन्तर पर मोमबत्ती जलाने मुख्यमंत्री अपने पूरे काफिले के साथ आराम से अपनी गाड़ियों में पहुँच जाती हैं, उस लड़की को श्रद्धांजलि देने जाने वाले आम लोगों के रास्ते बन्द

कर दिए गए। इतना ही नहीं, शान्ति और व्यवस्था के खतरे की दुहाई देकर दिल्ली उच्च न्यायालय ने भी अनिश्चित काल तक के लिए दस मैट्रो स्टेशनों को बन्द कर देने के आदेश को सही ठहरा दिया।

नई दिल्ली का यह रूप तो चीन और पाकिस्तान वाले युद्धों या एमरजैंसी या वक्तन फवक्तन लगे कर्फ्यू के दौरान भी नहीं था जो घर में हुई इस भयानक घटना और मौत के वक्त हुआ। प्रभु वर्ग दुबक गया अपने दुर्गों में और सारे रास्ते उन तक पहुँचने के बन्द कर दिए गए दिनों तक।

इस तरह की दहशत—अपने ही लोगों से अकारण दहशत—शुभ संकेत नहीं है देश के भविष्य के लिए।

जो संकट इस वक्त उजागर हुआ है उसको समझने और उससे निपटने में बड़ा वक्त लगने वाला है।

अपनी बनावट से आजादी

कुछ बहुत ही अजीब चीजें 16 दिसम्बर—क्यों न इसी नाम से पुकारने लगें उस बरबरियत को?—के कारण दिखाई पड़ गईं हमें। अपने बारे में। दिनों तक चुप्पी साधे रख, अपने नैतिक बोध और राजनैतिक विवेक का परिचय देने के बाद, जब देश के प्रधानमंत्री ने कुछ कहना जरूरी समझा, तो उन्होंने बताया कि वह तीन पुत्रियों के पिता हैं, और इस नाते समझ सकते हैं जो कुछ हुआ है उसकी गम्भीरता। और भी लोग थे जो बताने लगे कि उनकी कितनी बेटियाँ हैं। खासतौर से ऐसे लोग जो इस नाजुक मौके और मसले पर कुछ गलत कह या कर बैठे थे, अपनी बेटियों के होने पर ज्यादा ही जोर दे रहे थे। उनका स्वत: सिद्ध तर्क था कि चूँकि वह पुत्री/पुत्रियों के पिता हैं, नारी के प्रति उनकी समझ और संवेदना के बारे में किसी सन्देह की गुंजाइश बचती ही नहीं।

बड़ा लुभावना है यह तर्क। कितना सुन्दर, स्नेहिल और शान्तिमय हो जाए हमारे पारिवारिक और सामाजिक जीवन का एक बड़ा हिस्सा अगर पुत्री के हो जाने भर से पुरुष नारी के प्रति समझ और संवेदना से भर जाए। फिर तो समस्या सिर्फ उनकी मानसिकता को बदलने की बच जाए जो या तो पिता नहीं बन सके और बन भी गए तो केवल लड़कों के। दुर्भाग्य से इस लुभावने तर्क का न तो कोई सैद्धांतिक आधार है और न व्यावहारिक। पिता-पुत्री के सम्बन्ध की सामान्य मनोवैज्ञानिक सैद्धान्तिक व्याख्या की बात छिड़ गई तो जो पेचीदा और कठिन सम्बन्ध उजागर होगा उसमें यह लुभावना तर्क हास्यास्पद बनकर रह जाएगा। और अगर अपनी वास्तविक पारिवारिक-सामाजिक स्थिति पर थोड़ी भी ईमानदारी से गौर कर लिया तो समझना मुश्किल हो जाएगा कि इस तरह का तर्क दिया भी कैसे जा सकता है।

पर दिया गया यह तर्क। अक्सर दिया जाता है। कितने कर भी लेते हैं विश्वास इस तर्क पर।

चेतन-अवचेतन की कौन-सी जरूरत बनाए रखती है यह भुलावा? कितना भोला और कितना काँइयाँ होता है यह भुलावा? सोचने लगो तो खासी आसानी से मिलने लगेंगे जवाब।

एक और भुलावा—बहुत बड़ा भुलावा—जोरों पर है। इस भुलावे की तह में है दंड की सामर्थ्य में अनन्य विश्वास। इसी के चलते चारों ओर शोर हो रहा है कि बलात्कार के मामलों—कम से कम 16 दिसम्बर जैसे असामान्य क्रूरता वाले मामलों—में वह कड़ी से कड़ी सजा दी जाए जिसका भारतीय दंडसंहिता में प्रावधान है। कुछ लोग तो इतने-भर से आश्वस्त नहीं हो पा रहे, और बलात्कारियों के बधिया किए जाने की भी माँग कर रहे हैं।

खैरियत है कि कुछ आवाजें बड़े तर्कपूर्ण तरीके से इस कानूनी अतिवाद के खिलाफ उठ रही हैं। मसलन, इस खतरे को उजागर किया जा रहा है कि बलात्कार के लिए अगर फाँसी का प्रावधान कर दिया गया तो सम्भावना बढ़ जाएगी कि बलात्कारी अपने शिकार की हत्या ही कर दे ताकि वह बचे ही न गवाही देने को। बड़ी महत्त्वपूर्ण हैं ये आवाजें। लेकिन, फिलहाल, माहौल कुछ ऐसा ही बना दिख रहा है कि कानून को और सख्त बना ही दिया जाएगा। वैसा किए बगैर लोगों को आश्वस्त नहीं किया जा सकेगा। सवाल आज सिर्फ इतना है कि कितना और सख्त कर दिया जाएगा कानून।

अगर—या जब—कानून बदल जाएगा और फिर, देर या सबेर, कोई असामान्य कुकृत्य होगा, तो एक बार और वही सब होगा जो अभी हो रहा है। सो—भले ही यह 'सो' नक्कारखाने में तूती बना रह जाए—सोचना चाहिए कि आज ही इस तरह क्यों न सोचा जाए कि इस बड़े भुलावे की भविष्य में पुनरावृत्ति न हो।

मैं जिस भुलावे की बात कर रहा हूँ वह इन दिनों पूछे जा रहे एक सवाल में पूरी तरह उभरकर आता है। सवाल है : 'क्या बलात्कार सम्बन्धी मौजूदा कानून कारगर रहा है?' जवाब साफ है : 'नहीं।' इसके बाद नतीजा भी साफ लगने लगता है : 'तो फिर जरूरत है कानून को बदलने की, यानी कि सख्त बनाने की।' सिरे से भ्रामक है यह सवाल और इससे जुड़ा पूरा प्रतिवादी तर्क। असल मतलब का सवाल यह है कि मौजूदा कानून कारगर क्यों नहीं रहा है। और मान लीजिए कि जरूरी है ही यह पूछना कि मौजूदा कानून कारगर रहा है या नहीं, तो यह पूछना भी तो जरूरी बनेगा ही : 'क्या गारंटी है कि नया सख्त कानून कारगर होगा ही?'

जाहिर है कि इसकी कोई गारंटी नहीं है। अगर कोई गारंटी है तो इस बात की है कि संशोधित कानून में और ज्यादा कड़े दंड की व्यवस्था हो जाने पर अदालतें अभियुक्त को दोषी करार करने में कहीं ज्यादा एहतियात और सतर्कता बरतेंगी। कानून का तकाजा भले ही हो कि मुकदमा छोटा हो या बड़ा, फैसला देने में पूरा विवेक लगना चाहिए, होता यही है कि चोरी-चपाटी में सजा आसानी से हो जाती है, पर जब फाँसी का मामला आता है तो बड़ी बारीक माप-तौल शुरू हो जाती है।

लेकिन यह सब तो उन थोड़े से मामलों में होगा जिनमें, किन्हीं खास कारणों से, पुलिस की तहकीकात से लेकर मुकदमे की पैरवी तक समूची न्याय-व्यवस्था

सुचारू तरीके से अपना काम करे। बाकी मामलों में तो, कड़े दंड के प्रावधान के बाद भी, सारी व्यवस्था उतने ही लचर और भ्रष्ट तरीके से चलेगी जैसे अभी चलती है। जहाँ नीचे से लेकर ऊपर तक कानून को ताक पर रखने वालों को भरोसा हो कि कोई न कोई रास्ता निकल ही आएगा साफ बरी हो जाने का, जैसा कि सही या गलत आज बहुतों को रहता है, तो क्या फर्क पड़ता है कि दंड कम है या ज्यादा?

सख्त सजा ने दुनिया से कौन सा जुर्म मिटाया है?

कैसे बना रहता है यह यकीन—निरन्तर भुलावा—कि सजा को और सख्त कर देने से मिट जाएगा जुर्म?

कमजोर और क्षमताहीन को निरन्तर जरूरत पड़ती है सख्ती की। व्यवस्था का आँगन कभी सीधा रहता ही नहीं उनके लिए। उसी को कोसने और ठीक करने में लगा रहता है उनका ध्यान।

आजाद भारत में समाज और सरकार दोनों ही उत्तरोत्तर अक्षम हुए हैं। समाज से मुराद उससे है जिसे अंग्रेजी के 'कम्युनिटी' के रूप में हम पढ़े-लिखे ज्यादा आसानी से समझ लेते हैं। आधुनिकता के जगन्नाथी चक्र ने समाज को लगभग खत्म ही कर दिया है। जहाँ खाप या कुछ और जाति पंचायतों के रूप में पारम्परिक समाज अभी तक बचा है वहाँ, आज के जमाने में अपने आपको जैसे-तैसे बनाए रखने की बौखलाहट में, वह अनावश्यक और अपने लिए ही नुकसानदेह आक्रामकता—अक्षम की सख्ती—पर आमादा हो जाता है। इसी के साथ, पश्चिम की 'सिविल सोसायटी' की तर्ज पर जिसे 'नागरिक समाज' कहने लगे हैं हम, वह बड़ी हीन-मलीन दशा में है अभी हमारे यहाँ। सार्वजनिक जीवन में कोई बड़ा हस्तक्षेप करने की साख अर्जित नहीं कर पाया है वह।

और सरकार खो चुकी है अपनी साख हमारे यहाँ। लोगों—प्रचलित मुहावरे के 'आम आदमी'—के विश्वास के बजाय उसे बात-बात में बल और दल का सहारा लेना पड़ता है अब।

बड़े क्रूर विरोध के बीच आ फँसे हैं हम। उसी सरकार के बल में टिक जाती हैं हमारी उम्मीदें जिससे विश्वास उठ चुका है हमारा। इस विरोध को, इसके खतरों को, देख सकें या नहीं, इससे उपजी छटपटाहट हम सब भुगत रहे हैं।

यह छटपटाहट जल्दी मिटने वाली नहीं। पर इससे, अपनी ही खातिर, हमें इतना तो उबरना ही होगा कि अपनी उम्मीदों की व्यर्थता को देख सकें। देख सकें कि बलात्कार समेत तमाम पुराने अपराधों और नए उत्तर-आधुनिक अपराधों में साल-दर-साल जो बढ़ोतरी हुई है, वह इसलिए नहीं कि उनसे निपटने के लिए पर्याप्त सख्त कानून नहीं थे। देख सकें कि जिस बुनियादी मुस्तैदी के बिना सख्त से सख्त कानूनी तंत्र भी कुछ नहीं कर सकता, अगर सिर्फ वैसी मुस्तैदी होती 16 दिसम्बर को, तो वर्तमान सुरक्षा व्यवस्था से ज्यादा कुछ और की जरूरत भी न होती।

और देख सकें कि किसी बड़े सरकारी हस्तक्षेप से ज्यादा कारगर हो सकते हैं हमारे निजी प्रयत्न अपनी बनावट को समझने और बदलने के। मसलन, हमें—उनको भी जो बेटियों के पिता या बहनों के भाई हैं—सोचना होगा कि क्योंकर आदमी सहज गर्व से कह पाता है : 'क्या बताऊँ, यार, रोक न सका अपने को!' या फिर : 'अब, भाई, है तो यह कमजोरी मुझ में!' क्योंकर औरत की जिन्दगी बीत जाती है आदमी को—और अपने आपको—रोकने में? कितना भी नारी स्वातंत्र्य का उत्सव मनाया, या रोना रोया, जाता हो, कह पाएगी औरत सहजता से 'क्या कहूँ, अब है मेरी यह कमजोरी!'

एक नाजुक और मुश्किल विमर्श की शुरुआत भर है यह।

अपनी अँधेरी गहराइयाँ

बड़ा जतन करना होगा 16 दिसम्बर को दिल्ली में घटे कृत्य को समझने के लिए। हथेली पर राई उगाने की उतावली छोड़नी होगी। यह जिद, या उम्मीद, कि समस्या का समाधान तुरन्त किया जाए, और इस भयंकर घटना के परिणामस्वरूप लाए गए कुछ कानूनी और प्रशासनिक बदलाव, हमें कुछ कर दिए जाने का भुलावा और सन्तोष तो दे देंगे, किन्तु समस्या की जड़ जमी ही रहेगी। बड़े धीरज से, लम्बे समय तक और तमाम स्तरों पर इसके निवारण के लिए लगा रहना होगा। और तैयार रहना होगा इस बात के लिए कि हमारी सारी कोशिशों के बावजूद ऐसी असामान्य—ऍबनॉर्मल—क्रूरता बिलकुल ही अप्रत्याशित तरीके से कहीं भी, कभी भी घट सकती है। हम ज्यादा से ज्यादा जो कर सकते हैं वह है मौजूदा परिस्थितियों को इस तरह बदल देना कि 16 दिसम्बर की पुनरावृत्ति का खतरा काफी हद तक घट जाए।

इस दूरगामी बहुस्तरीय कोशिश को कामयाब बनाने में बड़ी मदद मिलेगी अपने आपको देखते रहने से। अपने आपका मतलब सिर्फ जुदा-जुदा 'मैं' नहीं है। इसमें वे तमाम 'हम' भी आते हैं जो अनिवार्यतः हर 'मैं' में होते हैं। अपने पेशे का 'हम', अपने मजहब का 'हम', अपने राष्ट्र का 'हम', अपने लिंग का 'हम', अपने वर्ग का 'हम', वगैरा वगैरा। अपने आपको देखना होगा हमें। मतलब कि अपने देखने को देखते रहना होगा।

जो बहुत सी बातें हुईं 16 दिसम्बर की प्रतिक्रिया में उनमें एक थी ऐसे वक्तव्यों की बाढ़ जिनकी अपेक्षा, कहें आशंका, कम से कम ऐसे संगीन माहौल में नहीं थी। पर आए एक के बाद एक, और एक से बढ़कर एक आपत्तिजनक वक्तव्य। न केवल आए, बल्कि इतने विभिन्न और प्रभावशाली तबकों और व्यक्तियों से आए—प्रशासन, राजनीति, धर्म-अध्यात्म—कि लगा मानो कोई भी प्रभाव का क्षेत्र उस मानसिकता से नहीं बचा है जिसे बदले बिना औरतों की गरिमा और स्वतंत्रता को संविधानी पाठ से बाहर निकाल जिन्दगी की भी सच्चाई नहीं बनाया जा सकता।

बड़ा हल्ला हुआ इन बयानों के खिलाफ। माँग होने लगी कि बयान देने वाले माफी माँगें, और उनके खिलाफ कड़ी से कड़ी कार्रवाई हो। कुछ ने तुरन्त माफी

माँग ली, कुछ ने लीपापोती करते हुए दावा किया कि उनके कहे को तोड़ा-मरोड़ा गया है, और कुछ अड़े रहे कि उन्होंने कुछ भी अनुचित नहीं कहा है।

मेरे बाबा सारी मानव जाति की तरफ से ईश्वर के प्रति बड़ा आभार व्यक्त करते थे कि उसने हमारा दिल हमारी खुली हथेली पर नहीं बना दिया। सो हो सकता है कि कोई माफी ईमानदारी से माँगी गई हो। पर जो ढर्रा चल रहा है हमारे बीच उसमें आसार ना-वत् हैं ईमानदार माफी के। ढर्रा यह कि माफी की माँग और माफी का माँगा जाना तो चलते चले जा रहे हैं पहले की तरह—शायद और ज्यादा ही—पर दो शब्द जो कभी हमारे सोचने, महसूस करने और बोलने में अनायास आ जाया करते थे, अब हमारी रोजमर्रा की भाषा से निकल चुके हैं। ये शब्द हैं पश्चात्ताप और प्रायश्चित्त।

भूल हुई मुझसे, इस एहसास के बिना, और इस एहसास के साथ होने वाले सन्ताप के बिना, माफी बेमानी है। अपने बचाव का उपाय-भर है ऐसी बेईमान माफी। असल माफी यह नहीं कहती—जैसा कि हजार में 999 माफियाँ आज करती हैं—कि 'अगर मेरे ऐसा कहने/करने से किसी को दुःख हुआ हो तो मुझे खेद है।' आपको याद है कि आपने कब आखिरी बार बगैर इस 'अगर' के कोई माफी देखी या सुनी थी?

16 दिसम्बर के बाद आई माफियों में से कई की बात प्रस्तुत सन्दर्भ में की जा सकती है। मैं सिर्फ एक की बात करूँगा जो शायद इन माफियों में सबसे ज्यादा बेईमान, आपत्तिजनक और भर्त्सनीय है। इंडिया गेट और उसके बाद जन्तर-मन्तर पर हुए प्रदर्शनों के दौरान दिल्ली पुलिस ने जिस तरह की प्रत्यक्ष और परोक्ष हिंसा बरती, उसको लेकर कई बार पुलिस कमिश्नर से पूछा गया कि क्या उनको इसका कोई खेद है, और क्या वह लोगों से माफी नहीं माँगना चाहेंगे। वह कहते रहे कि उनकी पुलिस ने बखूबी अपना फर्ज निभाया है। पर जिस दिन इस आदमी को पता लगा कि दिल्ली उच्च न्यायालय का रुख सख्त है, उसने न सिर्फ माफी माँगी बल्कि यह भी जोड़ा कि वह शीश नवाकर न्यायालय से माफी माँग रहा है। और उसी दिन संवाददाताओं से बात करते हुए उसने प्रदर्शन के दौरान की गई पुलिस की कार्रवाइयों को सही बताया।

बेईमान माफी हो, लीपापोती हो, या अपने कहे को लेकर खेद का पूर्ण अभाव, असल सोचने की बात है कि जो बयान चर्चा के केन्द्र में आ जाते हैं—हमें आपत्तिजनक लगने वाले बयान—उन बयानों के पीछे जो मानसिकता है, जो समस्या की असल जड़ है, वह हमारे समाज में कितनी व्यापक है। मसलन, सोचना होगा कि यह बयान कि बलात्कार की शिकार हुई लड़की अगर बच भी गई तो वह जिन्दा लाश की तरह रहेगी, कितने लोगों—आदमी और औरत दोनों ही—को यह बयान तुरन्त सुनते ही आपत्तिजनक लगेगा, और कितनों की इससे सहमति होगी। इसी

सम्बन्ध में यह भी सोचना होगा कि कितने लोग तुरन्त इस बयान से सहमत होने के बाद, दूसरों से इसकी आलोचना सुनकर या खुद ही इसके बारे में सोच-विचार के बाद, उस मानसिकता के मर्म तक पहुँच जाएँगे जिसकी वजह से बलात्कार की शिकार हमारे समाज में जिन्दा लाश बन जाती है।

विरोध, प्रदर्शन, आक्रोश—कभी-कभार 'पॉलिटिकल करैक्टनैस' भी शायद—जरूरी हैं। पर जो असल काम है वह उस मानसिकता से जूझना है जो सारी समस्या की जड़ है। इस काम में विरोध, प्रदर्शन, आक्रोश या पॉलिटिकल करैक्टनैस से कुछ नहीं बनेगा। कुछ बिगड़ जरूर सकता है। बिगड़ता रहता है। हमारी बनावट ही ऐसी है कि जब हम कोई अच्छा काम करते हैं तो वह हमारे लिए सोने, जगने, खाने-पीने, हँसने जैसी सामान्य क्रिया नहीं रहता। एक विचित्र मादक आत्म-शुद्धि छा जाती है हम पर। हम विशिष्ट बन जाते हैं अपनी ही नज़र में, दूसरों से अलग। उस तरह से देखना मुश्किल हो जाता है अपने आपको जिसकी जरूरत का जिक्र शुरू में ही किया है मैंने।

अब अन्त में, बहुत डरते-डरते, वह मुद्दा जिसको छेड़ना मेरा असल मकसद है। किशोरी कुन्ती ने देखने को कि दुर्वासा से मिला वरदान काम करता भी है या नहीं, सूर्य को बुला लिया। सदियों से चली आ रही है यह कथा हमारे यहाँ। कैसे याद की जाती है यह ? कोई परम्परा है सूर्य के कृत्य को आलोचनात्मक तरीके से देखने की ? बेचारी कुन्ती नहीं जानती थी सूर्य को बुलाने का नतीजा। उसने एतराज भी किया। सूर्य न माने। देवता थे, देवी नहीं। सुन्दर कन्या दिखी, कामेच्छा जग गई। दबा न सके उसे। दबाते भी क्यों ? यही भलमनसाहत कम थी क्या कि कुन्ती को वरदान दे गए कि उसका कौमार्य अक्षत रहेगा। बचा लिया उसे जिन्दा लाश बनने से।

पुरुष की कामेच्छा की महिमा है इस कथा में। जमाना बदल गया है। कलियुग में वह महिमा चली गई है। फिर भी पुरुष की कामेच्छा की स्वाभाविक अदमनीयता की घोषित-अघोषित मान्यता बनी हुई है। तभी तो, निहायत स्वाभाविक तरीके से, आम आदमी-औरत हों या पुलिस या कोर्ट-कचहरी, यह सवाल उठ ही जाता है कि बलात्कार की शिकार ने कुछ ऐसा तो नहीं कर दिया था कि बलात्कारी की कामेच्छा जग गई।

सभ्यता का अर्थ है छिपाना। जो न छिपे वही बलात्कार होता है। पुरुष सामान्यत: कब-कब, किस-किस के साथ और कैसे-कैसे काम की इच्छा करता है, कैसे-कैसे स्वप्न और दिवा-स्वप्न देखता है, कौन-कौन सी 'फैंटसीज' को अपने दिमाग में प्रश्रय देता है—बड़ी खतरनाक पर सामान्य बातें हैं यह—और कब अपने पर काबू खो बैठता है, इस पर भी गौर करना होगा हरेक को। क्यों नहीं वैवाहिक जीवन के निजी अन्धकार में होने वाली आक्रामकता को उसके सही नाम

से पुकारना चाहते हम ? क्यों नहीं हम वह सब उजागर करना चाहते जो आए दिन अपनी हैसियत का दुरुपयोग करके पुरुष विभिन्न परिस्थितियों और स्थानों में औरतों के साथ करते हैं ?

क्या तैयार हैं हम सोचने को कि कामेच्छा, जिसका क्रोध और प्रतिशोध से बड़ा नजदीकी रिश्ता है, वंचितों में आकर बड़ा विकराल रूप ले सकती है ? इच्छा हो तो, नमूने के तौर पर, शरण कुमार लिम्बाले की 'ब्राह्मण दलित', जेम्स बॉल्डविन की 'एन अदर कंट्री' और जे.एम. कोइट्ज़े की 'डिसग्रेस' उलट-पलट लीजिए।

आमरण अनशन का अधिकार

अन्ना हजारे के सौजन्य से आमरण अनशन का मसला एक बार फिर देश की राजनीति के केन्द्र में आ गया है। ऐसे में गांधी को याद करना स्वाभाविक भी है और जरूरी भी। खास तौर से इसलिए कि अन्ना खुद और उनके कुछ नजदीकी सहयोगी जिस तरह अपने भ्रष्टाचार-विरोधी आन्दोलन को देख और दिखा रहे हैं, उसमें गांधी का प्रभाव ही नहीं, उनका अनुसरण और इस्तेमाल भी प्रत्यक्ष दिखाई देते हैं। जरूरी है समझने की कोशिश करना कि जिस भव्य थाती का प्रत्यक्ष या परोक्ष सहारा ले रहा है यह भ्रष्टाचार-विरोधी आन्दोलन, वह थाती है क्या।

गांधी मानते थे कि अहिंसा का एक शास्त्र होता है। अपने आपको वह इस शास्त्र का परम आचार्य मानते थे। पर यह दावा करते वक्त यह भी जोड़ देते थे कि उनकी हैसियत महज अन्धों में काने राजा की थी। एक और मुहावरा भी था उनके पास अपनी असलियत बयान करने के लिए : 'ऊसर में अरंड ही पेड़।' मतलब यह कि अहिंसा का सिद्धान्त सनातन था, पर इसका शास्त्र नितान्त प्रारम्भिक स्थिति में था, और सार्वजनिक जीवन, विशेष रूप से एक सशक्त साम्राज्यवाद के विरुद्ध संघर्ष, में अहिंसा के अमलीकरण के दौरान उस शास्त्र का आगे विकास होना था। सिद्धान्त और व्यवहार दोनों से ही एक साथ जूझते, उनकी अन्योन्याश्रितता को समझते और व्याख्यायित करते, गांधी अन्त तक खोजी ही रहे अहिंसा के।

न तो शास्त्र के स्तर पर और न ही व्यवहार के रूप में अहिंसा को गांधी के आगे ले जाया जा सका है। अभी भी वही इसके परम आचार्य और व्यवहारदर्शी हैं। तो जो गांधी से प्रेरित हो अहिंसा पर अमल करने का दावा करते हैं, उनका दायित्व हो जाता है कि एक कड़ी नजर अपने ऊपर सतत बनाए रखें। सबसे ज्यादा, और अपने प्रति पूरी तरह से निठुर बने रहते हुए, आमरण अनशन का फैसला करते वक्त।

अहिंसा का बुनियादी सूत्र है : मरेंगे, मारेंगे नहीं। मरने के लिए तैयार रहना, न्याय पाने के लिए छेड़े गए संघर्ष के दौरान विरोधी की हिंसा को प्रतिहिंसा की इच्छा से बचते हुए सहना, बड़े नैतिक साहस का काम है। इस तरह का साहस धीरे-

धीरे विकसित होता है, और बगैर आत्म-शुद्धि के यह सम्भव नहीं होता। अहिंसा सफल होती है विरोधी का हृदय बदलकर।

मरने की इस तैयारी में, और इस तैयारी के लिए जरूरी आत्म-शुद्धि में, अनशन का बड़ा सैद्धान्तिक और व्यावहारिक महत्त्व होता है। यहाँ उसकी चर्चा न कर इतना कहना काफी होगा कि जब अनशन का इस्तेमाल आत्म-शुद्धि के साथ-साथ किसी सार्वजनिक प्रयोजन की सिद्धि के लिए किया जाता है तो उसकी कुछ जरूरी शर्तें होती हैं। ऐसा नहीं है कि कोई भी, कभी भी, किसी भी माँग को पूरा करवाने के लिए सार्वजनिक अनशन कर सकता/सकती है। सबसे महत्त्वपूर्ण बात यह है कि अनशन हर किसी विरोधी के खिलाफ नहीं किया जा सकता। इसका इस्तेमाल केवल अपनों के—उनके जो अनशनकारी को पराया नहीं मानते और उस पर विश्वास करते हैं—खिलाफ हो सकता है।

अर्जित किया जाता है सार्वजनिक अनशन का अधिकार। और आमरण अनशन का अधिकार तो उससे भी ज्यादा मुश्किल से मिलता है।

गांधी ने सेहत और आत्म-विकास के लिए जो अनगिनत उपवास किए, उनका पक्का लेखा-जोखा मुमकिन नहीं है। उनके सार्वजनिक अनशनों का हिसाब सम्भव है। अगर सालों गांधी के नजदीक रहे ब्रजकृष्ण चाँदीवाला की गिनती पर विश्वास करें तो गांधी ने कुल जमा 17 सार्वजनिक अनशन किए। इनमें से पाँच आमरण अनशन थे। संयोग कुछ ऐसा बना कि इन सार्वजनिक अनशनों का सिलसिला आमरण अनशन से शुरू हुआ और खत्म भी आमरण अनशन से ही हुआ।

इस समय जबकि गांधीवादी आमरण अनशन बड़े नाटकीय ढंग से एक बार फिर राष्ट्रीय राजनीति में आता लग रहा है, अच्छा होगा कि गांधी के अनशनों, विशेष रूप से उनके पाँच आमरण अनशनों, का गम्भीर और व्यवस्थित विश्लेषण हो। इत्तफाक से मैं इस विषय में गांधी की कथनी और करनी को खासे गौर से देखता रहा हूँ। उसके आधार पर यह कहने का साहस कर सकता हूँ कि हालाँकि गांधी के चार आमरण अनशन फौरी परिणाम की दृष्टि से सफल रहे, उन सबमें अहिंसा की एक अनिवार्य शर्त अधूरी रह गई। उन अनशनों का घोषित उद्देश्य तो, एक तरह से, पूरा हो गया, और किसी भी आमरण अनशन में गांधी को छह दिन से ज्यादा भूखा नहीं रहना पड़ा, यह 'सफलता' विरोधियों के हृदय-परिवर्तन के फलस्वरूप नहीं हासिल हुई। ये आमरण अनशन सफल हुए क्योंकि लोग गांधी की मौत के लिए तैयार नहीं थे, या उस मौत की जिम्मेदारी अपने सर नहीं लेना चाहते थे।

गांधी ने सिद्धान्त और व्यवहार दोनों की नजर से बहुत कुछ कहा आमरण अनशन के पक्ष में। तार्किक स्तर पर उसमें से काफी कुछ माना भी जा सकता है। पर जहाँ तक उनके अपने आमरण अनशनों की वास्तविकता का सवाल है, उनकी कामयाबी विशुद्ध अहिंसा से नहीं, भावनात्मक हिंसा की वजह से आई।

साधन की पवित्रता पर सदा जोर देने वाले और अपने व्यवहार के प्रति सदा सचेत रहने वाले गांधी कहते थे कि अनशन 'दैवी' भी हो सकता है और 'राक्षसी' भी। सदा प्रार्थना करते रहते थे कि ईश्वर उन्हें राक्षसी अनशन से बचाए रखे।

अगर अन्ना हजारे और उनके सहयोगियों का भ्रष्टाचार-विरोधी आन्दोलन वाकई गांधी की तरह नैतिकता को राजनीति के केन्द्र में लाना चाहता है, और अहिंसा का सिर्फ सामरिक इस्तेमाल नहीं कर रहा, तो उन्हें और हम सबको कुछ सवालों का सामना करना पड़ेगा। मसलन, अहिंसा की लड़ाई में इतना ही काफी नहीं है कि आप सच्चाई और न्याय की राह पर हैं। अपने विरोधी के प्रति घृणा और रोष त्याग, आपको अपने अन्दर की हिंसा मिटानी होगी, विरोधी के लिए भी प्रेम पैदा करना पड़ेगा। गांधी के आह्वान पर देश-भर में जलाई गई विदेशी कपड़ों की होली की तर्ज पर स्वयं अन्ना की मौजूदगी में प्रस्तावित सरकारी लोकायुक्त विधेयक की प्रतियों की होली के जो दृश्य देखने को मिले, उनसे क्या घृणा की राजनीति से विमुख होने के संकेत मिलते हैं या उस राजनीति के गहराने के? क्या ऐसे ही संकेत अन्ना और उनके प्रमुख सहयोगियों द्वारा दिए जा रहे विभिन्न बयानों से नहीं मिल रहे? अहिंसक सत्याग्रही की विनम्रता और विनय दिखाई देती है वहाँ?

दिखाई देता है निष्काम सेवा, मात्र कर्तव्य पालन, का वह भाव जिसके चलते गांधी अपने को निमित्त-भर माना करते थे?

अन्दर की सच्चाई जो भी हो, क्या अन्ना और उनके सहयोगियों ने आमरण अनशन का अधिकार अर्जित कर लिया है? क्या उनके विरोधियों में उनकी ऐसी साख है, उनके प्रति ऐसा विश्वास है, कि उनकी नीयत, ईमानदारी और निःस्वार्थता के बारे में कोई सन्देह न हो?

आमरण अनशन अहिंसक सत्याग्रही का अन्तिम अस्त्र होता है। आखिरी कदम। अन्ना और उनके सहयोगियों ने इस आखिरी कदम से पहले क्या जो और सम्भव तरीके थे उनका धैर्यपूर्वक इस्तेमाल किया है?

हमारे सार्वजनिक जीवन में विश्वास का जो विघटन हो गया है, और उसके कारण जो संकट सालों से छाया रहा है, उसमें इससे ज्यादा बुरा शायद और कुछ नहीं होगा कि 16 अगस्त को सिर्फ एक स्वाँग-भर होकर रह जाए। आसार हैं नहीं कि इससे ज्यादा कुछ होने वाला है।

अन्ना : एक आत्म-मन्थन

अन्ना हजारे के अनशन से दो दिन पहले मैंने लिखा था : 'हमारे सार्वजनिक जीवन में विश्वास का जो विघटन हो गया है, और उसके कारण जो संकट सालों से छाया रहा है, उसमें इससे ज्यादा बुरा शायद और कुछ नहीं होगा कि 16 अगस्त, 2011 को सिर्फ एक स्वाँग भर होकर रह जाए।' बात साफ-साफ कह दी गई थी इस एक वाक्य में। पर मन में तो और भी कुछ घुमड़ रहा था। उसने विवश कर दिया इसमें एक और वाक्य जोड़कर इस तरह अन्त करने को : 'आसार हैं नहीं कि इससे ज्यादा कुछ होने वाला है।'

16 अगस्त को शुरू हो तेरह दिन तक जो चला वह सबने देखा। सबने जो देखा वह एक चीज नहीं थी। तरह-तरह से देखा उसे लोगों ने। पर, और जो हो, स्वाँग वह शायद ही किसी को लगा हो। देखे जाने का सिलसिला चलता रहेगा। चलते रहने में बदलता भी रहेगा। इसलिए और भी ज्यादा कि तेरह दिनों का यह होना आगे चलने वाला है। इसका आगे चलना भी निर्धारित करेगा कि लोग उस बदलते परिप्रेक्ष्य में इन तेरह दिनों के होने को कैसे देखते हैं।

अपने देखने में आए बदलाव को हम अक्सर अनदेखा कर देते हैं। खास तौर से तब जब हम पहले गलत रहे हों। इस अनदेखने से अपने सही होने का यकीन बना रहता है। गलत हमेशा दूसरे होते हैं, हम नहीं। आत्म-अनालोचना के इस भाव से खुली, ईमानदार और अकुंठित आपसी बातचीत मुश्किल हो जाती है। जहाँ विपरीत स्वार्थों, विचारों इत्यादि की टकराहट वैसे ही सार्वजनिक जीवन को कलही किए हो, लोगों का अपने तईं सदा सही होने का विश्वास स्थिति को और बिगाड़ता रहता है।

अपने देखने को देखना, उस पर मनन करना, सोचना कि आधार क्या है उस देखने का, बड़ी मदद मिल सकती है इस कवायद से एक अच्छे समाज और साफ-सुथरी राजनीति के उभरने में।

मन की किस विवशता से—बात पूरी हो जाने के बावजूद—निकला था वह अन्तिम वाक्य? कि आसार हैं नहीं स्वाँग से ज्यादा कुछ होने के। सरकार का आकलन भी तो ऐसा ही था। और सरकार के पास पूरा एक व्यापक तंत्र था सही

अनुमान के लिए जरूरी जानकारी हासिल करने का। उसी आकलन के चलते सरकार ने अन्ना को हवालात भेज दिया था।

आकलन दोनों एक से थे। उनकी मंशा निहायत अलग-अलग थी। सरकार के आकलन में प्रभुता का मद था। विरोध को एक ही वार में खत्म कर देने का इरादा था। इस इरादे की सफलता में पूरा विश्वास था।

मेरे अन्तिम वाक्य में एक पिटे नागरिक की हताशा थी। हताशा। निराशा नहीं। सिलसिलेवार हत होती रही आशा, पर निराशा नहीं। कहीं गहरे नीचे उसमें, बगैर किसी उम्मीद या यकीन के, उम्मीद और यकीन की लालसा थी।

16 अगस्त की सुबह अन्ना की गिरफ्तारी की खबर ने बहुतों को आपात्काल की याद दिलाई थी। वह याद भर थी। उसमें वह आतंक नहीं था जो 25 जून, 1975 से शुरू हो आपात्काल के लगभग अन्त तक सोते-जागते इस देश के लोगों ने भोगा था। एक परिवार का राजनैतिक वर्चस्व अपने आपमें काफी नहीं है आतंक की व्यवस्था कायम करने के लिए।

मैं जिस पिटे नागरिक की और उसकी जिस हताशा की बात कर रहा हूँ उसका सम्बन्ध आपात्काल के आतंक से नहीं है, उस आतंक के बाद हुए राजनैतिक अनुभव से है। इन्दिरा गांधी की तानाशाही समाप्त कर हमने जनता की सरकार बनाई थी। मैं सोच-समझकर यहाँ 'हम' और 'जनता' का इस्तेमाल कर रहा हूँ। बड़ा आह्लादक वक्त था वह। नागरिकता का, लोकतंत्र की सच्चाई का, देश की नियति का नियन्ता होने का, जो एहसास जनता सरकार के प्रारम्भिक महीनों में हुआ, देशव्यापी स्तर पर वैसा एहसास 1947 के बाद पहली बार हुआ था।

टिका नहीं। मोहभंग हो गया जल्दी ही। जो अपने थे, या जिन्हें अपना समझा था, आपात्काल में जिनसे बराबरी का नाता था, बड़े विश्वास से जिन्हें सत्तासीन किया था, बदलते देर न लगी उन्हें। जनता और शासक वर्ग की दूरी, दोनों की गैरबराबरी देखते-देखते वापस आने लगी।

तीस के ऊपर के बीच के सालों में वह मारक बेचारगी बढ़ती ही रही। उसी बेचारगी ने जरूरी कर दिया था वह हताश आखिरी वाक्य।

एक और वजह थी उस वाक्य के जबरन निकल आने की। एक ऐसी वजह जो उस वाक्य के—सौभाग्य से—गलत साबित हो जाने के बावजूद खत्म नहीं हुई है।

अन्ना हजारे का अनशन स्वाँग नहीं हुआ। एक ऐतिहासिक नाटक बन गया। इस नाटक ने भारतीय समाज के भीतर हो रही खदबदाहट को न सिर्फ उजागर कर दिया, बल्कि उन शक्तियों को सुदृढ़ कर एक नई दिशा दी जिनके कारण वह खदबदाहट होती रही है। अभी सिर्फ प्रस्तावना सम्पन्न हुई है इस नाटक की। कहाँ प्रतिफलन होगा इसका? किसी नए महाभारत की प्रस्तावना तो नहीं है यह?

महाभारत जहाँ जीतने वाला कोई नहीं होता।

दावे जो भी किए जा रहे हों, खसूसन सत्ता पक्ष द्वारा, 16 अगस्त से शुरू हुए इस नाटकीय पखवाड़े में ऐसा कोई संकेत नहीं मिला है कि झगड़े का फिलहाल जो समाधान हुआ है वह आपसी सद्‌भावना और विश्वास पर आधारित है। तुम्हारी भी जय-जय और हमारी भी जय-जय कह देने भर से जिसकी किरकिरी हुई है उसका क्लेश नहीं मिट जाता। उसे तो हर जतन करना ही होगा अपनी धाक फिर से जमाने का। जानते हुए—या मानते हुए—कि ऐसी कोशिश होगी ही, वे जिन्होंने संघर्ष कर कुछ हासिल किया है घबराए रहेंगे कि कहीं धोखा न हो जाए।

अविश्वास और अदावत की यह स्थिति सीधे-सीधे जनता और सरकार के बीच सीमित नहीं है। कहीं ज्यादा उलझी हुई है। झगड़ा एक स्तर पर जनता—प्रचलित शब्दावली में नागरिक समाज—और पूरे राजनैतिक-शासक वर्ग के बीच है। राजनैतिक के साथ शासक जोड़कर मैं उस वर्ग की तरफ खास ध्यान दिलाना चाहता हूँ जो अदृश्य, या लगभग अदृश्य, रहते हुए अपने निहित स्वार्थों के मुताबिक सत्ता पक्ष, विपक्ष, नौकरशाही, मीडिया, और बाकी जो भी जरूरी हो, सबको अपने प्रभाव में बनाए रहता है। (भ्रष्टाचार विरोधी आन्दोलन को भी समर्थन देता है यह वर्ग। कुछ वैसे ही जैसे कि हर राजनैतिक पार्टी कह रही है इस वक्त कि भ्रष्टाचार के विरोध में तो कोई कोताही हो ही नहीं सकती।)

पर साथ ही, एक दूसरे स्तर पर, जनता या नागरिक समाज अन्दर से बँटा हुआ भी है। वही स्थिति प्रभु वर्ग की भी है। अन्ना हजारे के अनशन के तेरह दिनों में यह स्थिति पूरी तरह से उजागर हो गई हमारे सामने। एक तरफ अन्ना और उनके सहयोगियों के नागरिक समाज का प्रतिनिधित्व करने के एकाधिकार को चुनौती नागरिक समाज के भीतर से ही दी गई। दूसरी तरफ संसद के अन्दर विपक्षी पार्टियों ने, विशेषत: भारतीय जनता पार्टी ने, अन्ना के आन्दोलन का भरपूर इस्तेमाल तो किया सरकार को परेशान करने के लिए, पर संसद की गरिमा और संविधान की आड़ में समूचे राजनैतिक-शासक वर्ग के संरक्षण का भी पूरा ध्यान रखा।

एक ओर स्थायी और दूसरी ओर निरन्तर बनते-बिगड़ते स्वार्थ-समूहों की कभी साफ न समझ में आने वाली टकराहट बड़ी विकट राजनैतिक स्थिति पैदा किए हुए है। राजनीतिज्ञ अपनी साख खो बैठे हैं। पर निजात भी मुमकिन नहीं है उनसे। एक नए प्रयास की, बिलकुल अलग तरह की मध्यस्तता की, जरूरत आन पड़ी है आज। दूषित और भ्रष्ट हो गई व्यवस्था में ऐसी कारगर मध्यस्थता जो नैतिक शक्ति पर आधारित हो। जो अपने में विश्वास जगा सके। न केवल नागरिक समाज का विश्वास। प्रभु वर्ग का विश्वास भी।

ऐसे ही नैतिक हस्तक्षेप के इरादे और दावे से शुरू होने जा रहा था अन्ना का 16 अगस्त का अनिश्चितकालीन अनशन। गांधी से प्रेरणा ले रहे थे अन्ना। फिलहाल। अपने आन्दोलन को अहिंसक आन्दोलन बता रहे थे।

इसको लेकर सन्देह था मेरे मन में। यह दूसरी वजह थी उस आखिरी वाक्य के बरबस निकल पड़ने की। वह सन्देह बना हुआ है अभी भी। अन्ना के अनशन की अप्रत्याशित सफलता के बावजूद। और बावजूद इसके कि मैं स्वयं इस अनशन के कारण अन्ना का पहले से अधिक सम्मान करने लगा हूँ।

अन्ना को अहिंसा में गांधी जैसा विश्वास नहीं है। बड़े आराम से वह कहते हैं कि गांधी की भाषा से काम न चला तो वह छत्रपति शिवाजी की भाषा भी बोल सकते हैं। अहिंसा का व्यावहारिक प्रयोग करने वाले को वह नैतिक शक्ति नहीं मिल सकती जो वर्षों तक अहिंसा की मनसा, वाचा, कर्मणा साधना करके गांधी ने अर्जित की थी। ऐसे ही नहीं हो गया था कि गांधी का कोई भी आमरण अनशन छह दिन के आगे नहीं गया। ठीक है कि लोग अनखाते-भुनभुनाते थे कि मरने को तैयार गांधी जबरदस्ती कर रहे हैं। पर द्रवित भी होते थे, लज्जित भी होते थे, लग जाते थे अनशन तुड़वाने में।

कहा जा सकता है कि बहुत बदल गया है तब से अब तक जमाना। बुरे दिन आ गए हैं। स्वार्थ और सत्ता के बोझ तले दब गई है आदमियत। कितना भी ठीक हो, अहिंसक संघर्ष करने वालों को उपलब्ध नहीं है यह तर्क। उनकी सफलता की बुनियाद है विरोधी का हृदय-परिवर्तन। वे नहीं कह सकते जो अन्ना के प्रमुख सहयोगियों ने अनशन के आखिरी दिनों में सरकार को लेकर आरोप के स्वर में कहा। कि अन्ना को कुछ हो गया तो जिम्मेदारी सरकार की होगी।

हिंसा का त्याग किसी आन्दोलन को अनिवार्यत: शान्तिपूर्ण तो बनाता है, अहिंसक नहीं। केवल शान्तिपूर्ण प्रतिरोध सशक्त और सफल हो सकता है। पर उसमें वह नैतिक शक्ति नहीं आ सकती जो अच्छे अहिंसक प्रतिरोध में वक्त के साथ धीरे-धीरे आने लगती है। इसी कारण मात्र शान्तिपूर्ण प्रतिरोध उस तरह का प्रभावशाली और अपेक्षाकृत स्थायी बदलाव नहीं ला सकता जो अहिंसात्मक प्रतिरोध विरोधी के अन्दर मानवीय बदलाव पैदा करके ला सकता है।

आत्म-मन्थन सामूहिक भी हो सकता है। जिस ऐतिहासिक क्षण में अन्ना के आन्दोलन ने हमें—भारतीय समाज और राष्ट्र को—पहुँचा दिया है, आत्म-मन्थन हमारा सबका दायित्व हो गया है। आगे क्या होता है, कलह और भयानक होता है या विवेक पनपता है, सच्चे आत्म-मन्थन के होने या न होने से भी प्रभावित होगा।

सोचने को बहुत है। अब जबकि यह लगभग निश्चित है कि अन्ततोगत्वा जो भी लोकपाल विधेयक पारित होगा सरकारी लोकपाल विधेयक से ज्यादा सक्षम होगा, हमें बहुत गम्भीरता से यह भी सोचना होगा कि कानून पर क्या वाकई, या किस हद तक, निर्भर किया जा सकता है समाज और राष्ट्र को बदलने के लिए।

अन्त में, क्या इस बात का कोई महत्त्व है कि अन्ना के अनशन के दौरान जो लाखों हिन्दुस्तानी देश के कोने-कोने में, और विदेश में भी, उठ खड़े हुए, जगह-

जगह जो हड़तालें हुईं या अनगिनत जुलूस निकले, किसी जगह कोई सामूहिक व्रत नहीं लिया गया कि भ्रष्टाचार विरोधी इस अनोखे प्रयास में हमें कानून के इन्तजार की जरूरत नहीं ? कि हम कम से कम अन्ना के अनशन के दौरान किसी तरह की बेईमानी नहीं करेंगे।

बड़ी बातों के दौरान कभी-कभी छोटी बातें बहुत कुछ इंगित कर देती हैं। मेरे लिए ऐसी ही एक छोटी बात का बड़ा महत्त्व है। अन्ना का अनशन शुरू होते ही तिरंगे झंडों की माँग अचानक बढ़ गई। दिल्ली के सदर बाजार से खबर आई कि वहाँ के व्यापारी झंडों पर मुनाफाखोरी कर रहे थे। प्रसन्न हो खुद ही बता रहे थे कि 50 रुपए वाला झंडा डेढ़ सौ में बिक रहा है। यह भी कि लोग खुशी-खुशी ज्यादा पैसा दे रहे हैं।

नैतिकता और राजनीति के बीच 'आप'

सिर्फ नैतिकता के बूते पर देश की राजनीति में हस्तक्षेप किया जा सकता तो 'आप' के बनने की नौबत ही न आती। अन्ना हजारे वाले आन्दोलन से ही काम चल जाता। बल्कि उस आन्दोलन की भी नौबत न आती, अगर राजनैतिक गलियारों में सच की थोड़ी भी सुनवाई हो रही होती। अकेले राजनीति में ही नहीं, सार्वजनिक जीवन के हर क्षेत्र में और हर स्तर पर बात का सही होना कोई शर्त ही नहीं रही थी उसके सुने-माने जाने की।

नैतिकता के लोप ने पैदा किया 'आप' को। सार्वजनिक जीवन में नैतिकता को बहाल करने की हरचन्द कोशिश, चुनांचे, 'आप' का सबब भी है और उसके बने रह पाने की बुनियादी शर्त भी।

नैतिकता के लोप से नैतिकता की व्यावहारिकता का जन्म—बुराई से अच्छाई का जन्म—किसी भी समाज के लिए एक विरल घटना है। एक ऐसी घटना जो क्रिया-प्रतिक्रिया के सतत-से लगते उस दुश्चक्र को पलट देने की सम्भावना दिखा देती है जिसके चलते रहने से हर 'प्रतिक्रिया' पिछली 'क्रिया' से ज्यादा घातक, क्रूर और अमानवीय बनती रहती है।

ऐसा अनिवार्य और स्वाभाविक लगता है यह दुश्चक्र कि उससे निजात पाने की इच्छा तो होती है, उसके चलते रहने में विनाश तो दिखता है, पर विश्वास नहीं होता कि चक्र के प्रवाह को पलटा जा सकता है। सो त्रास तो था भारतीय राजनीति के बढ़ते अमानवीयकरण के कारण, कोशिशें भी थीं स्थिति को सुधारने की, पर यकीन नहीं था कि शेरों की माँद में घुसा भी जा सकता है। खुद शेर बनने के लिए नहीं, माँद का कायाकल्प करने के लिए।

लेकिन राजनीति की गन्दगी अकेले नैतिकता की बुहारी से बुहरने वाली नहीं। अच्छाई से बुराई न जाने की। और न ही एक घटना से हो जाने वाला यह सब। इसके लिए तो उस घटना को एक लम्बे सिलसिले में तब्दील होना होगा। एक ऐसा सिलसिला जो क्रिया-प्रतिक्रिया के मौजूदा दुश्चक्र के पलटे जाने की सम्भावना को साकार कर क्रिया-प्रतिक्रिया का एक नया स्वस्थ चक्र चालू कर दे। अपने बुरे को

दूसरे के बुरे का हवाला देकर सही साबित करने वाले दुश्चक्र की बजाय दूसरे के अच्छे-बुरे को अपने अच्छे से निरस्त करने वाला चक्र।

अपने हो सकने, भ्रष्ट राजनीति के विकल्प की व्यावहारिकता, का भरोसा पाने के बाद अब 'आप' को नैतिकता और राजनीति के बीच पसर गए विरोध की जगह उनके बीच एक नया रिश्ता, एक नया सन्तुलन बनाने की पहल करनी है।

बहुत ही मुश्किल, नाजुक और जोखिम भरा है यह काम। पूरी पारदर्शिता बरती तो भी—जो राजनीति में शायद ही कभी हो पाता है और कभी-कभार नैतिक मसाइल में भी धर्मसंकट पैदा कर देता है—भूले-भटके ही ऐसा होगा कि 'आप' जिसे सन्तुलन माने वह औरों को भी सन्तुलन ही लगे, राजनैतिक दन्द-फन्द या नैतिक विचलन नहीं।

मतलब यह कि अपनी समझ से ईमानदारी बरतते हुए भी 'आप' का बहुत नियंत्रण नहीं होगा अपने किए और कहे के देखे और सुने जाने पर। ऐसी स्थिति में उसका भविष्य केवल उसके किए और कहे पर निर्भर नहीं करेगा।

जाहिर है यह बात कमोबेश दूसरे राजनैतिक दलों पर भी लागू होती है। फिर भी एक बड़ा फर्क पहले से स्थापित दलों और 'आप' में यह है कि जहाँ उन दलों का अपना एक बढ़ता-सिकुड़ता सामाजिक-विचारधारात्मक आधार है, और उनके समर्थकों और विरोधियों में उनकी निश्चित छवियाँ हैं, 'आप' को सब कुछ नए सिरे से करना है।

नए सिरे से ही नहीं, नया काम भी करना है। यह नयापन 'आप' की सबसे बड़ी पूँजी है। इस बात को यों कहना ज्यादा ठीक होगा कि इस नएपन की सच्चाई में लोगों का यकीन 'आप' की सबसे बड़ी पूँजी है। याद करिए कि कैसे बार-बार चुनावी दंगल में चित्त होते रहने के बाद 'भाजपा' ने कातर अपील की थी : 'सब को परखा, हमको परखें।' एक वक्त आया जब देश ने दे दिया मौका 'भाजपा' को परखे जाने का। पर उस वक्त भी देश को न विश्वास था न भ्रम कि 'भाजपा' से कुछ नया मिलने वाला है।

आज है विश्वास। 'आप' से। हो सकता है कल यह विश्वास भ्रम साबित हो जाए। पर आज आशा है इस विश्वास में।

एक महीना नाकाफी है 'आप' की सरकार का लेखा-जोखा करने के लिए। अभी तो जो शुरुआती आसार हैं, उनके आधार पर कुछ अनुमान-भर लगाया जा सकता है।

'आप' का होना अगर एक नई राजनीति की आस की उपज है तो अरविन्द केजरीवाल का मुख्यमंत्री की हैसियत से किया गया धरना उस राजनीति के अमलीकरण की दिशा में पहला कदम है। बहुत ही असाधारण शुरुआत है यह। मात्र सैद्धान्तिक प्रतिपादन से नहीं बल्कि अपनी खुली करनी से, स्थापित व्यवस्था के अन्दर आकर,

प्रशासन का जिम्मा लेकर—विपक्ष में बैठकर नहीं—केजरीवाल ने विवेक के उस अधिकार का प्रयोग कर दिखाया है जिसके बगैर कानून के गैरकानूनी दुरुपयोग को देख पाना, या देखकर उसका विरोध कर पाना, मुमकिन नहीं है।

कि स्थापित व्यवस्था की जड़ों को हिला देने वाली है केजरीवाल की यह पहल, दिल्ली उच्च न्यायालय के रवैये से जाहिर हो जाता है। केजरीवाल की कानून और व्यवस्था के मर्म को जगाने की पहल न्यायालय को कानून का उल्लंघन दिखाई दे रही है। कानून जब साधन की बजाय हेतु बन जाए, या जब कानून का हेतु न्याय न हो, तो कानून की गैर कानूनियत की ओर उठी उँगली कानून का उल्लंघन करती ही दिखाई देगी। अराजकता का डर भी होगा उसे देखकर।

निराधार नहीं है वह डर। सही-गलत, उचित-अनुचित, न्याय-अन्याय, सदुपयोग-दुरुपयोग के बीच भेद और उस भेद के मुताबिक अमल जरूरी है सामान्य सामाजिक-राजनैतिक जीवन के लिए। पर उस भेद को करने वाला विवेक ज्यादातर लगभग अदृश्य तरीके से भेद करने वाले के अपने सामाजिक परिवेश और निजी हितों से प्रभावित होता है। केजरीवाल का विवेक उन्हें धरने पर बिठाता है। दिल्ली उच्च न्यायालय का विवेक कानून का उल्लंघन देखता है उसमें।

यही 'आप' की असल लड़ाई है। सत्तारूढ़ अभिजात विवेक की जगह इस नए विवेक को देश का सामान्य विवेक बनाने की लड़ाई। एक आजाद चेतना को केन्द्र में ला देश की राजनैतिक संस्कृति को बदल देने की लड़ाई।

अपने रैडिकल नैतिक-राजनैतिक निहितार्थ के अलावा मुख्यमंत्री केजरीवाल के धरने का सीधे राजनैतिक पैंतरेबाजी की दृष्टि से भी महत्त्व है। कहावत है, बिल्ली पहले दिन ही मारी जाती है। सरकार बनी ही थी कि दो मंत्रियों की पुलिस-कर्मियों से मुठभेड़ हो गई। केजरीवाल ने तुरन्त सम्बद्ध पुलिस अधिकारियों की मुअत्तिली की माँग कर दी। जल्दी ही समझ गए कि ठीक नहीं किया और बगैर अपनी साख गँवाए आवश्यक लोच बरतते हुए जोड़ दिया कि उन अधिकारियों के तबादले से भी बात बन सकती है।

कोई इरादा नहीं था खामखाह केन्द्र सरकार से भिड़ने का। पर जब न भिड़ने का मतलब हुआ कि संवैधानिक रूप से पहले से ही अशक्त दिल्ली सरकार व्यवहार में और अशक्त कर दी जाएगी तो केजरीवाल ने देर न की केन्द्र सरकार को ललकारने में। और ललकारने के बाद भी, दिखाकर कि उनकी कोई बन्दर भभकी नहीं थी, 'आप' का सम्मान बनाए रखते हुए अपना धरना समेट लिया।

दो बड़े जुआरी हुए हैं वर्तमान भारतीय राजनीति में। दोनों एक दूसरे से बिलकुल अलग। पर दोनों ही बड़े कुशल जुआरी। एक गांधी और दूसरी इन्दिरा गांधी। जुआ—अपनी समझ में स्थिति को परखते हुए बड़ा दाँव लगाना—अलग करता है असाधारण नेता को सामान्य नेताओं से। फिलहाल लगता है कि केजरीवाल

में साहस भी है और सलाहियत भी बड़े दाँव लगाने की। पर कोई भी जुआरी सदा नहीं जीतता चूँकि पाँसा बड़े से बड़े जुआरी के विपरीत भी पड़ता रहता है। असल परीक्षण जुआरी का हार के वक्त आता है। गांधी के साथ बार-बार और इन्दिरा गांधी के साथ कम से कम एक बार हुआ ऐसा।

नैतिकता और राजनीति के सन्तुलन की दृष्टि से अगर केजरीवाल का धरना उम्मीद जगाता है तो सोमनाथ भारती को लेकर जो ऊहापोह चल रही है 'आप' के अन्दर उससे अन्दाज होता है कि अभी ही परेशानियाँ उठ खड़ी हुई हैं इस सन्तुलन को बनाए रखने में। कुमार विश्वास को लेकर हुए खुलासे भी परेशान करने वाले हैं।

केजरीवाल का मनमोहक बयान कि 'आप' तो शिवजी की बरात है बड़ी सफाई से वास्तविक समस्याओं को एक किनारे कर देता है। देर तक न हो सकेगा यह। जल्दी ही सब बराती—हिन्दुस्तानी बरातियों की मानसिकता कौन नहीं जानता—अपना-अपना रंग दिखाएँगे। शिवजी की बरात है तो अपना-अपना नाच भी करेंगे।

तब कौन-सा सिलसिला बनेगा 'आप' नामक घटना से?

'आप' का—हमारा भविष्य

तमाम चुनाव देखे। तमाम सरकारें देखीं। सिर्फ एक बार किसी सरकार के बारे में माना कि यह हमारी सरकार है। वह थी जनता सरकार। उसने जो धोखा दिया तो भरोसा ही उठ गया सरकारों से। फिर धीरे-धीरे समझ में आने लगा कि दुनिया में जिस तरह के बदलाव आ रहे हैं उनका एक पहलू यह भी है कि सरकारों के बदलने से सत्ता के वास्तविक समीकरण में कोई बड़ा फेर-बदल नहीं होता। सरकार कोई भी हो, नीतियाँ अदृश्य रहकर काम करने वाले सशक्त निहित स्वार्थों के हित में ही निर्धारित होती रहती हैं।

अनुभव और अध्ययन के मेल से लगातार गहराती गई इस हताशा ने ऐसा कर दिया कि जब 2004 में एनडीए की हार हुई और सोनिया गांधी में लोगों को महात्मा बुद्ध और गांधी दिखाई देने लगे तो मुझे सिर्फ राहत हुई—गुजरात 2002 के कारण—कि यूपीए जीत गया, कोई उम्मीद नहीं बँधी। वैसे ही जब ओबामा की पहली जीत ने संसार में खुशी की लहर फैला दी तो मुझे, अश्वेत राष्ट्रपति के सांकेतिक महत्त्व के अलावा, यही लगा कि कुछ खास अलग होने वाला नहीं।

मेरे जैसे घोर हताशिये को अगर 'आप' के उभरने से कोई उम्मीद-सी बँधे तो, कम से कम मेरे अपने लिए, इस पर विचार करने की जरूरत है। क्या है इस उम्मीद का आधार ? इसका चरित्र ? दरअसल उन सबको यह सवाल अपने आप से पूछना चाहिए जिन्होंने कोई नई सम्भावना देखकर और सन्देह से भरे वातावरण में विश्वास का साहस करते हुए 'आप' का समर्थन किया है। ऐसा न किया तो बहुत सम्भव है कि जिस तेजी से समर्थन किया उसी तेजी से 'आप' से मोहभंग भी हो जाएगा। और हम खुद अपनी उतावली में उस उम्मीद के साकार होने की सम्भावना को मिटा देंगे जो 'आप' ने हमारे अन्दर जगा दी है। देर नहीं लगेगी ऐसा होने में क्योंकि सत्तासीन 'आप' का तरीके -मल अपने आप में काफी है तमाम लोगों को परेशान करने के लिए।

अमल में जो भी हो, विचार के स्तर पर 'आप' देश की राजनीति में एक क्रान्ति से कम नहीं है। सच पूछें तो क्रान्ति सदा विचार के स्तर पर ही आती है। उसके

अमलीकरण में तो मुद्दत बीत जाती है। ऐसा भी होता है, प्रायः, कि क्रान्ति के नाम में होने वाला अमलीकरण क्रान्ति के आदर्शों को धता बताता चलता है। चूँकि सदा ही ऐसा होता है—फ्रांसीसी क्रान्ति 'रेन ऑव टैरर' और नैपोलियन को जन्म देती है तो रूसी क्रान्ति स्टालिन को—तो जिनके सामने क्रान्ति होती है उनका दायित्व बन जाता है कि क्रान्ति को विचलन से बचाएँ।

क्या है 'आप' की क्रान्ति? स्वाधीनता आन्दोलन के दौरान बार-बार बात होती थी कि 'स्वराज' का मतलब यह नहीं होगा कि देश का स्वामित्व गोरों की बजाय थोड़े-से हिन्दुस्तानियों की बपौती बन जाए। जब आजादी आई तो गांधी को स्वराज न दिखा, देश में 'बू' आई। नेताओं में दम्भ और कांग्रेस में भ्रष्टाचार दिखाई दिया उन्हें। देश के भविष्य की सोचते हुए 'डरने' लगे वह।

1947 से 2013 तक के 66 सालों की कहानी गांधी के डर के निरन्तर विकराल होने की कहानी है। बढ़ते-बढ़ते पानी के सिर के ऊपर आ जाने की कहानी। ऐसी बेबसी, ऐसी निस्सहायता किसी प्रजातंत्र के सामान्य नागरिकों को हो सकती है, किसने सोचा था? एक ऐसी राजनीति फन काढ़कर जम गई थी जिसमें जिसे चाहो वोट दे दो, चुनाव नागनाथ और साँपनाथ के बीच ही हो सकता था। बड़े विकल्प सोचे गए, स्वयंसेवी संस्थाएँ आईं, तरह-तरह के आन्दोलन आए, पर राजनीति विकल्पहीन ही रही।

सब चाहते थे उस राजनीति का विकल्प। पर किसी को उम्मीद नहीं थी उसके साकार हो पाने की। जिन्हें डर हो सकता था ऐसे विकल्प से वे भी नितान्त निश्शंक थे। ताने-भरी चुनौतियाँ देते थे कि हिम्मत है तो आ जाओ चुनावी दंगल में। तिलमिलाएँ कितना भी, हम भी मानते थे कि सारी चुनावी प्रक्रिया ऐसी हो गई है कि वैकल्पिक राजनीति की, व्यवस्थित राजनैतिक दलों को अपदस्थ करने की, सम्भावना खत्म हो गई है।

'आप' की क्रान्ति को समझने के लिए यह भी याद कर लेना होगा कि जब अरविन्द केजरीवाल और उनके साथियों ने आम आदमी पार्टी का गठन कर चुनाव लड़ने का फैसला किया तो उस वक्त तक हममें से ज्यादातर लोगों को, उनकी सफलता तो दूर, उनके फैसले के सही होने पर विश्वास नहीं था।

और 'आप' ने वह कर दिया जो शायद उनकी अपनी उम्मीदों से भी ज्यादा था।

इसके बाद 'आप' रहे या न रहे, वास्तव में अपने आदर्शों और दावों पर खरी उतरे या न उतरे, 66 साल से चल रही और उत्तरोत्तर घिनौनी होती गई राजनैतिक व्यवस्था में एक बड़ी सेंध लग गई है।

यह है 'आप' की क्रान्ति। इसको बनाए रखने की जिम्मेदारी अब हमारी भी है। एक ऐसी जिम्मेदारी जिसको निभाने में हो सकता है हमें 'आप' को 'आप' से ही बचाना पड़े। 'आप' का भविष्य हमारा भी भविष्य है। चाहे अच्छा हो चाहे बुरा।

'आप' का जन्म एक आन्दोलन से हुआ और इसने चुनाव भी एक आन्दोलन के रूप में लड़ा। वही उसका प्रमुख आकर्षण था। अब जबकि 'आप' के जिम्मे प्रशासन आ गया है, वही प्रशासन जिसके माध्यम से आन्दोलन के आदर्श और वादे निभाने की कोशिश करनी होगी, यह सम्भव नहीं है कि उस आन्दोलन को जीवन्त बनाने वाली भारतीय राजनीति—स्वराज—की जो वैकल्पिक समझ है उसे तज कर 'आप' प्रशासन पुराने ढर्रे पर ही चलाती रहे।

यह एक ऐसा ढर्रा है जिसमें संविधान और कानून का ऐसा कुशलतापूर्वक इस्तेमाल होता है कि संविधान और कानून अन्याय और उत्पीड़न के साधन बन जाते हैं। एक छोटी-सी मिसाल देना चाहूँगा। दिसम्बर 2012 में जब दिल्ली निवासी अपने शहर में हुई हैवानियत के खिलाफ प्रदर्शन कर रहे थे तो, बजाय लोगों से बात करने के, सरकार ने थोक में मैट्रो स्टेशन और इंडिया गेट की तरफ के रास्ते बन्द कर दिए थे। अभी दिल्ली के मुख्यमंत्री ने धरने की घोषणा की तो धारा 144 लगा दी गई और चार मैट्रो स्टेशन बन्द कर दिए गए।

इस तरह की कार्रवाइयाँ कानूनी बनी रहती हैं। कितने लोग सोच या पूछ पाते हैं कि कानून के कानूनी प्रयोग की भी कोई मर्यादा है या नहीं?

मतलब यह कि 'आप' को समझने और उसका साथ देने की एक बुनियादी शर्त है कि हम स्थापित व्यवस्था के नियमों और दाँव-पेचों को प्रश्नांकित कर नए तरीके से सोचें। यहाँ 'हम' से मेरी मुराद अपने जैसे पढ़े-लिखे मध्यम वर्ग से है जो, अपनी समझ के जाल में फँसा रह, वैकल्पिक समझ की तह में जाना ही नहीं चाहता। इस सन्दर्भ में एक दिलचस्प तथ्य यह है कि काफी सारे पढ़े-लिखे लोग 'आप' की चुनावी सफलता पर बेहद खुश हुए, 'आप' की सरकार का भी स्वागत किया उन्होंने, पर 'आप' के दो मंत्रियों की पुलिस से हुई मुठभेड़ और मुख्यमंत्री के धरने के बाद तुरन्त ही वे ऐसे बोलने लगे मानो 'आप' के समर्थन में कभी थे ही नहीं। कुछ कसर बची भी थी तो दूर हो गई मुख्यमंत्री के वक्तव्य से कि वह तो 'एनार्किस्ट'—अराजकतावादी—हैं।

इतनी सारी नाटकीय चीजें जो देखते-देखते हो बैठीं उनमें बहुत कुछ परेशान करने वाला भी है। पर उसको भी वर्तमान व्यवस्था के परिप्रेक्ष्य में देखने से असलियत ज्यादा उजागर होगी। 'आप' के दो मंत्रियों ने जो किया वह कानून और नैतिकता दोनों के नजरिये से विवादास्पद था। मैं स्वयं उसे गलत मानता हूँ। पर मैं यह देखे बिना भी नहीं रह पाता कि इन मंत्रियों के जिस रवैये की इतनी आलोचना हो रही है वह तो हमारी व्यवस्था में नित दिन होता है। फर्क बस यह है कि वह अन्दर ही अन्दर हो जाता है। जिसके पास भी सत्ता, प्रभाव या रसूख है वह अपने मन की—अपनी मनमानी—करवा लेता है। कच्चे थे 'आप' के मंत्री, नई-नई मिली सत्ता का और आन्दोलनकारी नैतिकता का नशा भी रहा होगा, जो सही समझकर

कर बैठे गलत काम। वही गलत काम 'सही' तरह से कर देते, जैसे कि हमारे यहाँ किया जाता है, तो कोई बवाल न होता।

अच्छा है कि 'आप' में ऐसे लोग भी हैं जो बगैर आपसी राग-द्वेष के अपने ही लोगों की आलोचना कर देते हैं। हमें भी वही करना चाहिए 'आप' के और अपने आप के शुभचिन्तक होने के नाते।

मुख्यमंत्री अरविन्द केजरीवाल का धरना और उनकी 'एनार्किज्म', मैं मानता हूँ, अनिवार्य आधार हैं उस वैकल्पिक राजनीति के जो प्रशासन और आन्दोलन के द्वैध को मान ही नहीं सकती। अगर हमारी सामूहिक स्मृति आजादी के 66 सालों में ऐसी बिगड़ न गई होती जैसी कि बिगड़ गई है तो केजरीवाल के 'स्वराज' और 'दूसरा स्वाधीनता आन्दोलन' में हमें गांधी की भनक मिले बगैर न रहती। न ही हम 'एनार्किज्म' का अर्थ अराजकता लगाते। हम याद करते गांधी को जिन्होंने औपनिवेशिक शासन द्वारा थोपी गई शान्ति और व्यवस्था के विरुद्ध 'एनार्किज्म' का घोष किया था। सांकेतिक अर्थ की समझ खो, अपना निकट अतीत का इतिहास भूल, 'एनार्किज्म' की दार्शनिक अवधारणा से अनभिज्ञ हो, यदि पढ़े-लिखे भी इतना साफ इशारा नहीं समझेंगे तो क्या होगा?

आज के बाद 'आप'

आज खुशी का दिन है। जीत का दिन। अब तक की जिल्लत और बेचारगी को भुला, अच्छे दिन की उम्मीद का दिन। अभी नौ महीने भी नहीं हुए हैं जब कुछ इसी तरह की उम्मीद हुई थी आम नागरिक को। वह उम्मीद अंशतः भी पूरी हुई होती—आसार भी होते उसके पूरा होने के—तो आज की इस खुशी की न जरूरत होती, न सम्भावना बनती।

क्या होगा इस बार की उम्मीद का? थोड़ी-बहुत भी आम आदमी की जिन्दगी में साकार होगी यह?

धर्मनिरपेक्षता के तमाम उदारवादी और वामपन्थी समर्थकों के लिए नागवार हो सकता है मोदी के नेतृत्व में भाजपा की जीत और आज हुई 'आप' की जीत का इस तरह साथ रखा जाना। विचारधारा को दरकिनार कर दें तो भी इतना तो मानना ही पड़ेगा कि आप में थोड़ी भी आदमियत है तो गुजरात 2002 के बाद आप नरेन्द्र मोदी के विरोधी ही हो सकते हैं। न ही आप स्वीकार कर सकते हैं उस राजनैतिक दल को जो ऐसे आदमी को सत्ता के लालच में अपना नायक बना सकता है।

पर बात यहीं नहीं पूरी हो जाती। आपको यह भी सोचना होगा कि अगर अपने सारे भ्रष्टाचार, दम्भ और निकम्मेपन के बाद भी यूपीए की सत्ता में वापसी हो जाती तो देश में लोकतंत्र का क्या होता। अपने हर कुकृत्य, अपनी बड़ी से बड़ी हेराफेरी के बाद ताल ठोंककर अपने आलोचकों से यह कहने वाले कि चुनावों के बाद पता चल जाएगा कि जनता किसके साथ है, कौन सी और नई हदें न पार करते, अगर फिर चुन लिए जाते?

जनता की आजिजी की हद ने 2014 में बचा लिया उन हदों के उभरने और उनके लाँघे जाने को।

यूपीए के जवाल को 2009 के बाद से शुरू हुआ मानें तो कुछ साल लग गए थे मनमोहन सरकार—सोनिया सरकार?—को अपनी बरबादी को अनिवार्य बनाने में। धर्मनिरपेक्ष उदारवादी और वामपन्थी अपने विचारधारात्मक और मानवीय पूर्वग्रहों से हटकर याद करें मई 2014 के मूड को। यह भी याद करें कि कितना

अप्रत्याशित था वह चुनावी परिणाम। रातोंरात जनता ने गठबन्धन की उस राजनीति को ठुकरा दिया था जो, लगने लगा था, केन्द्रीय सरकार की विनाशकारी नियति बन गई है। (कहने की जरूरत नहीं होनी चाहिए कि ये मोदी की एनडीए सरकार केवल अपने स्वरूप में गठबन्धनी सरकार है।)

कोई अचरज नहीं कि मई की वह उम्मीद चली कुछ महीने। अचरज यह है कि नौ महीने से कम में ही इस कदर चुक गई।

सुखद अचरज है यह। जन की जागरूकता का अचूक प्रमाण। प्रमाण कि आपकी बात को गौर से सुनेंगे वह, यकीन करना चाहेंगे आपकी नीयत और आपके वादों पर, लेकिन तैयार भी रहेंगे आपको आपकी बेईमानी या निष्क्रियता के लिए सजा देने के लिए। और जितना ज्यादा आपको विश्वास मिलेगा उतनी ही बड़ी सजा होगी विश्वास के टूटने पर।

यही स्थिति विपक्ष का सफाया कर 'आप' को सत्ता में लाई है। और इसी स्थिति में तय होगा 'आप' का भविष्य। जो हमारा भी भविष्य है। भारतीय जनतंत्र का भविष्य।

मैं पिछले वाक्य में प्रजातंत्र लिखने जा रहा था। पर लगा कुछ गलत होगा यह शब्द आज के सन्दर्भ में। भले ही प्रजातंत्र में भाव यह हो कि तंत्र प्रजा के हाथ में है, प्रजा का अर्थ बनता है शासक के सन्दर्भ में। एक तरफ प्रजा और दूसरी तरफ शासक वर्ग। यही सम्बन्ध प्रत्यक्ष या परोक्ष रूप से हमारे राजनैतिक जीवन का वास्तविक यथार्थ रहा है। पुराने 'हजूर-माई-बाप' का परिष्कृत रूप।

'आप' सिद्धान्ततः एक नई राजनीति का आगाज है। कुछ वैसी ही राजनीति जो गांधी के मन में थी लेकिन शिक्षित वर्ग के 'परोपकारी' आभिजात्य का शिकार हो गई। मार्गदर्शन और प्रबन्धन की नहीं, साझेदारी की राजनीति। अपने पहले स्वतंत्रता दिवस वाले भाषण में मोदी ने अपने को देश का प्रधान सेवक कहा था। वह अंग्रेजी के 'प्राइम मिनिस्टर' का शाब्दिक अनुवाद-भर था। भाव कुछ और ही था। अरविन्द केजरीवाल ने शायद इस तरह से अपना परिचय नहीं दिया है। जरूरत भी नहीं है। चूँकि 'आप' की जो राजनीति है—सिद्धान्ततः—उसमें शासक नहीं, मुख्य सेवक ही हो सकता है चीफ मिनिस्टर। शासन सेवा से भिन्न नहीं हो सकता।

पर सिद्धान्त—आदर्श—कब उतरे हैं पूरी तरह व्यवहार में? न ही उतारे जा सकते हैं व्यवहार में अगर जिद हो उनको एक साथ ही उनकी पूरी विशुद्धता में बरतने की। पग-पग पर तरह-तरह के दबावों में कुछ न कुछ समझौता करना ही पड़ता है। 'आप' को भी इस नई राजनीति को कारगर बनाने के लिए निरन्तर आदर्श और व्यावहारिकता के बीच खासा नाजुक सन्तुलन बनाए रखना होगा।

अरविन्द केजरीवाल और उनके साथियों के विवेक की निर्णायक भूमिका रहेगी इस नई राजनीति के भविष्य निर्धारण में। जो वादे 'आप' ने किए हैं वे स्पष्ट

हैं। उनका सीधा सम्बन्ध आम आदमी की बुनियादी जरूरियात से है। न सिर्फ बिजली, पानी, सड़क और मकान की जरूरत, बल्कि भ्रष्टाचार से मुक्ति और बेखौफ हो इज्जत से जीने की इच्छा पूरी हो सकने की जरूरत भी। आजादी के 68 साल बाद भी ये बुनियादी जरूरियात सही मायनों में सिर्फ अमीरों, असरदारों और सशक्तों को ही मयस्सर हैं। गरीबों से लेकर मध्यवर्गीय सामान्य नागरिक तक का जीवन और जो हो, बेखौफ और इज्जत का नहीं है।

आम आदमी की इन जरूरियात को भारतीय राजनीति के केन्द्र में ले आना ही एक बड़ी उपलब्धि है 'आप' की। यही उपलब्धि एक बड़ी चुनौती भी है। और एक ऐसा खतरा जिससे पार पाना दुष्कर होगा। कारण कि भरसक कोशिश करने के बाद भी 'आप' इन वादों को पूरा नहीं कर पाएगा। आंशिक सफलता ही हाथ लगेगी, पूरी लगन से काम करने के बावजूद।

जब ऐसा होगा तब न केवल 'आप' की असली परीक्षा होगी, उन लोगों का नागरिक बोध भी पता लगेगा जिन्होंने आज पुरानी राजनीति करने वालों को धता बताई है। क्या उस वक्त वे, परिस्थितिजन्य व्यावहारिक सम्भावनाओं को ध्यान में रखते हुए, वही साझेदारी निभाएँगे जिसके बगैर इस नई राजनीति का आगाज नामुमकिन था?

साथ ही, उस वक्त से पहले, 'आप' को सत्ता में लाने वाले ये लोग क्या इसी साझेदारी के तहत अपने तईं उस नागरिक दायित्व को निभाएँगे जिसके बगैर—समाज के सहकार के बगैर—नई राजनीति सफल न हो पाएगी?

क्या होगा, क्या नहीं होगा, भविष्य बताएगा। अरविन्द केजरीवाल और उनके साथी विवेक से काम करेंगे, प्रभुता के मद से बचे रहेंगे, दिल्ली सरकार को मिली सीमित शक्ति के सहारे अधिक से अधिक फल प्राप्ति कर सकेंगे, अपने विपक्षियों से तालमेल कर सकेंगे या संघर्ष में फँस जाएँगे, कुछ भी आज विश्वास से कह पाना मुश्किल है। यह और बात है कि भविष्य में—उम्मीद करें पूरे पाँच साल बाद—जो कुछ भी हुआ होगा, या नहीं हुआ होगा, उसको हम, अतीत के परिप्रेक्ष्य में, अवश्यम्भावी मान लेंगे।

अपनी बात खत्म करने से पहले एक बार और मैं नौ महीने पहले के माहौल को याद करना चाहूँगा। यूपीए की हार भले ही उस समय 'प्रजातंत्र' की जीत लगी हो, मोदी की जीत से डर भी हुआ था। और बढ़ता ही गया था वह डर एक के बाद एक राज्य में फैलने वाली मोदी-लहर से। दिल्ली ने दूर कर दिया है वह डर। साथ ही प्रबन्धन, जोड़-तोड़ और दन्द-फन्द की राजनीति को जो चुनौती दी है दिल्ली ने, उससे एक नई जान आ गई है हमारे लोकतंत्र में।

चूँकि 'आप' की जीत लोक की जीत है, 'आप' के सफल होने में लोक का हित है। इस बात को ध्यान में रखते हुए, खुशी और उम्मीद के इस क्षण में, और

यह मानते हुए भी कि आदर्श के लिए भी समझौते करने पड़ते हैं, यह कहना जरूरी है कि 'आप' ने शुरुआत ही एक ऐसी गलती से की है जो उसके चरित्र से मेल नहीं खाती। अरविन्द केजरीवाल कितनी ही शिद्दत से इस आरोप का खंडन करते रहे हों, निराधार नहीं है यह सन्देह कि कुछ सन्दिग्ध व्यक्तियों को 'आप' ने अपना प्रत्याशी बनाया और वे लोग अब विधायक हैं। शिवज़ी की बारात एक मोहक प्रतीक हो सकता है, प्रभावी भी राजनैतिक वाक्युद्ध में। पर जानते-बूझते अवांछित तत्त्वों को दल में मान्यता देना देर-सबेर घातक होगा ही।

अब जबकि ऐसी अभूतपूर्व सफलता पाकर 'आप' सत्ता में आ गई है, बड़े-बड़े शातिर घुसना चाहेंगे दल में। भाँति-भाँति के फायदे भी होंगे उनको अपना बना कर। 'आप' को प्रलोभन होगा अपने महत् उद्देश्य के नाम में गलत साधन अपनाने का। अपने आप से ही सतर्क होना होगा 'आप' को। अपना अलग चरित्र बनाए रखने के लिए। वह चरित्र जो इसे उस आन्दोलन से मिला है जिससे इसका जन्म हुआ है।

अज्ञान–दान

हालात बिगड़ रहे हैं यह तो दीख रहा था एक अरसे से। याद करने बैठें तो बहुत कुछ याद आने लगेगा। मसलन, मैसूर विश्वविद्यालय के प्रोफेसर मल्लिकार्जुन कालबर्गी। बासवेश्वर पर गम्भीर शोध और चिन्तन पर आधारित जब उनकी किताब आई तो लिंगायतों ने बवाल खड़ा कर दिया। गुरु नानकदेव विश्वविद्यालय के अपने ही प्रैस से गुरु ग्रन्थ साहब की निर्मिति पर एक शोध ग्रन्थ छपा। वहाँ भी बवाल हुआ। दोनों ही जगहों पर लेखकों को माफी माँगनी पड़ी और पुस्तकें वापस ले ली गईं। अमृतसर में तो बुजुर्ग लेखक को बतौर सजा और प्रायश्चित्त गुरुद्वारे में जूतों की सफाई भी करनी पड़ी।

उसी के आसपास दिल्ली में जामिया मिल्लिया इस्लामिया के प्रोफेसर मुशीरुल हसन को जामिया के ही विद्यार्थियों ने पीट दिया था। वजह बस यह थी कि सलमान रश्दी के उपन्यास 'सैटनिक वर्सज' की निन्दा करते हुए भी मुशीरुल हसन ने कहा था कि किताब पर पाबन्दी लगाना ठीक नहीं है।

याद का यह सिलसिला जो अभी याद आया उससे पहले से शुरू होता है, अभी तक चल रहा है, और लगता नहीं कि इसमें भविष्य की नई यादें जुड़ेंगी नहीं। एक खास मानसिक प्रवृत्ति का द्योतक और वाहक है यह सिलसिला। आज वह प्रवृत्ति वक्त के साथ जोर पकड़ते-पकड़ते खतरनाक तरीके से सशक्त हो गई है।

जैसा कि ऊपर आई तीनों यादें उजागर करती हैं, यह सिलसिला किसी एक समुदाय, या कुछ विशिष्ट और आक्रामक माने जाने वाले समुदायों, तक सीमित नहीं है। सारा देश इसकी चपेट में है। अपने को सुसंस्कृत मानने वाले भी बौद्धिक हठमति और कूपमंडूक उग्रता से ग्रसित हो रहे हैं, केवल वही नहीं जो इस या उस धार्मिक-सांस्कृतिक 'सेना' या 'दल' के नाम में जब और जहाँ जी चाहा तबाही मचा देते हैं।

यह तबाही एक स्तर पर फौरन दिखाई दे जाती है, वैसे ही जैसे कि इसके लिए इस्तेमाल की गई हिंसा फौरन दिखाई दे जाती है। पर इसी के साथ अक्सर एक और तबाही और एक और हिंसा भी चलती है जो काफी बाद में दिखाई देती है। तब जबकि उसे रोक पाना नामुमकिन नहीं तो बहुत कठिन हो चुका होता है।

सुसंस्कृत और सम्भ्रान्त माने जाने वालों की बौद्धिक हठमति और कूपमंडूकता से जो तबाही और हिंसा आती है वह फौरन और आसानी से न दिखने वाली होती है। इस हठमति और कूपमंडूकता में लगभग हमेशा ही सम्भ्रान्तों के अपने स्वार्थ और उनकी वर्गोचित अवसरवादिता का घातक समावेश भी रहता है। सम्भ्रान्त व्यक्ति हो या वर्ग, उसके पास तर्क होता है, यथेष्ट जानकारी होती है, और येन केन प्रकारेण अपने को सही मानने, और कभी-कभार सिद्ध भी कर पाने, की सलाहियत होती है।

सम्भ्रान्त कभी गलत नहीं होते। सदा सर्वजन हिताय सोचते, करते और रहते हैं। तब और भी ज्यादा जब किसी संस्था की व्यवस्था की बागडोर उनके हाथ में होती है।

बात तकरीबन दो साल पहले की है। इसी 'जनसत्ता' में नियमित रूप से हर पखवाड़े लिखता था मैं। अचानक एक मित्र का फोन आया। उसने बताया कि दिल्ली विश्वविद्यालय के इतिहास विभाग में कुछ लोगों ने आकर बखेड़ा कर दिया। उनकी माँग है कि ए.के. रामानुजन का लेख, 'थ्री हंड्रैड रामायणाज : फाइव इग्जाम्पल्स एंड थ्री थॉट्स ऑन ट्रांसलेशन', विद्यार्थियों के लिए प्रस्तावित लेखन सामग्री में से निकाल दिया जाए। मित्र ने कहा कि मुझे इस विषय पर लिखना चाहिए। मेरे बताने पर कि वह लेख मैंने पढ़ा नहीं था, मित्र ने दूसरे ही दिन इसकी एक प्रति मुझे भिजवा दी।

रामानुजन का प्रशंसक मैं था ही। जानता था कि भारतीय संस्कृति और परम्परा की उनकी जानकारी और उसके प्रति उनकी भक्ति बेजोड़ है। समझ नहीं पा रहा था कि क्या हो सकता है ऐसे सहृदय विद्वान के रामायण के किसी विवेचन में जिसको लेकर किसी हिन्दू की भावना आहत हो, और ऐसी आहत हो कि लेख पर पाबन्दी लगा दिए जाने की माँग कर दी जाए। फिर भी जब लेख मिला तो मैंने निश्चय किया कि रामानुजन के प्रति अपनी श्रद्धा से प्रभावित हुए बगैर उसे पढ़ूँ। यह भी कि उसे पढ़ते समय विशेष ध्यान रखूँ कि क्या कुछ उसमें सामान्य हिन्दुओं को ठेस पहुँचा सकता है।

श्रद्धा से नहीं, दोष दर्शन की नीयत से सारा लेख पढ़ गया। सवा उन्तीस पृष्ठों के पूरे लेख में एक वाक्यांश ऐसा नहीं मिला, एक ध्वनि नहीं, जिसे हिन्दू विरोधी कहा जा सके।

फिर भी, मित्र के इसरार के बावजूद, मैंने इस विषय पर लिखा नहीं। मुझे लगा कि सारा बखेड़ा कुछ संकीर्ण राजनैतिक कारणों से हुआ होगा और बात जल्दी ही आई-गई हो जाएगी। यह भी मन में आया कि इस विषय पर लिखकर शायद मैं बखेड़े को तूल ही दे दूँ।

गलत सोचा था मैंने। दो साल बाद, जब लग रहा था कि बात वाकई आई-गई हो गई, दिल्ली विश्वविद्यालय की अकादमिक परिषद ने रामानुजन के लेख को निकाल देने का फैसला कर दिया है।

देश के एक शीर्षस्थ विश्वविद्यालय की अकादमिक परिषद ने किया है यह फैसला। पढ़ने-लिखने, सोचने-समझने वाले लोगों ने जिनको जिम्मेदारी सौंपी गई है इतने महत्त्वपूर्ण शिक्षा संस्थान में ज्ञान-दान की सुचारू व्यवस्था बनाए रखने की। कैसे कर सके वह ऐसा फैसला जिसका सीधा परिणाम—अगर उद्देश्य नहीं—होगा विद्यार्थियों को ज्ञान से वंचित कर उन्हें अज्ञान में फँसाए रखना?

अकादमिक परिषद में जो प्रस्ताव पारित हुआ है उसमें रामानुजन के रामायण सम्बन्धी लेख को अकादमिक रूप से कहीं खोटा नहीं ठहराया गया है। फिर भी स्नातक स्तर पर इसके पढ़े और पढ़ाए जा सकने को लेकर सन्देह व्यक्त किया गया है। सन्देह भी इतना निर्णायक कि लेख को सिरे से निकाल देने का निर्णय परिषद को विवेकपूर्ण लगने लगा।

हर गम्भीर ज्ञान प्रणाली और शिक्षा व्यवस्था में सन्देह की बड़ी महत्त्वपूर्ण भूमिका होती है। सन्देह विवेचन को, विश्लेषण को, बहस को पैना करता है, सोच की नई दिशाएँ देता है, खोज के अनसोचे रास्ते सुझाता है। सन्देह आगे ले जाता है। किसी समस्या के उठ खड़े होने पर—समस्या चाहे तात्विक हो या व्यावहारिक—आँख मूँद लेने को नहीं कहता।

रामानुजन के लेख को निकाल बाहर कर दिल्ली विश्वविद्यालय की अकादमिक परिषद विद्यार्थियों की आँख मुँदा रही है।

इस बौद्धिक हिंसा के परिणाम क्या हम ठीक से सोच भी सकते हैं? ज्ञानार्जन के प्रति कौन सी प्रवृत्ति पैदा होगी इससे? भारत जैसे विविधता से भरे राष्ट्र-राज्य में कैसे नागरिकों को जन्म देगी यह?

'तीन सौ रामायण' के सहारे रामानुजन भारतीय संस्कृति में व्याप्त व्यावहारिक और सैद्धान्तिक बहुलता को उजागर करते हैं। 'तीन सौ' सिर्फ सांकेतिक है। दरअसल रामायण अनगिनत हैं। राम भी। देश में, विदेश में, अलग-अलग भाषाओं में, विभिन्न सम्प्रदायों और वर्गों में, बदलते ऐतिहासिक परिवेश में नाना प्रकार की राम कथाएँ मिलेंगी। कभी-कभी एक दूसरे से इतनी भिन्न और विपरीत कि एक रामायण दूसरी रामायण के उपासकों को कुत्सित और गर्हित लगे।

रामानुजन अपने लेख में पूरे पांडित्य से जो कहते हैं वही है जो आम भावनात्मक समझ में गहरे बैठा है। बैठा रहा है प्रारम्भ से। 'हरि अनन्त हरि कथा अनन्ता', 'जाकी रही भावना जैसी, प्रभु मूरत देखी तिन तैसी' उसी समझ को उद्घाटित करते हैं, और सम्भव बनाए रहते हैं। इसी समझ के चलते कहा जा सकता था : 'कहा कहौं छवि आज की भले बने हौ नाथ, तुलसी मस्तक तब नबै जब धनुस बान लेउ हाथ।'

दिल्ली विश्वविद्यालय की अकादमिक परिषद ऐसे विद्यार्थी और नागरिक पैदा करना चाहती है जो अपने राम—प्रतीकार्थ भी बनता है इसका—के अतिरिक्त किसी

और के आगे मस्तक तो नहीं ही झुकाएँगे और न उसको सराह सकेंगे, बल्कि उसका होना भी उनको बर्दाश्त नहीं होगा।

जिन तीन उदाहरणों से यह चर्चा शुरू हुई तीनों का ही किसी विश्वविद्यालय से सम्बन्ध था। उन तीनों प्रकरणों में जबरदस्ती बाहर वालों की या विद्यार्थियों के किसी गुट की थी। जो अब हुआ है उसमें सब कुछ विश्वविद्यालय के अन्दर रहने वालों और उसके अकादमिक मामलों से सम्बद्ध कुछ बाहरी सदस्यों ने किया है। और यह दिल्ली में हुआ है। जहाँ अभी कम से कम उस विचारधारा और उस राजनैतिक पार्टी का नियंत्रण नहीं है जिससे इस तरह के कर्मों का अन्देशा रहता है। बड़ा चिन्ताजनक है यह तथ्य।

विचार को सजा ?

'क्या कानून किसी विचार को सजा दे सकता है ?' बड़ा महत्त्वपूर्ण सवाल है यह। नितान्त बुनियादी। इसीलिए निहायत पेचीदा भी। गहरे सोच में, दुविधा में डाल देने वाला सवाल। अभी कल-परसों ही यह सवाल देश के सर्वोच्च न्यायालय के सामने रखा गया। तपाक से न्यायालय का उत्तर आया : 'हाँ।' केवल एक शब्द उत्तर में। कोई सफाई नहीं, व्याख्या नहीं, न ही कोई इशारा कि इस 'हाँ' की भी कोई सीमा-मर्यादा होगी, कोई सन्दर्भ होगा। परम निश्चित, निरंकुश है यह 'हाँ'। न्याय—तर्क—और परिस्थितियों की सापेक्षता से मुक्त, प्रश्नों से परे, सर्वसशक्तिमान 'हाँ'।

इस कोरे 'हाँ' को पढ़ा तो सहसा यकीन नहीं हुआ। लगा कि जिस सवाल के जवाब में आया है यह इकलौता शब्द, शायद मैं उस सवाल को ही गलत समझ गया हूँ। वापस सवाल पर गया। कोई गलती नहीं हुई थी समझने में। वाकई हमारे सर्वोच्च न्यायालय के तीन न्यायाधीशों की संयुक्त पीठ का बेलौस जवाब यही था कि कानून विचार को सजा दे सकता है। बड़ा धक्का लगा जब समझ में आया कि कोई गलती नहीं हुई है समझने में।

लगा कि मसला कितना भी पेचीदा क्यों न हो इसका एक पक्ष इतना साफ और सन्देह के परे है कि उसे बगैर किसी अगर-मगर के सामने रख देना चाहिए।

जयपुर साहित्योत्सव में आशीष नन्दी के बयान से जो बवाल मच गया है उसी मामले के सिलसिले में, नन्दी की तरफ से, विचार को सजा दिए जा सकने का सवाल उठाया गया था। सवाल, जाहिर है, इस विश्वास के साथ उठाया गया था कि इसका सिर्फ एक जवाब मुमकिन है : 'ना।' जवाब मिला बिलकुल उलटा।

इस जवाब में, मुझे लगता है, उस व्यापक वातावरण का मर्म छिपा है जिसके कारण नन्दी जैसे प्रकरण निरन्तर बढ़ती आक्रामकता के साथ उठ खड़े होते हैं। एक ऐसा वातावरण जिसमें, अनेक कारणों से, भावनाएँ देखते-देखते भड़क, या भड़का दी, जाती हैं, और असल समस्या पर चिन्तन करने की बजाय जो विवाद पैदा हो गया है, या पैदा कर दिया गया है, उसको जैसे-तैसे निपटा देना असल मकसद बन जाता है। विचार की, ज्ञान की, कारगर कुछ कर सकने के लिए जानने की अनिवार्यता

की ऐसी उपेक्षा, और उस उपेक्षा की वजह से होने वाले घातक परिणामों के प्रति ऐसी लापरवाही, याद नहीं पड़ता कि कभी पहले वह इतने गहरे हमारे स्वभाव में रच-बस पाई हो।

व्यक्ति हो या समूह, दूसरे व्यक्तियों और समूहों के साथ तरह-तरह से चल रहे उनके व्यापार के दौरान चाहे-अनचाहे तनाव, टकराहट, तकरार के मौके तो आते रहेंगे ही। कभी स्वार्थों की टकराहट होगी, कभी भावनाओं की, कभी विचारों की, कभी मूल्यों-मान्यताओं की, कभी कोरे अहं की। कहने में इनको अलग-अलग गिना देना सम्भव है, पर ज्यादातर टकराहट की स्थिति वास्तव में इतनी घिच-पिच होगी कि उनमें एक साथ बहुत कुछ ऐसे गुँथा होगा कि एक चीज—कारक—को दूसरी से अलग किया ही न जा सके। वास्तविकता की इस घिच-पिच में केवल एक तत्त्व को ही सब कुछ, या प्रधान, मान लेना और बाकी सबको भुला देना या गौण बना देना, इससे न किसी टकराहट का विश्लेषण हो सकता है और न समाधान।

कहा जा सकता है कि हर समस्या का विश्लेषण तो होना ही चाहिए, पर यह भूले बगैर कि, सही या गलत, जब सवाल भावनाओं के आहत होने का होता है तो उसे विचार या तर्क से, कम से कम केवल विचार या तर्क से, नहीं सुलझाया जा सकता। बिलकुल ठीक है यह कहना। पर इसमें यह भी जोड़ना होगा कि आहत भावनाओं का हर मामला एक सा नहीं होता, और ऐसे हर मामले से निबटने के लिए कोई एक फॉर्मूला नहीं हो सकता। अलग-अलग मामलों के सन्दर्भ में यथा स्थिति रणनीति बनानी पड़ेगी। ऐसी स्थितियाँ भी होंगी—आए दिन होती हैं—जब अपनी भावनाओं के आहत होने का दावा करने वालों के साथ सख्ती भी बरतनी पड़े।

आज अगर हमारे सामाजिक-राजनैतिक जीवन में आहत भावनाओं का बखेड़ा इतना बढ़ गया है कि छोटी-छोटी बातों पर बड़े-बड़े उत्पात हो जाते हैं तो उसकी एक बड़ी वजह वह कमजोरी है जो, अपने नफा-नुकसान के हिसाब से, हमारा प्रभु वर्ग इन बखेड़ों के सामने दिखाता रहा है। गए तीस, शायद ज्यादा, सालों के दौरान देश के हर कोने और हर समुदाय में कितने कारणों-बहानों से कितने तरह के आहत भावनाओं के फसाद बने हैं, और कैसे इनकी तादाद और आक्रामकता बढ़ती गई है, इसका हिसाब लगाना मुश्किल है।

और हम वहाँ आ गए हैं जहाँ आहत भावनाओं के कारण विचार को सजा देने की नौबत आ पहुँची है।

विचार को सजा। विचार मतलब ज्ञान। चेतना।

बड़ा पुराना इतिहास है विचार को सजा देने के विचार का। केवल विचार तक ही सीमित नहीं रहा है यह विचार। बार-बार सभ्यताओं के इतिहास में इस पर अमल भी होता रहा है।

पर, सौभाग्य से, उतना ही पुराना, शायद उससे भी पुराना, रहा है विचार की स्वच्छन्दता का इतिहास। केवल अपनी बात करें—भारत की—और ऋग्वेद से अपने सूत्रबद्ध चिन्तन की शुरुआत मान लें, तो नासदीय सूक्त गवाह है उन्मुक्त, निर्बाध बौद्धिक दुस्साहस की हमारी पुरानी परम्परा का। ऐसा असीम दुस्साहस—'महाभारत' की कल्पना कर सकने वाला दुस्साहस—जहाँ सब कुछ सदा सवाल के घेरे में रहता है।

केवल यही नहीं रहा है हमारा इतिहास। इससे उलट, दासता का भी इतिहास रहा है हमारा। शास्त्रों और सत्ताओं की दासता।

चुनने की आजादी और तमीज तो अभी भी बाकी है। थोड़ी बहुत।

विचार का प्रश्न कानून और संविधान से बड़ा है। पर चूँकि हमें जीना कानून और संविधान के दायरे में है, और सोचना-विचारना भी, एक बुनियादी सवाल से पल्ला झाड़ा नहीं जा सकता। एक जुड़वाँ सवाल : 'विचार को दंडनीय अपराध के रूप में कारगर बना सकने की व्यावहारिक सम्भावना कितनी है ?' और 'विचार को वास्तव में दंडित करने के क्या परिणाम होंगे ?'

समझदार को इशारा काफी। इस सवाल का जवाब तो खुद आशीष नन्दी ने उसी दिन दे दिया जिस दिन उन्हें सर्वोच्च न्यायालय से एक साथ फटकार और राहत मिले। नन्दी ने कहा कि अब वह सिर्फ अपने घर में या देश के बाहर करेंगे ऐसी बातें।

दंड या दंड का डर विचार को खत्म नहीं करता। सत्ता की पहुँच के परे पहुँचा देता है। सत्ता, जिसके लिए जरूरी है जानना कि कौन से—उसकी समझ में—आपराधिक विचार प्रचारित-प्रसारित हो रहे हैं, सीधे-सीधे जान न सकेगी कि कहाँ क्या पक रहा है।

यह कोई छोटा खतरा नहीं है। और यह खतरा कि विचार के दंडित किए जाने का डर बौद्धिक विमर्श को लूला-गूँगा कर देगा, यह खतरा छोटा है या बड़ा ? या है ही नहीं इसमें कुछ खतरनाक ? आज बात बोलने की है, कल लिखने पर हंगामा होगा। हो ही जाता है कभी-कभार। यही माहौल रहा तो जल्दी-जल्दी होगा, और ज्यादा शिद्दत से होगा।

कौन-सी सावधानी बरतेगा इस देश का बौद्धिक ? सत्यं ब्रूयात प्रियं ब्रूयात ? जो अब मुमकिन नहीं है तमाम उन मामलों में जहाँ भावनाएँ आहत हो जाती हैं, अगर कुछ भी आलोचनात्मक कह-लिख दिया गया। तो फिर ऐसे लिखो-बोलो कि किसी को परेशानी न हो ? विचार को नहीं भावनाओं के आहत होने की सम्भावना को केन्द्र में रखो। या फिर बोलो-लिखो ही नहीं सिरे से ? बहुत तलब हो तो, अपनी डायरी में लिखो, और जतन से उसे गुप्त रखो।

एक और विकल्प भी बचता है। जो जानते हो, गम्भीर और अपनी समझ से पूरी ईमानदारी से किए गए अध्ययन के बाद, सही है उसे बोलो और लिखो। मानो

निमित्त अपने को विचारों का। तैयार रहो, निमित्त होने के नाते, विचारों को मिली सजा के भोगार्थ। छोड़ दो समाज और राज्य को सोचने के लिए कि विचारों के लिए शहादत की नौबत ला देना क्या उनके अपने हित में है।

वापस उस कानून पर जिससे हम बँधे हैं। विचार और अभिव्यक्ति की आजादी वह कानून देता है। साथ ही कहता है कि विचार के पीछे के इरादे और उसके परिणामों से जुड़ी है यह आजादी। अच्छा है यह कानून। इसको अच्छा बनाए रखने के लिए कोर्ट-कचहरियों को इसका दुरुपयोग रोकना होगा। यह भी समझना होगा कि विचार और ज्ञान के मुकदमे जहाँ तक मुमकिन हो कोर्ट-कचहरियों के बाहर, व्यापक समाज में बहस-मुबाहिसे से चलने चाहिए।

विचारों के मुकदमे पीढ़ियों, सदियों चलते हैं।

वहीं के वहीं

समस्या कितनी भी टेढ़ी हो, समाधान हमें फौरन चाहिए होता है। समाज जैसा भी हो, सत्तातंत्र से हमारी आस ऐसी बनी रहती है मानो वह—सत्तातंत्र—समाज से स्वतंत्र और अदूषित हो। सत्तातंत्र से भी मोह भंग हो गया हो तो कानून की प्रभाववत्ता में यकीन बरकरार रहता है हमारा। मानो कानून की कारगरता समाज, सत्तातंत्र और तीनों से ही अनिवार्यतः जुड़े मानवीय उपकरणों से अनजुड़ी हो।

कोई अन्तर नहीं पड़ता कि समस्या नैतिक है, पारिवारिक है, आर्थिक है, राजनैतिक है, प्रशासनिक है या सामाजिक है। सबका निदान कानून में है। जब लगने लगे कि कानून कारगर नहीं हो रहा तो भी वैकल्पिक निदान को लेकर माथापच्ची करने की जरूरत नहीं। चूँकि तब मान लेना चाहिए कि गड़बड़ कानूनी प्रक्रिया में नहीं, वर्तमान कानूनों में है। जरूरत सिर्फ सम्बन्धित कानून को और सख्त करने और सख्त किए कानून को सख्ती से पालन करने की है। आतंकवाद बढ़ रहा है, नए कानून बना दो। दहेज की प्रथा मासूम औरतों की जान तक ले लेती है और यौन अपराध बढ़ते जा रहे हैं, कानूनों को कड़ा कर दो। सार्वजनिक जीवन में भ्रष्टाचार बढ़ रहा है, कानून बदल दो।

कभी, शायद, कुछ औचित्य था न्यायिक प्रक्रिया में इस विश्वास का। सोचते थे कि नीचे न सही ऊपर तो मिल ही जाएगा न्याय। पर आज तो सर्वोच्च न्यायालय तक की नियुक्तियों पर सरेआम उँगलियाँ उठ रही हैं। यानी कि घपले का डर अब सिर्फ पुलिस, गवाह और वकीलों से ही नहीं है, न्यायकर्ता से भी है।

कहा जा सकता है कि अभी भी राज्य के और अंगों के मुकाबले हमारी न्यायपालिका, विशेष रूप से उच्च स्तर पर, विश्वास करने योग्य है। इतना मैं भी मानने को तैयार हूँ। पर फिर भी कारण नहीं बनता कानून को एक रामबाण औषधि मानने का। न केवल इसलिए कि किसी भी समाज के कानून और उस समाज में उपलब्ध मानवीय सामग्री के बीच एक जरूरी सम्बन्ध होता है, बल्कि इसलिए भी कि जितने सख्त कानून होते हैं उतना ही मुश्किल उनके तहत जुर्म साबित करना और सजा दिलाना होता है। छह महीने की सजा दिलाने के लिए जो साक्ष्य और

जिरह अमूमन काम आ जाएँगे, उनसे बहुत ज्यादा की जरूरत पड़ती है आजीवन कारावास या मृत्युदंड दिलाने के लिए।

इसके अलावा यह भी सोचने की बात है कि कुछ चीजें जो हम न्यायपालिका के सुपुर्द कर चैन की साँस लेने लगते हैं, क्या वे हमारी अपनी सामूहिक नैतिकता के अलावा किसी भी और तरीके से निबटाई जा सकती हैं। यहाँ सवाल न्यायपालिका के तकनीकी अधिकार-क्षेत्र का नहीं, वरन् उस अधिकार-क्षेत्र की व्यावहारिक असम्भावना का होता है।

बाबरी मस्जिद का मामला इसी कोटि में आता है। आज ही नहीं, इस फसाद के तूल पकड़ने के पहले से ठीक-ठाक सोच वाले लोग एक छोटी-सी बात कह रहे हैं। फसाद का कारण एक ऐतिहासिक इमारत को लेकर उठाया गया एक विवाद है। इमारत ढहा दी गई है, पर विवाद कायम है। विवाद है कि 1992 में ढहा दी गई मस्जिद क्या किसी राम मन्दिर को ढहाकर उसी स्थान पर बनाई गई थी।

इस विवाद को सर्वोच्च न्यायालय के सुपुर्द कर दिया गया है। क्या फैसला कर सकता है सर्वोच्च न्यायालय इस मामले में? जो भी फैसला करे वह, उसे पहले तय यह करना होगा कि बाबरी मस्जिद की जगह पहले मन्दिर था या नहीं। मान लीजिए ऐतिहासिक साक्ष्य सिद्ध करते हैं कि मन्दिर था और मस्जिद बनाने के लिए तोड़ा गया था, तो क्या सर्वोच्च न्यायालय कहेगा कि 1992 में हुआ कृत्य सही था और अब जिस राम मन्दिर का शिलान्यास कर दिया गया है उसे विधिवत बना दिया जाना चाहिए?

या, मान लीजिए, ऐतिहासिक साक्ष्य सिद्ध करते हैं कि बाबरी मस्जिद बनाने के लिए कोई मन्दिर ध्वस्त नहीं किया गया, तो क्या सर्वोच्च न्यायालय फैसला देगा कि अब पुन: उसी स्थान पर मस्जिद का निर्माण करा दिया जाए?

जो भी फैसला करे सर्वोच्च न्यायालय, क्या क्षीण से क्षीण सम्भावना भी है उस फैसले के अमलीकरण की? किसी तरह से, कोई भी फैसला होने पर, व्यापक साम्प्रदायिक हिंसा का विस्फोट रोक भी लिया जाए देश में, तो क्या संसदीय हस्तक्षेप रोका जा सकेगा?

जो छोटी-सी बात ठीक-ठाक सोच वाले कहते आ रहे हैं वह है कि यह मसला सार्वजनिक नैतिकता का है। हमारी सभ्यता और मानवता का है। बाबरी मस्जिद मन्दिर तोड़कर बनाई गई थी या नहीं, यह एक विवादित मामला है। पर मथुरा और काशी को लेकर तो कोई विवाद नहीं है। वहाँ तो मन्दिर तोड़े गए ही थे। उन दोनों स्थलों पर आक्रामक हिन्दुत्व की आँख है ही। जब हिन्दुत्व गिरोह अपनी राजनैतिक रणनीति के तहत अपने कारसेवकों का रुख मथुरा और काशी की तरफ करेगा, तो किस बिना पर कोर्ट-कचहरी का दरवाजा खटखटाया जाएगा? या हम मान लेंगे कि हिन्दुत्व का दावा ठीक है क्योंकि दोनों ही जगह मन्दिर तोड़े गए थे?

और तब क्या करेंगे हम जब आक्रामक हिन्दुत्व बाकी बचे तीन या साढ़े तीन हजार अतीत में तोड़े गए मन्दिरों का मसला उठाएगा। अभी तक तो इन तीन या साढ़े तीन हजार स्थलों की बात हिन्दुत्व के भड़काऊ गीतों और बाजारू नेताओं के उन्मत्त भाषणों में ही आती है, पर एक बार सिलसिला चल निकला तो कहाँ रुकेगा, कहना मुश्किल है।

न्यायमूर्ति लिब्रहान ने सत्रह साल के कठिन परिश्रम के बाद खूब सोच-समझ के जो रपट सरकार को दी है [2009] उसमें, इन्हीं असंख्य विवादित स्थलों को ध्यान में रखते हुए, एक आयोग के गठन की सिफारिश की गई है जो इन तमाम विवादित स्थलों के स्वरूप को निश्चित कर दे।

आ बैल मुझे मार! जो विवाद अभी उभर भी नहीं पाए हैं, सबको एकबारगी सार्वजनिक जीवन में धकेल दो। मानो अंग्रेजी की कहावत, कि सोते कुत्तों को पड़ा रहने दो, का कोई मतलब ही नहीं है।

क्यों नहीं हम समझ पाते कि सवाल ऐतिहासिक सत्य का नहीं है? सवाल सीधा-सादा यह है कि अतीत में हुए गलत कामों का—ऐतिहासिक अन्याय का—परिमार्जन वर्तमान में किस तरह किया जाएगा। कितने-कितने पीछे जाएँगे इतिहास में हम अपने साथ हुए अन्याय का प्रतिशोध लेने के लिए? बात कुछ मन्दिरों, मस्जिदों, गिरजाघरों, गुरुद्वारों, इत्यादि की ही नहीं है। समाज का कोई भी वर्ग उठा सकता है ऐतिहासिक अन्याय का सवाल। दो ऐसे सवाल जायज होंगे और सीधे वर्तमान से सम्बन्धित होंगे तो दस काल्पनिक होंगे या ऐसे होंगे जिनका वर्तमान में परिमार्जन चाहना, या प्रतिशोध के रूप में परिमार्जन चाहना, अमानवीय और अनैतिक ही नहीं व्यर्थ भी होगा।

कानून की सर्वशक्तिमत्ता में विश्वास लिब्रहान आयोग की रपट का आधार है। इसकी तीन प्रमुख सिफारिशें हैं :

(1) धर्म को राजनीति से अलग करने पर संसद विचार करे।
(2) सत्ता हथियाने के लिए धर्म का दुरुपयोग रोकने को कठोर दंड के प्रावधान वाला कानून बने।
(3) ऐसी सरकार को प्रतिबन्धित किया जाए जो धर्म के सहारे सत्ता में आई हो या जिस के राजनैतिक कार्यक्रम में धार्मिक मुद्दे शामिल हैं।

भारतीय सन्दर्भ में धर्म के अर्थ के पेचीदा सवाल को मैं यहाँ नहीं उठाना चाहता। बस इतना इशारा कर दूँ कि इस सम्बन्ध में दिए गए सर्वोच्च न्यायालय के निर्णय की जिस तरह हिन्दुत्ववादियों ने व्याख्या की है उससे अन्दाज लगाया जा सकता है कि धर्म जैसे मामले में कानून बनाना और फिर उस कानून की व्याख्या करना समस्या को सुलझाएँगे कम, उलझाएँगे ज्यादा।

पर इस समय जो बात मैं कहना चाह रहा हूँ वह कानून की भ्रामक कारगरता के बारे में है।

कानूनी बाल की खाल न निकाली जाए तो गुजरात 2002 से धर्म की भूमिका को निकालना असम्भव है। दूसरों को छोड़िए, खुद अटल बिहारी वाजपेयी ने नरेन्द्र मोदी को राज-धर्म का निर्वाह न करने के कारण निकाल बाहर करने का निर्णय कर लिया था। हुआ क्या ? गुजरात के लोगों ने नरेन्द्र मोदी को भयंकर बहुमत से विधान सभा में भेजा। पाँच साल बाद फिर उन्हीं लोगों ने नरेन्द्र मोदी को सत्ता सौंप दी।

कौन-सा कानून आप बनाएँगे जो ऐसे जबरदस्त जनमत के विरुद्ध कारगर हो सके ?

लोगों के दिल और दिमाग चलें एक तरफ, देश का कानून चलाना चाहे उन्हें दूसरी तरफ, तो जीतेगा कौन ?

पर हमें तो तुरन्त परिणाम चाहिए। भले ही तुरन्त परिणाम चाहने के चक्कर में हम, समझते हुए कि समस्या का समाधान कर रहे हैं, स्थिति की पेचीदगी और गम्भीरता को नजरअन्दाज कर समस्या को और विकट बनाते रहें।

एक अजीब अवसाद

जब से बाहर की बैसाखियाँ छोड़—अन्दर की बैसाखियों का मामला दूसरा है—खुद सोचने का चस्का लगा है, अमूमन अपने को लीक से हटते पाया है। लीक की बात चलते ही मन की पहली प्रतिक्रिया होती है उसे नकारने की। याद करना पड़ता है कि बिना जाँच-पड़ताल सही-गलत का फैसला कोई ईमानदारी तो नहीं। और फिर ऐसा तो हो नहीं सकता कि लीक हमेशा ही गलत हो।

इसी के साथ-साथ कहीं गहरे में एक विरोधी प्रवृत्ति भी बनी रहती है, और अकस्मात उभर आती है। श्रद्धा और विश्वास की प्रवृत्ति। लीक से लगाव। तर्क और सन्देह से मुक्ति व समर्पण के सुख की चाह।

इन परस्पर विरोधी प्रवृत्तियों को लिये-लिये ही जीवन का बड़ा हिस्सा जिया है। जो सोचा-समझा है इन्हीं के घटते-बढ़ते प्रभाव में सोचा-समझा है। सभी के साथ ऐसा ही होता होगा कमोबेश। पता नहीं कौन कितना आत्म-सजग रहता है अपने अन्दर पल-पल बदलते विरोधी प्रवृत्तियों के इस समीकरण के प्रति।

कितना भी क्षुब्ध क्यों न करे लीक—परम्परा—भीतर ही भीतर मोह भी बना रहता है उससे। और इसी मोह के कारण अजीब-सा अवसाद होता है परम्परा के संरक्षण के नाम में परम्परा का विनाश होते देखकर।

इस समय हरियाणा में गोत्र को लेकर एक भयंकर विवाद छिड़ा हुआ है। झज्जर जिले के एक गाँव में हाल ही में हुए एक सगोत्र विवाह को लेकर छिड़ा है यह विवाद। जाटों में, तमाम और हिन्दुओं की तरह, सगोत्र विवाह मना है। पर, तमाम और हिन्दुओं की तुलना में, जाट अपने रीति-रिवाजों का कुछ ज्यादा ही सख्ती से पालन करते-करवाते हैं। उनकी पंचायतें—खाप और सर्वखाप—अभी भी सक्रिय हैं और जाति के नियमों-निषेधों का उल्लंघन करने वालों को सबक सिखाने में यकीन रखती हैं। जाटों में परिवार या जाति का अनुशासन न मानने वालों को, 'समाज' से बहिष्कृत होने से लेकर जान गँवाने तक, कड़ी से कड़ी सजा मिल सकती है।

सगोत्र शादी करने वाले लड़के-लड़की और उनके कुटुम्बियों को पूरा अन्दाज

था कि उनकी खाप ऐसे 'अधर्म' को लेकर चुप रहने वाली नहीं। सो नव दम्पती गाँव में टिके ही नहीं, दिल्ली चले गए। पर खाप को तो कुछ करना ही था। उसने लड़के के परिवारवालों को गाँव छोड़ देने का हुक्म सुना दिया।

और जगहों और जातियों के मुकाबले में धीरे ही सही, जमाना जाटों और हरियाणा में भी बदल रहा है। पहले खाप ने जात-निकालने का फैसला कर गाँव छोड़ने का हुक्म दिया होता तो सम्बन्धित परिवार रातोंरात पलायन कर जाता। पर यह परिवार खाप के फैसले के बावजूद डटा हुआ है गाँव में। यह हो पा रहा है प्रशासन की मदद से। परिवार की सुरक्षा और गाँव में शान्ति बनाए रखने के लिए पुलिस तैनात कर दी गई है।

लेकिन खाप बजिद है। उसने गाँव में धरना शुरू कर दिया है। दूसरी खापों से भाईचारे की दुहाई करते हुए सहयोग माँगा है। जो मिल भी रहा है। दूसरी खापों और जगहों के लोग धरने का समर्थन कर रहे हैं। यह भी फैसला हो गया है कि जाटों की महापंचायत—सर्वखाप की बैठक—बुलाई जाएगी इस विषय पर अपना फैसला सुनाने के लिए।

मामला अब एक गाँव और खाप तक सीमित नहीं है। पूरा जाट समुदाय फँस गया है इसमें। आसार यही हैं कि सर्वखाप का फैसला भी इस खाप के समर्थन में और परिवार के खिलाफ होगा। लगता है अपनी—पूरे जाट समाज की—इज्जत बचाने का यही रास्ता है अकेला सर्वखाप के लिए।

दूसरी तरफ हरियाणा की अनेक सामाजिक और स्वयंसेवी संस्थाओं ने खाप के फैसले की भर्त्सना की है और इसे निरस्त करने की माँग की है। इस क्षेत्र के सबसे महत्त्वपूर्ण और राष्ट्रीय आन्दोलन के शुरुआती दौर से चले आ रहे, समाचार पत्र 'ट्रिब्यून' ने भी कड़ा रुख अख्तियार करते हुए खाप और उसके बढ़ते समर्थकों को चेताया है कि जाटों के नियम-कानून देश के संविधान और मानव अधिकारों से ऊपर नहीं हो सकते।

पर न केवल सम्बन्धित खाप बल्कि पारम्परिक जाट नेतृत्व बड़े आक्रामक मूड में है। 'समाज' की इज्जत बचाने के लिए हर 'कुर्बानी' करने की बातें हो रही हैं। कहा जा रहा है कि हिन्दू विवाह कानून में संशोधन की जरूरत है। मानव अधिकारों की आड़ में उनकी—जाटों की—मर्यादा को नहीं रौंदा जा सकता। उनको भी अपनी मर्यादा, अपनी इज्जत की सलामती का अधिकार है।

विज्ञान का भी, जैसा कि प्राय: ऐसे मौकों पर होता है, सहारा लिया जा रहा है। 'इनब्रीडिंग' या अन्त:प्रजनन से पैदा होने वाली बुराइयों का हवाला देकर खाप के फैसले का वैज्ञानिक औचित्य सिद्ध किया जा रहा है।

जिस समय यह बवाल चला हुआ है और जाटों पर लोगों की नजर गड़ी हुई है—कि अन्ततोगत्वा कैसे निबटाते हैं वे यह मसला—रोहतक जिले के एक गाँव

में एक लड़का-लड़की की निर्मम हत्या लड़की के परिवार वालों ने कर दी है। लड़का और लड़की दोनों ही एक गोत्र के थे और उनको कुछ करते देख लिया गया था। उसी रात दोनों का अन्त कर दिया गया।

मैं जानता हूँ कि जवानी के दिन होते तो ऐसी चीजें होते देख मैं आगबबूला हो बैठता। आज अवसाद-सा होता है।

कितना कुछ है उस पारम्परिक समूह में जिसे अपना 'समाज' समझते हुए आज भी तमाम लोग बड़े होते हैं। तेजी से यह स्थिति बदल रही है। महानगरों में लगभग पूरी तरह खत्म हो गई है, छोटे शहरों में अलग-अलग रफ्तार से बदल रही है। जहाँ बदल रही है वहाँ 'समाज' गायब हो रहा है। अब हमें नागरिक समाज—'सिविल सोसायटी'—की बात करनी पड़ती है। वह या तो अभी सही तरह से है नहीं, या वैसे खींचता नहीं व्यक्ति को जैसे पहले का 'समाज' खींचता था। चूँकि जिन्दगी का बड़ा हिस्सा उसी समाज में बीतता था, उठना-बैठना, खाना-पीना, शादी-विवाह, चबाव-चिट्ठा, जीवन का सारा रस उसी 'समाज' से जुड़ा होता था।

कहाँ है उस आत्मीय रूप में समाज हमारी बदलती दुनिया में? किन के साथ उठते-बैठते हैं हम? ज्यादातर वही न जिनके साथ काम करते हैं? और कितनी बार छोटे-छोटे स्वार्थ गड़बड़ा देते हैं इन सामान्यत: छिछले सम्बन्धों को? शादी-ब्याह से भी अब कोई स्थायी समाज नहीं बनता। एक आभास-सा बना रहता है कि हमारी भी एक भरी-पूरी सामाजिक दुनिया है। भीतर से कटे-कटे रहते हैं, अपने से और दूसरों से छिपाते हुए उस कटे होने को।

सौभाग्यशाली हैं आप अगर आप के दो-तीन सच में अन्तरंग दोस्त हैं जिनके घरवाले भी आपको अपना मानते हैं, और आपके अपने परिवार में भी अन्तरंगता बची हुई है।

जो 'समाज' बचा हुआ है अभी भी, उसकी बुराइयाँ भर देखना और उसके शीघ्र अवसान की कामना करना बहुत आसान है। पर उसकी अच्छाइयों को समझना भी जरूरी है।

सम्भव है—शायद निश्चित है—कि उस पारम्परिक समाज का नेतृत्व नए जमाने में पैदा हो गए खतरों से इतना बौखला गया है कि संयत होकर सही निर्णय नहीं कर पाता। आक्रामक और क्रूर हो जाता है।

गोत्र को लेकर जो संकट पैदा हो गया है इस खाप और बाकी जाट समाज में, उसको पैदा करने वाला काम आज पहली बार नहीं हुआ है। मानव स्वभाव और परस्पर आकर्षण का यह रूप नया नहीं है। पहले भी सगोत्र प्रेमी अड़ जाते थे विवाह के लिए। उन्हें बहिष्कृत नहीं किया जाता था। न जाति से न दुनिया से। एक छोटी सी रस्म भर अदा कर दी जाती थी। प्रेमी युगल में से किसी एक को दूसरे गोत्र का

कोई सम्बन्धी गोद ले लेता था। गोत्र बदल जाते थे उनके। बँध जाते थे विवाह बन्धन में दोनों।

यह मात्र धोखाधड़ी नहीं थी। इसमें व्यवस्था का विवेक था, लचीलापन था। आज लगता है सिर्फ डर है और है उससे उपजी आक्रामक क्रूरता।

पुराने और नए के सामंजस्य की सम्भावना हो या न हो, उसकी सुन्दरता का बोध ही लुप्त होता लग रहा है।

उतरन

बचपन में हर साल गरमी की छुट्टियों में ननिहाल जाना होता। माँ के साथ। वैसे तो नानी, मामा, माईं और, अगर वे भी आई होतीं अपनी ससुराल से, मौसियों, सभी से खूब लाड़ मिलता, पर मेरे लिए सबसे बड़ा लालच वहाँ जाने का होता विनोद भैया का साथ। मुझसे ढाई बरस बड़ा मेरा यह ममेरा भाई, हो सकता हैं, अपने छुटपन में मुझे गोद में लेकर खेला हो। पर हम दोनों में से किसी को याद नहीं कि हमें एक-दूसरे के होने का भान कब हुआ। हमारी याददाश्त से पुरानी है हमारी यारी। वैसे जब से इसकी याद है जैसी की तैसी बनी रही है यह। कोई दरार तक नहीं आई है कभी हमारी लंगोटिया यारी में।

देखते-देखते बड़ी मस्ती में कट जाते थे ननिहाल के वे दिन। पर हर बार अन्त में, विदाई के वक्त, एक ऐसी चीज जरूर होती कि मेरा मन बुझ जाता। मेरी माईं विनोद भैया के छोटे पड़ गए कपड़े मेरे पहनने के लिए दे देतीं। साल दर साल मैं उतरन पहनता रहा। तब तक जब तक कद-काठी में मैं विनोद भैया के बराबर नहीं हो गया।

हम गरीब नहीं थे। पुराने कपड़े देने के पीछे न कोई दया-भाव था और न ही कोई गैर-बराबरी थी। बल्कि रिवाज ही था उन दिनों उतरन की लेन-देन का रिश्तेदारों में। फिर भी मुझे अच्छा नहीं लगता था उतरन पहनना। हेठी-सी महसूस होती थी।

याद नहीं कब तक उतरन के प्रति ऐसा ही भाव रहा मेरा। फिर बड़े होने पर यह स्थिति ही नहीं रही कि किसी के छोटे हो गए कपड़े मेरे नाप के होकर मुझे मिल जाएँ। जो याद है वह यह कि तकरीबन बीस साल पहले, जब मैं पचास के पास पहुँचने वाला था, मेरे एक निहायत नफासतपसन्द छोटे मौसेरे भाई ने काफी हिचकिचाते हुए मुझसे कहा कि कुछ बहुत ही अच्छी कमीजें उसके मन से उतर गई हैं और पूछा कि क्या मैं उन कमीजों को पहनना पसन्द करूँगा। मैंने बगैर किसी हिचकिचाहट के उस छोटे भाई की कमीजें, तहेदिल से उसका शुक्रिया अदा करते हुए, ले लीं। न उस समय और न उसकी उतरन पहनने के दौरान मुझे थोड़ा-सा भी बुरा लगा।

इसे संयोग कहूँ या क्या, बीस साल पहले एक बार फिर शुरू हुआ उतरन का यह सिलसिला रुकने का नाम ही नहीं ले रहा। हर छठे छमाहे किसी रिश्तेदार या दोस्त की कोई अच्छी उतरन मिल ही जाती है मुझे।

जाड़ों में खास तौर से शायद ही कोई दिन होता हो जब मैं घर से बाहर निकलते वक्त अपने दिवंगत दोस्त नॉर्मन का कोई कपड़ा न पहने रहूँ। पैरिस में बस गए अमरीकी यहूदी नॉर्मन और उसकी पत्नी नेवेंका से हमारी दोस्ती 1983 से है। दो साल पहले, नॉर्मन की मृत्यु के एक बरस बाद, एक दिन अचानक नेवेंका ने कपड़ों का एक बड़ा-सा ढेर लगा दिया। बोली : 'मैं चाहती हूँ कि नॉर्मन के इन कपड़ों में जो भी तुम्हें पसन्द हों तुम ले लो।'

एक सूटकेस भर पैंट, कमीज, जैकिट और स्वैटर मैं पैरिस से ले आया। नॉर्मन मुझसे थोड़ा लम्बा था। सो जो तीन पतलूनें मैंने लीं उनको नेवेंका ने बड़े करीने से खुद ही मेरे नाप का कर दिया।

हर बार जब नॉर्मन के कपड़े पहनता हूँ तो वह मेरे पास होता है। कभी कोई मेरे बदन पर चढ़े नॉर्मन के कपड़े की तारीफ करता है तो खुश हो उसे नार्मन और नेवेंका के बारे में बताता हूँ। उस उदास खुशी की क्या बात करूँ जो नॉर्मन के किसी कपड़े को मुझ पर देख नेवेंका की आँखों में तिरती हुई मुझे दिख जाती है। मुझे भी वैसे ही उदास और खुश करती।

दम्भशून्य और स्नेह सिक्त हों उतरन की लेन-देन वाले मन, तो दूरियाँ मिटने लगती हैं दुनिया-जहान की। मौत की भी।

एक उतरन यह है जिसने बचपन में बहुत साला और आज बड़ा सुकून पहुँचाती है। पहली बार, होश सम्भालने के बाद, जब यह आई मेरी जिन्दगी में, मैं पहचान गया इसे और जान गया इसका नाम। इसके काफी बाद, विश्वविद्यालय के दिनों में, जब एक और उतरन का सामना हुआ तो जान नहीं पाया उसे उसके असल रूप में।

हुआ यों कि जब इलाहाबाद पहुँचा एम.ए. करने तो ब्रिटिश इतिहास एक नौजवान अध्यापक पढ़ाते थे जिनकी नई-नई नियुक्ति हुई थी। उनकी क्लास 'जीरो' पीरियड में होती थी—'जीरो' पीरियड का नाम और उसका तर्क अब तक मेरी समझ में नहीं आया है—जो सुबह साढ़े नौ बजे होता था। बड़े कड़क थे हमारे यह शिक्षक। अगर कोई विद्यार्थी उनके क्लास में आ जाने के एक मिनट बाद भी आता और कमरे की देहलीज से पूछता, 'मे आई कम इन सर', तो बिजली की तेजी से पलटते हुए यह महाशय डपटते : 'नो!' पता नहीं क्यों कुछ विद्यार्थियों को फिर भी कुछ समझ में नहीं आता और हमें आए दिन किसी न किसी की इस डपटती 'नो!' से होती तौहीन का तमाशा देखने को मिलता।

हाजिरी लेने के तुरन्त बाद गुरुवर धाराप्रवाह लैक्चर देने लगते और दस बजकर बीस मिनट पर 'जीरो' पीरियड के पूरा होने पर ही दम लेते। उनके बोलने

के धाकड़ अन्दाज और उतनी ही धाकड़ उनकी अंग्रेजी का बड़ा रुआब पड़ता विद्यार्थियों पर। लड़के-लड़कियाँ अपनी लिखने की सामान्य रफ्तार को पछाड़ तेजी से 'नोट्स' लेने लगते। क्लास की सारी गर्दनें जो एक बार झुकतीं तो दस बजकर बीस मिनट तक झुकी ही रहतीं, और हाथ दनादन लिखते ही रहते। गुरुवर को भी अपने रुतबे, विद्यार्थियों के हित और क्लास में अनुशासन का ऐसा खयाल रहता कि अगर किसी को 'नोट्स' न लेते हुए देख लेते तो तड़ाक से उसको नाम से सम्बोधित कर अपने चाबुकाना अन्दाज में पूछते : 'वाई आर यू नॉट टेकिंग डाउन नोट्स?'

एक दिन 'सैमिनार'—'ट्यूटोरिअल'—के दौरान इन सज्जन ने मुझसे पूछा : 'सुधीर चन्द्र, वॉट आर यू रीडिंग दीज डेज?' मैंने जवाब दिया : 'सर, आई एम रीडिंग "इंग्लैंड अंडर द हैनोवेरियन्स" बाई चार्ल्स ग्रांट रॉबर्ट्सन।'

बात यह थी कि मैं कभी 'नोट्स' नहीं लेता था। पर सबको 'नोट्स' न लेने पर डपटने वाले इन गुरुवर ने मुझे कभी नहीं डपटा था। शायद उन्हें असलियत का अन्देशा था। पर फिर भी पक्का करना चाह रहे होंगे कि बात वाकई वही है जो वह सोच रहे हैं। उनका मुझसे पूछना कि मैं क्या पढ़ रहा था उन दिनों, एक ऐसा सवाल था जिससे असलियत फौरन पता लग जानी थी और असलियत वही निकली जिसका उन्हें अन्देशा था।

हमारे गुरुवर को जिस किताब का मैंने नाम लिया वह कंठस्थ थी। उनके लैक्चर शब्दशः इस किताब की पुनरावृत्ति होते थे। मैं उनको सुनता और चार्ल्स ग्रांट रॉबर्ट्सन की 'इंग्लैंड अंडर द हैनोवेरियन्स' के पन्ने मेरी आँखों के आगे होते। गुरु का सौभाग्य कि मैं किसी और को बता नहीं रहा था यह रहस्य।

क्या गजब की याददाश्त थी! और क्या चतुराई! मुझे जरा भी आश्चर्य नहीं हुआ जब हमें पढ़ाने के दूसरे या तीसरे साल गुरुवर आई.ए.एस. की परीक्षा में उत्तीर्ण हो मुदर्रिसी छोड़ चले गए।

बावन बरस पहले हुआ था यह अनुभव। तब नहीं समझ पाया था कि इसका भी नाम है उतरन। बौद्धिक उतरन।

बहुत समय लग गया इसको समझने में। जानने में कि चहुँ दिस फल-फूल रहा है यह रिवाज। प्रायः दबा-ढका रहता है। पर कभी-कभार, किसी की बदकिस्मती से, अगर कुछ खुले में आ भी जाए तो मामला रफा-दफा हो जाता है धीरे-धीरे।

प्रतिष्ठित से प्रतिष्ठित संस्थानों में भी घुस गया है यह रिवाज। कुछ ही साल तो हुए हैं जब आई.आई.एम. अहमदाबाद—इससे भी प्रतिष्ठित कुछ है हमारे यहाँ!—के दो प्रोफेसरों की किताबों को दूसरों की उतरन पाया गया था। मामला गुजरात उच्च न्यायालय तक गया। आरोप सिद्ध भी हो गया। पर तकनीकी कारणों से दोनों बरी हो गए। बने रहे प्रोफेसर आई.आई.एम. में।

ऐसे ही पिछले साल एक 'प्रख्यात' आलोचक की एक सद्य:प्रकाशित और बहुचर्चित पुस्तक को लेकर एक पाकिस्तानी विद्वान और शिकागो विश्वविद्यालय से सम्बद्ध एक और विद्वान ने लम्बे-लम्बे उद्धरणों के आधार पर दिखाया कि यह पुस्तक दरअसल दूसरे विद्वानों की उतरन है। किन्तु कोई फर्क नहीं आया इस आलोचक की ख्याति में। हमारी अपनी साहित्य अकादमी ने—क्या उससे ऊपर कुछ है हमारे यहाँ?—इसी व्यक्ति को हिन्दी में 'विशिष्ट विचारक' और अंग्रेजी में 'डिस्टिंग्विश्ड थिअरिस्ट' करार करते हुए अपनी फैलोशिप अता कर दी।

बहुत कुछ कहा जा सकता है बौद्धिक उतरन की प्रशंसा में। वैसे ही जैसे कि उस उतरन की प्रशंसा में जो कभी मुझे सालती थी और आज इतनी प्रिय है। पर वह उनकी प्रशंसा नहीं होगी जो पहनते हैं उतरन और इतराते फिरते हैं अपने नाम में। जो दावा करते हैं मौलिकता का, जानते हुए कि उनका दावा झूठ है। न जानते हुए कि सच्चे साधक को तो जरूरत ही नहीं होनी चाहिए मौलिकता के दावे की।

इन्तजार

अभी कल की ही बात है। एक बहुत ही अजीब खयाल आ गया मन में। मेरी निहायत शालीन, सौम्य और मृदुभाषी पड़ोसिन कैंसर की दारुण पीड़ा से मुक्ति पा परलोक सिधार गईं। अपार भीड़ उमड़ पड़ी उन्हें विदा करने को। दिल्ली की एक औसत हाउजिंग सोसायटी का औसत घर। कहाँ इतनी जगह कि सब समा सकें। सो बारी-बारी से थोड़े-थोड़े लोग अन्दर उनके अन्तिम दर्शन को आते, थोड़ी देर रुकते, और दूसरों को जगह देते हुए नीचे जाकर खड़े हो जाते। इन्तजार में कि दिवंगत का पार्थिव शरीर नीचे लाया जाए तो सब निगमबोध घाट के लिए रवाना हों। मौन, शान्त, निश्चल। मुर्दनी के वक्त अमूमन होने वाले शोर या भड़भड़ी का कोई निशान नहीं। मानो जाने वाली ने जैसी विदाई चाही होगी वैसी ही विदाई दे रहे हों।

और तभी मेरे मन में वह अजीब खयाल आया। मैंने सोचा कि ऊपर से जिसके आने—लाए जाने—का इन्तजार कर रहे हैं ये लोग, उसको मालूम होता कि इतने लोग खड़े हैं उसे देखने के लिए तो क्या वह आराम से लेटी रहती। जितना मैंने जाना था उसे—और दुआ-सलाम से बहुत ज्यादा नहीं जाना था—वह जरूर जल्दी आ जाती नीचे।

इसी के साथ और बातें आने लगीं मन में। एक बहुत पुराना अनुभव याद आ गया। एक दुःखद अनुभव जो सालों से भूला हुआ था। उस समय जामिया मिल्लिया इस्लामिया में पढ़ाना शुरू ही किया था और कुरुक्षेत्र विश्वविद्यालय में पी-एच.डी. के लिए रजिस्टर्ड था। थोड़े ही दिन पहले कुरुक्षेत्र में प्रोफेसर बुद्ध प्रकाश की नियुक्ति हो गई थी और वह मेरे सुपरवाइजर की जगह इतिहास विभाग के अध्यक्ष हो गए थे। बुद्ध प्रकाश सहारनपुर के बड़े रईस थे और पढ़ाई-लिखाई उनका शौक था।

संयोग से मेरे पिता का तबादला उसी वक्त सहारनपुर हो गया और मैं छुट्टी में माता-पिता के पास चला गया। वहाँ मुझे राय दी गई कि बुद्ध प्रकाश चूँकि वहाँ आए हुए हैं मुझे जाकर उनसे मिल लेना चाहिए। फोन पर जब मैंने उनसे बात

करके मिलने का वक्त माँगना चाहा तो उधर से मुझे थोड़ा रुकने को कहा गया। फिर वही व्यक्ति फोन पर वापस आया। उसने बताया कि दूसरे दिन दो बजे 'साहब' मुझसे मिलेंगे।

गर्मी के दिन। दो बजे लू का समय। खासा विचित्र वक्त दिया गया था मिलने के लिए। पर कुछ किया तो जा नहीं सकता था। घर से साइकिल ले पहुँच गया निर्धारित समय पर बुद्ध प्रकाश की पुश्तैनी कोठी। मुझसे बाहर ही इन्तजार करने को कहा गया। दस मिनट, बीस मिनट, आध घंटा। कोई आसार नहीं किसी के आने या मेरे बुलाए जाने के। मेरी खीझ धीरे-धीरे गुस्से की तरफ बढ़ रही थी। सो मैंने उठकर वहाँ बैठे किसी नौकर से खासे तल्ख अन्दाज में कहा कि जरा जाकर कहिए कोई इन्तजार कर रहा है उनका। उसने इत्मीनान से जवाब दिया कि साहब को खबर मिल गई है आपके आने की।

याद नहीं कि कुल चालीस मिनट इन्तजार किया या उससे भी ज्यादा, अन्दर बुलाए जाने से पहले। इतना जरूर याद है कि उस बीच कई बार इच्छा हुई वापस चल देने की। यह भी कि बहुत दिनों तक कोसता रहा अपने आपको वह जिल्लत बर्दाश्त करने के लिए। वैसे तो बात इन्तजार की हो रही है, पर यह बता देने में कोई हर्ज नहीं है कि उस भयंकर गरमी में उस लम्बे इन्तजार और अपेक्षाकृत छोटी मुलाकात के दौरान एक गिलास पानी भी नहीं पूछा गया था।

बिलकुल इसी तरह का—और बिलकुल ही विपरीत भी—इन्तजार एक ऐसे व्यक्ति ने करवाया जो आज मेरा सबसे प्रिय मित्र है। यह भी पुरानी बात है। पर उस गरमी के बाद की। हम लोग राष्ट्रीय भारतीय अभिलेखागार में शोध के दौरान मिले थे। मुझे लगा था कि इस आदमी में कुछ है। सो एक दिन मिलने का तय किया उससे। कनॉट प्लेस में किसी जगह।

मैं—शायद बीमारी है मुझे यह—ठीक वक्त से पहुँच गया। वेटर ने लाकर पानी रखा, मैंने उससे कहा दो गिलास रखने को। चाय-कॉफी तय किया उसके आने पर ही मँगाऊँगा। वक्त बीतता गया। वह नहीं आया। आखिर में हारकर मैंने कॉफी मँगा ही ली। कई बार मन में आया कि अब नहीं आएगा। पर इन्तजार करता रहा। इन्तजार करते-करते जब खीझ लगी तो अपने आपको समझाया कि अगर यह आदमी वाकई अच्छा है और तुम्हें लगता है कि इसकी दोस्ती का मतलब ही अलग होगा तो तय कर लो कि इसके देर से आने का बुरा नहीं मानोगे। अन्दर ही अन्दर भुसोगे भी नहीं।

इस बार भी ठीक-ठीक याद नहीं कितना, पर बुद्ध प्रकाश से हर हालत में ज्यादा, इन्तजार किया जब जाकर यह शख्स नमूदार हुआ। मैंने ध्यान दिया कि उसके आने में उस तरह की कोई जल्दी नहीं थी जो प्रायः देरी से पहुँचते वक्त हमारे कदमों में होती है, या जिसका हम दिखावा करने लगते हैं। उस बड़े हॉल में

खरामा-खरामा आया मेरी तरफ वह, बगैर किसी माफी या वजाहत के मस्ती से। सिगरेट फूँकता हुआ बतियाने लगा मुझसे।

न जाने कितनी देर तक हम बैठे रहे उस शाम।

चालीस साल से ऊपर हो गए हैं हमारी दोस्ती को। दो या तीन बार से ज्यादा नहीं आया है कभी समय से। पर पता नहीं क्यों अब माफी माँगने लगा है देर से आने की, और कारण भी बताने लगा है देरी हो जाने का। पर जो आदमी अपनी असाध्य लेटलतीफी की वजह से न जाने कितनी बार गाड़ियाँ और उड़ानें—दो बार तो अन्तर्राष्ट्रीय उड़ानें—छोड़ चुका है, उसे क्या जरूरत है माफी माँगने की? कम से कम उनसे जो अच्छी तरह जानते हैं उसे।

इन्तजार को लेकर आए उसी अजीब खयाल ने एक और अनुभव की ओर ध्यान खींच दिया। रोजमर्रा का एक दिलचस्प अनुभव। शायद दयनीय भी। सामाजिक मेलजोल के मौकों पर, ख़सूसन सभाओं और पार्टियों में, हमेशा यह खेल चलता है कि कौन किसके पास जाने की पहल करता है। जो महत्त्वपूर्ण है जिस किसी भी कारण से, या गुमान पाले है महत्त्वपूर्ण होने का, वह इन्तजार करता है कि दूसरे आएँ उसके पास। और वही, उसी मौके पर, अपने से किसी 'बड़े' को देखते ही लपक जाता है उसकी तरफ। कभी-कभी तो ऐसा मजेदार मंजर भी दिखाई देता है कि बढ़े एक की तरफ, और हाथ भी बढ़ा दिया उधर मिलाने को या—हैसियत के मुताबिक—दोनों हाथ उधर कर दिए नमस्कार की मुद्रा में, और उसी पल में दिखाई पड़ गई कोई उससे बड़ी हस्ती और तुरन्त बदल दी दिशा अपने बढ़ने की।

अपनी ही बात करूँ तो यह दावा तो नहीं कर सकता कि ऐसे मौकों पर कभी इन्तजार नहीं करता किसी जानने वाले के अपनी तरफ आने का और हमेशा खुद ही बढ़ लेता हूँ उसकी तरफ। मेरा अपना हिसाब चलता है पहल करने और इन्तजार करने के मामले में। मसलन, किसी जानने वाले की तरफ बढ़ने में तीन बार पहल की है और महसूस किया है कि देखकर भी वह बढ़ता, या बढ़ती, नहीं मेरी तरफ, तो ज्यादा सम्भावना है कि चौथी बार देखकर अनदेखा कर दूँ। या कोई प्रसिद्ध व्यक्ति है, मुलाकात हुई है उससे, पर बहुत दिन बाद सामना हो रहा है और सम्भावना है कि उसे मेरी याद भी न हो, तो मेरी प्रवृत्ति ऐसे में रहती है उसे परेशान न करने की।

ऐसे में पासा गलत भी पड़ जाता है कभी-कभी। जैसे प्रख्यात कलाकार शंख चौधरी को लेकर हुआ एक बार। शिमला स्थित भारतीय उच्च अध्ययन संस्थान में कुछ दिन उनका साथ रहा था। उसके कई साल बाद अचानक किसी सार्वजनिक अवसर पर वह दिखाई दिए। मुझे लगा वह भूल गए होंगे शिमला की हमारी मुलाकात। सो, मानो देखा ही न हो उनको, मैं एक तरफ बढ़ ही रहा था कि शंखदा ने चिल्लाकर कहा : 'इधर देखो, तुम मेरे साथ यह नहीं कर सकते।'

कैसा स्नेह था उनके डाँटने में। न जाने कितनी बार उसके बाद बुलाया उन्होंने अपने घर मुझे।

कुछ यही सिफत थी प्रभाष जोशी में। हमारा कभी विधिवत परिचय नहीं हुआ था एक दूसरे से। मैं भले ही पहचानता रहा होऊँ उनको, कोई कारण नहीं था मेरे मानने का कि वह, पहचानना तो दूर, नाम से भी जानते होंगे मुझे। पर आ गए किसी आयोजन के दौरान मुझे नमस्कार करने। इसके बाद मानो हम दोनों में होड़ रहने लगी ऐसे मौकों पर पहल कर दूसरे के पास पहुँचने की।

यह तो बस शुरुआत है। प्यार वाले इन्तजार का तो जिक्र भी नहीं हुआ है अभी। फिलहाल केवल फिराक साहब के बहाने :

न कोई वादा न कोई यकीं न कोई उम्मीद,
मगर मुझे तो तेरा इन्तजार करना था।

काजर की कोठरी में धवल सयाने

हम अपनी कहानी कैसे कहते हैं वह हमारे बारे में बहुत कुछ बता देता है। उससे बहुत ज्यादा जो हम समझते हैं हम बता रहे हैं, और उससे बहुत अलग भी जो हम बताना चाह रहे हैं। बड़ा जोखिम का काम होता है आत्मकथा लिखना। हम बताने कुछ चलते हैं, बता बैठते हैं कुछ और। बेनकाब करने निकलते हैं दूसरों को, हो जाते हैं बेनकाब खुद। कुँवर नटवर सिंह की 'वन लाइफ इज नॉट एनफ' में कुछ ऐसा ही हो गया है।

अफलातून के प्रसिद्ध कथन—'अपरीक्षित जीवन जीने योग्य नहीं है'—से अपनी कहानी का श्री गणेश कर, नटवर सिंह शुरू में ही हमें बता देते हैं कि वह सत्य और साहस के पुजारी हैं। कहीं बीच में कहते हैं कि वह असल भरतपुर वाले हैं, और अन्त में घोषणा करते हैं : 'मेरी शिराओं में मेरे पूर्वजों का रक्त प्रवाहित होता है।' इसी के साथ, यह बताने के बाद कि राजाजी न्यूयॉर्क में उनके मेहमान रहे थे कुछ दिनों, नटवर सिंह कहते हैं : 'मुझे विजडम धीरे-धीरे मिली; इसमें से कुछ निश्चय ही राजाजी की मारिफत आई।'

अब जबकि कोई व्यक्ति 'वाइज', सच्चा और साहसी होने का दावा करे और अपने लम्बे सार्वजनिक जीवन का हमारे सामने परीक्षण करे तो उसकी अनदेखी तो नहीं होनी चाहिए। हुई भी नहीं। बड़ी चर्चा हुई इस किताब पर। पर सारी चर्चा सिमटी रही इस पर कि सोनिया गांधी के बारे में नटवर सिंह क्या कह रहे हैं।

सच यह है कि कुछ विशिष्ट ब्यौरों के अलावा इस किताब में कुछ भी ऐसा नहीं है जो सोनिया गांधी के चरित्र, स्वभाव और उनकी राजनैतिक उपस्थिति के बारे में कोई नई रोशनी डालता हो। न ही उन ब्यौरों में ऐसा कुछ है कि हाड़-माँस की जीती-जागती सोनिया गांधी का थोड़ा भी आभास करा दे हमें।

अगर कोई दिखाई देता है जीता जागता सोनिया के वर्णन के दौरान तो वह हैं खुद कुँवर नटवर सिंह। और जैसे वह दिखाई देते हैं सोनिया को हमें दिखाने के दौरान, वैसे ही अपनी पूरी कहानी में दिखाई देते रहते हैं। बड़ी भयंकर आलोचना है सोनिया की इस किताब में। पर गौर करने की बात यह है कि पूरी किताब में एक

भी उदाहरण ऐसा नहीं है जब नटवर सिंह ने इशारे से भी सोनिया को जताया हो कि वह गलत काम कर रही हैं। अन्दर ही अन्दर जो भी सोचा हो—या आज सोचते हैं कि तब सोचा था—प्रसन्नवदन ठकुरसुहाती करते रहे। मसलन, यह बताने के बाद कि सोनिया गांधी ने कोई त्याग-व्याग नहीं किया था, अपने बेटे की जबरदस्त जिद की वजह से प्रधानमंत्रित्व छोड़ दिया था, नटवर सिंह बताते हैं कि उन्होंने एक दिन सोनिया से कहा कि इतिहास में सिर्फ दो लोगों ने ताज ठुकराया है और दोनों ही जन्म से इटालवी रहे हैं। सोनिया के पूछने पर कि दूसरा कौन था, नटवर सिंह ने कहा : 'जूलियस सीजर'।

मजे की बात यह है कि इस घटना का जिक्र करते हुए नटवर सिंह कहते हैं कि वह सोनिया की टाँग खींच रहे थे। मान भी लें कि यही—या ऐसा भी—भाव था उनका, तो भी जिस तरह का रिश्ता दोनों के बीच उभर के आता है इस किताब में, उससे यही लगता है कि सारी बात कुछ ऐसे अन्दाज में कही गई होगी कि कहने वाला टाँग खींच ले और सुनने वाले की प्रशंसा हो जाए। बरसों विदेशी सेवा में रह इतनी कूटनीति तो आ ही गई होगी।

आ ही नहीं गई थी, खासी महारत भी हासिल हो गई थी। काफी जल्दी ही। 1969 की बात है। नटवर सिंह प्रधानमंत्री इन्दिरा गांधी की अफगानिस्तान यात्रा में उनके साथ थे। एक दिन इन्दिरा गांधी इनको लेकर ड्राइव के लिए निकल पड़ीं। काबुल से कुछ मील दूर उन्हें एक भग्न इमारत दिखाई दी। पता लगा कि यह बाग-ए-बाबर है। इन्दिरा गांधी बाबर की कब्र को देखने के लिए बढ़ लीं। कब्र के आगे मौन ध्यानमग्न होने के बाद उन्होंने नटवर सिंह से कहा : 'इतिहास से आज एक मुठभेड़ हुई है मेरी।' 'और मेरी दो', तपाक से बोले नटवर सिंह। 'क्या मतलब?' जवाब था : 'भारत की महारानी के साथ बाबर को नमन करने का सौभाग्य मिला है मुझे आज।'

भारत की महारानी! कुछ ही साल बाद महारानी ने आपात्काल की घोषणा कर दी। नटवर सिंह उस वक्त लन्दन में उप उच्च आयुक्त थे। कोई वहाँ आपात्काल के पक्ष में कुछ सुनने को तैयार नहीं था। असम्भव को सम्भव बनाने की कोशिश में लगे रहे नटवर सिंह उच्च आयुक्त बी.के. नेहरू के साथ। जब आपात्काल हट गया तब उनको महसूस हुआ कि अपनी आत्मा को दबाए रहे थे उस दौरान।

अपनी इस कहानी में भी, आज 37 साल बाद, कह रहे हैं कि आपात्काल ही एक दौर है उनकी जिन्दगी का जिसे यह गर्व से नहीं देख सकते। इस पर अविश्वास किए बगैर, और बाकी कहानी के परिप्रेक्ष्य को ध्यान में रखते हुए, ऐसा लगता है कि आपात्काल को लेकर हुई उनकी परेशानी खास गहरी है नहीं। सोचें तो यह तथ्य बहुत महत्त्वपूर्ण बन जाता है कि आपात्काल पर लिखा गया अध्याय शुरू ही होता है पी.एन. धर की पुस्तक, 'इन्दिरा गांधी, द एमरजैंसी एंड इंडियन डिमॉक्रेसी'

से एक लम्बे उद्धरण से। यह कहते हुए कि इस विषय पर धर की पुस्तक सबसे ज्यादा प्रामाणिक और तथ्यगत है, नटवर सिंह इस उद्धरण के सहारे हमें समझाते हैं कि अगर एमरजैंसी का मतलब है उस सिद्धान्त—कानून का शासन—का धीरे-धीरे संकुचित होना जो लोकतंत्र का आधार है, तो यह सिलसिला 26 जून, 1975 से बहुत पहले ही शुरू हो गया था। 26 जून को जो हुआ वह सिर्फ इतना था कि यह सिलसिला नाटकीय ढंग से लोगों की चेतना में आ टपका। पी.एन. धर इन्दिरा गांधी के सलाहकार थे, और बहुत चतुर व्यक्ति थे। इससे कुशल पैरवी आपात्काल की हो नहीं सकती।

नटवर सिंह किस चेतन या अवचेतन प्रेरणा से इस पैरवी से शुरू करते हैं यदि आपात्काल से वह वाकई संतप्त हैं ? इसी सन्दर्भ में एक और महत्त्वपूर्ण तथ्य आता है उनकी कहानी में। 1981 के अन्त में, जब वह पाकिस्तान में उच्च आयुक्त थे, ज़िआ-उल-हक़ के परेशान होने पर कि पाकिस्तान में चुनाव कराना बड़ी मुश्किल का काम था, नटवर सिंह ने जनरल जिआ को समझाया था कि हिन्दुस्तान में लोकतांत्रिक संस्थाएँ सुचारू रूप से चल रही थीं चूँकि इन्दिरा गांधी ने उन्हें मजबूत कर दिया था।

इसे ही परीक्षित जीवन कहते हैं ? एक ऐसी चेतना का विकास कि अपने सही होने की सम्भावना विपरीत से विपरीत स्थिति में भी सदा बनी रहे। जब मनमोहन सिंह के लम्बे प्रधानमंत्रित्व का लेखा-जोखा करना हो तो सारी गलती मनमोहन सिंह की हो। (वह प्रारम्भिक भूल नहीं जब, सारी स्थिति को भली-भाँति समझते हुए भी, वह प्रधानमंत्री बनने को तैयार हो गए। चूँकि, इसी किताब के मुताबिक, मनमोहन जी ने तो ना-नुच की थी उस वक्त, किन्तु नटवर सिंह ने सही तर्क देकर समझा लिया था उन्हें।) तब 10 जनपथ या और मंत्रियों की कोई जिम्मेदारी न हो। लेकिन जब नटवर सिंह का अपना मामला आ फँसे, और उन पर भ्रष्टाचार का आरोप लगे, तो एक ही अचूक तर्क हो : 'कांग्रेस में कुछ भी नहीं होता बिना सोनिया गांधी की जानकारी और हामी के।'

2014 में कांग्रेस की अभूतपूर्व पराजय हुई तो जिम्मेदार ठहरे सोनिया गांधी। तब न मनमोहन याद आएँ और न ही खुद नटवर सिंह समेत वे सब जो सोनिया गांधी को सम्भव बनाए हुए थे। सम्भव बनाए हुए थे सब कुछ न सिर्फ सहते हुए बल्कि सराहते हुए भी।

यह कैसे हुआ और किस तरह के लोगों का होना जरूरी था ऐसा होने के लिए, इसका खासा अन्दाजा तो सभी को है। पर इसको नजदीक से होता हुआ देखना चाहें तो नटवर सिंह की आत्मकथा में घटित होते देख सकते हैं। उस लिहाज से यह केवल एक व्यक्ति की कहानी नहीं है, हमारे शासक वर्ग की कहानी है। पढ़े-लिखे वर्ग की भी कहानी है कमोबेश। याद दिलाती है गांधी की चेतावनी कि अंग्रेजों से

निजात पाने के बाद एक नई लड़ाई छेड़नी होगी। देश के पढ़े-लिखे लोगों के खिलाफ लड़ाई।

वे जिन्हें याद है अफलातून का कथन, उन्हें अपने आप से लड़नी होगी यही लड़ाई। अपनी विजडम, अपने साहस और अपनी सच्चाई का हवाला देते हुए नहीं, अपने प्रति अतिरिक्त सन्देह बरतते हुए। ऐसा किया तो यह न कर पाएँगे कि एक तरफ मौत के इन्तजार में जीवन की नश्वरता की दार्शनिक व्याख्या करें और दूसरी तरफ नरेन्द्र मोदी से समय माँगकर मिलने जाएँ, बगैर स्वीकार किए कि मोह और तृष्णा अभी भी जमे बैठे हैं अन्दर।

नटवर सिंह की कहानी के ऐसे रोचक समापन से जिज्ञासा होती है कि एक जिन्दगी किस कारण से नाकाफी लगती है उन्हें। कौन-सी अतृप्त इच्छाएँ पैदा करती हैं इस नाकाफियत का एहसास?

अचरज न करिएगा अगर इस कहानी को पढ़ते-पढ़ते आप अपने अन्दर के नटवर को टटोलने लगें।

ऐश्वर्य की नई संवेदना

साठ और सत्तर के दशकों में कुछ बड़ी सशक्त और विचारों पर गम्भीर बहस करवाने वाली पत्रिकाएँ निकला करती थीं। इनमें एक थी 'थॉट'। इसके सम्पादक थे राम सिंह, एम.एन. रॉय के अनुयायी। इस अंग्रेजी साप्ताहिक के पुस्तक-समीक्षा सम्पादक थे कवि केशव मलिक। नया-नया दिल्ली आया मैं खासी नियमितता से 'थॉट' के लिए लेख और पुस्तक समीक्षाएँ लिखता था। एक बार मेरी किसी पुस्तक समीक्षा के मामले में 'थॉट' के दफ्तर ने कोई बड़ी गड़बड़ी कर दी। कुछ जवानी का जोश था और कुछ 'थॉट' में जो हुआ वह इतना गलत था कि मैंने गुस्से में केशव मलिक से फोन पर काफी कुछ कह दिया। सब कुछ सुनने के बाद केशव मलिक ने कहा : 'आई एम सॉरी।' मैं तो गुस्से से भरा था, सो पलटकर बोला : 'इट इज वैरी इजी टू से सॉरी।' केशव मलिक ने पहले जैसे ही शान्त भाव से कहा : 'नो, इट इज नॉट।'

केशव मलिक के 'सॉरी' कहने में जो ईमानदारी थी और दायित्व का जो बोध था—हाँ, गलती हमारी है—वह आज 'सॉरी' की नित बढ़ रही भीड़ में दिखाई नहीं देते।

अब 'सॉरी', बगैर किसी खेद और पश्चात्ताप के, जाने या अनजाने खड़ी हो गई परेशानी से निकलने का सबसे आसान तरीका हो गया है। और 'सॉरी', मुसीबत के इन मौकों पर, अपनी इज्जत बनाए रखते हुए इस तरह बोला जाता है कि लगे कि गलती उनकी है जिनसे 'सॉरी' कहा जा रहा है। कहा जाता है : 'मेरा किसी को दुखाने का कतई इरादा नहीं था। पर अगर किसी को बुरा लगा है तो मुझे अफसोस है।' यानी कि ज्यादती या बेवकूफी है तो आपकी कि मुझे गलत समझा, पर फिर भी मैं अफसोस जाहिर किए दे रहा हूँ। गौर करें, आजकल माफी नहीं माँगी जाती। 'सॉरी'—मात्र एक थोथे शब्द के रूप में—कहा जाता है।

मन में इस वक्त इस तरह के खयाल आने की वजह है शशि थरूर के 'कैटल क्लास' से उपजा फसाद। शशि थरूर पढ़े-लिखे व्यक्ति हैं, लेखक हैं, दुनिया घूमे हैं, देश के परराष्ट्र राज्यमंत्री हैं। परराष्ट्र मंत्री होने के नाते अपने बोले-लिखे के

सम्भावित प्रभाव या प्रभावों के प्रति उनकी अक्खड़ लापरवाही उनको या देश को या दोनों को भारी पड़ सकती है।

पर शशि थरूर सेंट स्टीवैन्स कॉलिज की उस संस्कृति में भी पूरी तरह पगे हैं जहाँ 'स्मार्ट' होना और पलक झपकने से पहले ही पी.जे. दाग देना मेधावी होने के अनिवार्य और पर्याप्त लक्षण हैं। हाजिरजवाबी और मजाक—विशेष रूप से दूसरे को जेरने वाले मजाक—का कोई मौका गँवा देना इन मेधावियों के लिए अपनी इज्जत गँवा देने के बराबर है।

चार दिन चले सरकारी सादगी अभियान की खिल्ली उड़ाते हुए किसी 'स्मार्ट' प्रशंसक ने शशि थरूर को लिखा : 'तो बताइए, मंत्री, अगली बार केरल की यात्रा क्या "कैटल क्लास" में होगी?' ऐसे मजाक को आगे न बढ़ाना हाजिरजवाब शशि थरूर के लिए नामुमकिन था। भेज दिया जवाब : 'बिलकुल, पावन गउओं का साथ निभाने की खातिर "कैटल क्लास" में ही।'

'कैटल' मानी जानवर, मवेशी, ढोर। 'कैटल क्लास' यानी हवाई जहाज का सामान्य दर्जा। 'बिजनैस क्लास' नहीं, 'इकॉनमी क्लास।'

मजाक अच्छा है। शशि थरूर की उस पर बढ़त भी बुरी नहीं है। क्या करना चाह रहे थे सोनिया गांधी और प्रणव मुखर्जी 'इकॉनमी क्लास' में चलकर? और राहुल गांधी शताब्दी एक्सप्रैस के सामान्य दर्जे में चलकर और उनके लिए 'बिजनैस क्लास' से लाए गए विशेष भोजन को वापस भेज सामान्य दर्जे में दिए जानेवाला भोजन खाकर। सीट संख्या 11 पर बैठे राहुल गांधी के आगे और पीछे कुल 20 सीटों पर उनकी हिफाजत करने वाले विराजमान थे। कितनी किफायत हो पाई होगी इस तरह की यात्राओं में? उस असुविधा और बदमजगी की बात चाहें तो छोड़ भी दें जो सोनिया गांधी या प्रणव मुखर्जी या राहुल गांधी वाले सामान्य दर्जे में चलने वालों को हुई होगी।

बहुतों को यह मजाक मजेदार लगा है। जिन लोगों में मेरा उठना-बैठना होता है वे भले ही इस पर हँस न रहे हों, कह रहे हैं कि इस तिल का जैसा ताड़ बनाया जा रहा है बेमानी है। कि इतना भी पी.सी. (पॉलिटिकली करैक्ट)होने की जरूरत नहीं है कि हँसी-मजाक को अपनी राजनीतिक समझ और नैतिकता का मोहताज बना दें। यह भी कि कांग्रेस वालों की तरफ से जो शोर हो रहा है इस मसले को लेकर वह मात्र परिवार-भक्ति का दिखावा-भर है कि प्रधानमंत्री मनमोहन सिंह ने ठीक ही कहा है कि ऐसी नोंक-झोंक तो होती ही रहती है।

मैं मानता हूँ कि शशि थरूर ने मजाक किया है। मैं यह भी मानता हूँ कि जीवन में हँसी-मजाक साँस लेने जैसा ही जरूरी है। हास्य की सम्भावना ही नहीं बचेगी अगर उस पर तार्किकता और नैतिकता की कसौटी हर वक्त लागू की जाती रही तो।

पर फिर भी मुझे यह मजाक नागवार लग रहा है। और इस मामले में शशि थरूर ने जिस तरह 'सॉरी' कहा है उससे मेरी यह भावना और पक्की हुई है कि उनके इस मजाक के पीछे ऐश्वर्य और सत्ता की वह मानसिकता है जो अपने से नीचे वालों के प्रति तेजी से संवेदनहीन होती जा रही है। उन्होंने कहा कि बहुतों ने उनके 'कैटल क्लास' के इस्तेमाल को गलत तरीके से समझा है। जिन्हें, अपनी गलतफहमी की वजह से, इस शब्द के कारण ठेस पहुँची है, उनसे शशि थरूर ने कहा है : 'सॉरी।'

बात खतम। कहीं कोई गुंजाइश नहीं कि 'कैटल क्लास' जैसे पद के इस इस्तेमाल में निहित है दूसरे को ठेस पहुँचाने की सम्भावना। ठीक है इसका पहली बार इस्तेमाल करते वक्त शशि थरूर के मन में केवल एक खेल रहा होगा हाजिरजवाबी का। पर जब इसकी प्रतिकूल प्रतिक्रिया शुरू हुई तब तो वह कह सकते थे कि उन्हें दु:ख है कि अनजाने ही उन्होंने इतने लोगों को ठेस पहुँचा दी। वह ऐसा न कर सके। ठेस, उन्होंने कहा, उनके कारण नहीं उनको गलत समझे जाने के कारण लगी लगने वालों को। 'सॉरी' जले पर नमक छिड़कने के लिए, अपमानित को उसकी मूर्खता जताने के लिए भी कहा जा सकता है।

मजाक का, इसके प्रभाव को निर्धारित करने का, एक अहम पहलू यह होता है कि मजाक करने वाला या वाली कौन है, और किसके साथ हो रहा है वह मजाक। 'सूरदास' कहने और सुनने का भेद न जानना क्या है? जीने के लिए जरूरी हास्य का संवर्द्धन या संवेदनशून्यता?

तो 'कैटल क्लास' के मजाक को बढ़त देने वाले शशि थरूर वही मंत्री हैं जिन्हें अपना सरकारी बँगला अपनी हैसियत के अनुकूल नहीं लगा था। न ही उनके विभाग--भारतीय गणराज्य के परराष्ट्र मंत्रालय—का कोई अतिथि-गृह इस योग्य था कि अस्थायी रूप से भी वह उसमें अपने सरकारी बँगले के दुरुस्त हो जाने तक रह सकें। अतएव उनको राजधानी के किसी विशिष्ट पाँच-सितारा होटल में रहना पड़ा।

जब देश के वित्तमंत्री को कहना पड़ा कि इस तरह की शाहखर्ची अशोभनीय है तो शशि थरूर ने बयान दिया कि वह होटल छोड़ चुके हैं और होटल का सारा खर्च उन्होंने अपनी बचत के पैसों से दिया था।

संकीर्ण कानूनी नजरिए से देखें तो कोई खराबी नहीं है शान-शौकत के आदी किसी मंत्री के अपने खर्चे पर बढ़िया से बढ़िया होटल में रहने में। ऐसा तो हो नहीं सकता कि वित्तमंत्री समझते रहे हों कि शशि थरूर सरकारी खर्च पर ऐश कर रहे थे। फिर भी उन्हें—वित्तमंत्री को—सार्वजनिक बयान देना पड़ा कि जो भी मंत्री होटलों में जमे हुए हैं अपने सरकारी बँगले या अतिथि-गृह में रहने लगें।

कहा जा सकता है—और राजधानी के एक प्रतिष्ठित अंग्रेजी दैनिक ने जरूरी समझा यह कहने के लिए एक सम्पादकीय लिखना—कि वित्तमंत्री की बात ढकोसला थी। अब हम राष्ट्रीय आन्दोलन और गांधी के खादी-चर्खा युग में नहीं रह रहे।

ठीक भी है। हम उदारीकरण और भूमंडलीकरण के युग में रह रहे हैं। भले ही यह 'उदारीकरण' उदार शब्द के लगभग हर अच्छे अर्थ का विपर्ययीकरण क्यों न हो।

जो भी हो, जब शशि थरूर की जीवन-शैली (जो उनका निजी निश्चय है) वाला व्यक्ति 'कैटल क्लास' का मजाक करता है तो वह चाहे या न चाहे उसका अर्थ बहुतों के लिए वह नहीं बनता जो उस समय होता है जब वे खुद कह रहे हों कि 'यार, अपने नसीब में तो वही कैटल क्लास है।'

पर कैटल क्लास तो हवाई यात्रा करने वालों का है। उनकी क्या कहें जो पैसिंजर रेलगाड़ियों के अनारक्षित सामान्य दर्जे में भेड़-बकरियों की तरह ठुँसे लम्बी-लम्बी यात्राएँ करते हैं!

'हिन्द स्वराज' : दो सवाल

'हिन्द स्वराज' 1909 में लिखा गया। कुल दस दिनों में। जहाज की यात्रा के दौरान। जुनून जैसी स्थिति में। दाहिना हाथ थक जाए लिखते-लिखते तो बायाँ लिखने लगता था। कह सकते हैं कि 'हिन्द स्वराज' ने लिखवा लिया अपने आपको मोहनदास करमचन्द गांधी से।

नवम्बर 1909 के उन दस दिनों में गांधी पर तारी हुआ वह हाल तो चला गया, पर 'हिन्द स्वराज' में गांधी का विश्वास आखिर तक टिका रहा। जब भी मौका आया वह कहते रहे कि 'हिन्द स्वराज' में उन्होंने जो कुछ भी कहा है उससे वह जरा भी हिले नहीं हैं। बल्कि वक्त के साथ उन विचारों में उनका विश्वास और पक्का ही हुआ है।

'हिन्द स्वराज' के कम से कम 15 साल पहले से, जब वह सिर्फ 25 साल के युवक थे, गांधी अपने उस बीज-पाठ में व्यक्त होने वाले विचारों के हामी हो गए थे। उसी वक्त से वह बड़े आत्म-विश्वास के साथ आधुनिक सभ्यता की सतही चकाचौंध की बात करने लगे थे, एक ऐसी सभ्यता जिसका पदार्थ-प्रेम किसी तरह की आत्मिक शान्ति नहीं दे सकता था, और जिसका जीवन के शाश्वत मूल्यों से कोई लेना-देना नहीं था।

'हिन्द स्वराज' लिखने के छह साल बाद ही गांधी दक्षिण अफ्रीका को अलविदा कह हिन्दुस्तान आ गए। केवल चार वर्षों में वह भारतीय राष्ट्रीय कांग्रेस के शिखर के नेता बन गए। 1920-22 के असहयोग आन्दोलन के सूत्रधार ही थे वह। चौरी-चौरा कांड के बाद असहयोग आन्दोलन वापस लेने के कारण कांग्रेस में उनकी बड़ी कटु आलोचना हुई और दूसरी तरफ अंग्रेजी सरकार ने उन्हें जेल भी भेज दिया। अगले छह सालों तक राष्ट्रीय आन्दोलन और उससे जुड़ी राजनीति में गांधी और उनकी नीतियों का निष्कासन-सा रहा।

1928 में साइमन आयोग की वजह से उबल पड़े आक्रोश और अगले ही साल पूर्ण स्वराज के कांग्रेसी प्रस्ताव से उत्पन्न संघर्ष की स्थिति से एक बार फिर गांधी का जादू चलने लगा नमक और सविनय अवज्ञा आन्दोलन के रूप में।

सविनय अवज्ञा आन्दोलन और द्वितीय गोलमेज परिषद के बाद एक बार फिर गांधी का वैसा ही हश्र हुआ जैसा चौरी-चौरा के बाद हुआ था। और भारत छोड़ो आन्दोलन के शुरू होने तक वही भावहीनता वाली स्थिति बनी रही।

मतलब यह कि 32 साल तक कांग्रेस और राष्ट्रीय आन्दोलन के साथ रहे अपने सम्बन्ध के दौरान गांधी निरन्तर उठते-गिरते रहे। आज सर्वेसर्वा, कल अलग-थलग।

तीन सशक्त राष्ट्रीय संघर्षों—असहयोग, सविनय अवज्ञा और भारत छोड़ो—के अधिनायकत्व के सालों में भी कभी गांधी ने कोई औपचारिक प्रस्ताव नहीं रखा 'हिन्द स्वराज' में व्यक्त विचारों को कांग्रेस की आर्थिक-सामाजिक नीति बनाने का। जबकि जवाहरलाल नेहरू और दूसरे समाजवादी प्रवृत्ति के नेता बराबर कोशिश करते रहे—कमोबेश कामयाबी के साथ—कांग्रेस की घोषित नीतियों को समाजवाद की दिशा में ले जाने की।

और इस सारे वक्त गांधी मानते रहे 'हिन्द स्वराज' वाली जीवन-प्रणाली को।

फिर भी केवल अक्टूबर 1945 में—'हिन्द स्वराज' लिखने के 36 और दक्षिण अफ्रीका से वापसी के 30 साल बाद—कहीं जाकर उन्होंने पहली कोशिश की सभ्यता सम्बन्धी अपने विचारों को नए आजाद हिन्दुस्तान के निर्माण का आधार बनाने की। यह कहानी अब तक काफी लोग जान गए हैं। मैंने भी अन्यत्र विस्तार से इसकी चर्चा की है। पर जो दो सवाल मैं उठाना चाह रहा हूँ 'हिन्द स्वराज' के सम्बन्ध में, वह इस तरह से जुड़े हुए हैं इस कहानी से कि इसे फिर से याद किए बगैर बात आगे बढ़ नहीं पाएगी।

कहानी की पृष्ठभूमि यह है कि द्वितीय विश्वयुद्ध समाप्त हो चुका है, हिन्दुस्तान की आजादी निश्चित है, और गांधी के राजनैतिक वारिस जवाहरलाल नेहरू स्वतंत्र हिन्दुस्तान के प्रधानमंत्री बनने वाले हैं। गांधी को लगता है कि यही समय है अपने वारिस और भावी प्रधानमंत्री से नए भारत के प्रारूप की बात छेड़ने का। इसलिए खासतौर से कि उन दोनों के बीच में भविष्य के भारत को लेकर मतभेद होता नजर आ रहा था। सो 5 अक्टूबर, 1945 को गांधी ने एक लम्बा पत्र नेहरू को भेजा। पत्र महत्त्वपूर्ण है और गौर से पढ़े जाने की माँग करता है। अतएव उसका 'हिन्द स्वराज'—औपचारिक आजादी पाने के बाद आने या न आने वाले स्वराज—वाला हिस्सा यहाँ उसी तरह उद्धृत है जैसे कि मूल में है :

'चि. जवाहरलाल,

तुमको लिखने का तो कई दिनों से इरादा किया था, लेकिन आज ही उसका अमल कर सकता हूँ। अंग्रेजी में लिखूँ या हिन्दुस्तानी में यह भी मेरे सामने सवाल रहा था। आखिर में मैंने हिन्दुस्तानी में ही लिखने का पसन्द किया।

पहले बात तो हमारे बीच में जो बड़ा मतभेद हुआ है उसकी। अगर वह भेद सचमुच है तो लोगों को भी जानना चाहिए। क्योंकि उनको अँधेरे में रखने से हमारा

स्वराज का काम रुकता है। मैंने कहा है कि 'हिन्द स्वराज' में मैंने लिखा है उस राज्य पद्धति पर मैं बिलकुल कायम हूँ। यह सिर्फ कहने की बात नहीं है, लेकिन जो चीज मैंने 1908 [यही] साल में लिखी है उसी चीज का सत्य मैंने अनुभव से आज तक पाया है। आखिर में मैं एक ही उसे मानने वाला रह जाऊँ उसका मुझको जरा सा भी दु:ख न होगा। क्योंकि मैं जैसे सत्य पाता हूँ उसका मैं साक्षी बन सकता हूँ। 'हिन्द स्वराज' मेरे सामने नहीं है। अच्छा है कि मैं उसी चित्र को आज अपनी भाषा में खींचूँ। पीछे यह चित्र 1908 जैसा ही है या नहीं उसकी मुझे दरकार न रहेगी, न तुम्हें रहनी चाहिए। आखिर में तो मैंने पहले क्या कहा था उसे सिद्ध करना नहीं है, आज मैं क्या कहता हूँ वही जानना आवश्यक है। मैं यह मानता हूँ कि अगर हिन्दुस्तान को सच्ची आजादी पानी है और हिन्दुस्तान के मारफत दुनिया को भी, तब आज नहीं तो कल देहातों में ही रहना होगा—झोपड़ियों में, महलों में नहीं। कई अबज आदमी शहरों में और महलों में सुख से और शान्ति से कभी रह नहीं सकते, न एक दूसरों का खून करके मायने हिंसा से, न झूठ से—यानी असत्य से। सिवाय इस जोड़ी के (यानी सत्य और अहिंसा) मनुष्य जाति का नाश ही है उसमें जरा सा भी शक नहीं है। उस सत्य और अहिंसा का दर्शन हम देहातों की सादगी में ही कर सकते हैं। यह सादगी चर्खा में और चर्खा में जो चीज भरी है उसी पर निर्भर है। मुझे कोई डर नहीं है कि दुनिया उल्टी ओर ही जा रही दिखती है। यों तो पतंगा जब अपने नाश की ओर जाता है तब सबसे ज्यादा चक्कर खाता है और चक्कर खाते-खाते जल जाता है। हो सकता है कि हिन्दोस्तान इस पतंगे के चक्कर में से न बच सके। मेरा फर्ज है कि आखिरी दम तक उसमें से उसे और उसके मारफत जगत को बचाने की कोशिश करूँ। मेरे कहने का निचोड़ यह है कि मनुष्य जीवन के लिए जितनी जरूरत की चीज है उस पर निजी काबू होना चाहिए—अगर न रहे तो व्यक्ति बच ही नहीं सकता। आखर तो जगत व्यक्तियों का ही बना है। बिन्दु नहीं है तो समुद्र नहीं है। यह तो मैंने मोटी बात ही कही कोई नई बात नहीं की।

लेकिन 'हिन्द स्वराज' में भी मैंने यह बात नहीं की है। आधुनिक शास्त्र की कदर करते हुए पुरानी बात को मैं आधुनिक शास्त्र की निगाह से देखता हूँ तो पुरानी बात इस नए लिबास में मुझे बहुत मीठी लगती है। अगर ऐसा समझोगे कि मैं आज के देहातों की बात करता हूँ तो मेरी बात नहीं समझोगे। मेरा देहात आज मेरी कल्पना में ही है। आखर में तो हर एक मनुष्य अपनी कल्पना की दुनिया में ही रहता है। इस काल्पनिक देहात में देहाती जड़ नहीं होगा—शुद्ध चैतन्य होगा। वह गन्दगी में, अँधेरे कमरे में जानवर की जिन्दगी बसर नहीं करेगा, मरद और औरत दोनों आजादी से रहेंगे और सारे जगत के साथ मुकाबला करने को तैयार रहेंगे। यहाँ न हैजा होगा, न मरकी होगी न चेचक होंगे। कोई आलस में रह नहीं सकता है, न कोई ऐश आराम में रहेगा। सबको शारीरिक मेहनत करनी होगी। इतनी चीज होते हुए

मैं ऐसी बहुत सी चीज का खयाल कर सकता हूँ जो बड़े पैमाने पर बनेगी। शायद रेलवे भी होगी, डाक घर, तार-घर भी होंगे। क्या होगा, क्या नहीं उसका मुझे पता नहीं। न मुझको उसकी फिकर है। असल बात को मैं कायम कर सकूँ तो आने की और रहने की खूबी रहेगी। और असली बात को छोड़ दूँ तो सब छोड़ देता हूँ।

उस रोज जब हम आखर में वर्किंग कमेटी में बैठे थे तो ऐसा कुछ फैसला हुआ था कि इसी चीज को साफ करने के लिए वर्किंग कमेटी 2-3 दिन के लिए बैठेगी। बैठेगी तो मुझे अच्छा लगेगा, लेकिन न बैठे तब भी मैं चाहता हूँ कि हम दोनों एक दूसरे को अच्छी तरह समझ लें। उसके दो सबब हैं। हमारा सम्बन्ध सिर्फ राजकारण का ही नहीं है। वह सम्बन्ध तूट भी नहीं सकता। इसलिए मैं चाहूँगा कि हम एक दूसरे को राजकारण में भी भली-भाँति समझें। दूसरा कारण यह है कि हम दोनों में से एक भी अपने को निकम्मा नहीं समझते हैं। हम दोनों हिन्दुस्तान की आजादी के लिए ही जिन्दा रहते हैं और उसी आजादी के लिए हमको मरना भी अच्छा लगेगा। हमें किसी की तारीफ की दरकार नहीं है। तारीफ हो या गालियाँ—एक ही चीज है। खिदमत में उसे कोई जगह ही नहीं है। अगरचे मैं 125 वर्ष तक सेवा करते-करते जिन्दा रहने की इच्छा करता हूँ तब भी मैं आखर में बूढ़ा हूँ और तुम मुकाबले में जवान हो। इसी कारण मैंने कहा है कि मेरे वारिस तुम हो। कम से कम उस वारिस को मैं समझ लूँ और मैं क्या हूँ वह भी वारिस समझ ले तो अच्छा ही है और मुझे चैन रहेगा।'

इसके बाद कुछ दीगर बातें आती हैं, और पत्र इस तरह समाप्त होता है :

'इस सब के बारे में अगर हमें मिलना ही चाहिए तो हमारे मिलने का वख्त निकालना चाहिए।

तुम बहुत काम कर रहे हो, स्वास्थ्य अच्छा रहता होगा। इन्दु ठीक होगी।

बापु के आशीर्वाद।'

इस कहानी को एक पल के लिए यहाँ रोककर मैं 'हिन्द स्वराज' के सम्बन्ध में जो दो सवाल मुझे महत्त्वपूर्ण लगते हैं उनमें से पहला उठाना चाहता हूँ। गांधी ने जो कोशिश 1945 में की वह इतनी देर से क्यों की ? आधुनिक औद्योगिक सभ्यता को सिरे से संहारकारी, और 'हिन्द स्वराज' में वर्णित विकल्प को मानव जाति को सामूहिक आत्मघात से बचाने के लिए अनिवार्य मानते हुए भी पूरे 25 साल तक उन्होंने इस मामले में कोई कारगर कदम नहीं उठाया। असहयोग आन्दोलन के दौरान तो उन्होंने साफ-साफ कह भी दिया कि यद्यपि 'हिन्द स्वराज' में उन्होंने जीवन का एक पूरा दर्शन दिया है, सामूहिक स्तर पर वह उस दर्शन के केवल उस हिस्से को अमल में लाने का प्रयास कर रहे हैं जो अहिंसा से सम्बन्धित है।

गांधी 'हिन्द स्वराज' लिखते समय अच्छी तरह समझ रहे थे कि जिस विकल्प की वह बात कर रहे हैं वह उस संवेदना से नितान्त भिन्न है जो आधुनिक युग में

पश्चिम से निकलकर पूरे विश्व में छा गई है। इसीलिए उन्होंने 'हिन्द स्वराज' में ही कह दिया था कि उन्हें कतई कोई खुशफहमी नहीं थी कि लोग उनके विचार जल्दी मान लेंगे। पर उन्हें यकीन था कि धीरे-धीरे, उनके तरीकों और विचारों को व्यावहारिक जीवन में कामयाब होते देख, 'हिन्द स्वराज' की विश्वसनीयता बढ़ेगी। उनको उम्मीद इसलिए भी बँधती थी कि वह मानते थे कि न केवल भारत बल्कि पूरे पूरब में लोग 'पश्चिमी सभ्यता के फल पाने को लालायित तो हो सकते हैं पर बिना अपराध बोध के नहीं।'

1945 तक गांधी जितना काम कर चुके थे देश में, जो लोकप्रियता हासिल कर चुके थे, और दिखा चुके थे कि उनके सिद्धान्त किसी सनकी या शेखचिल्ली की बातें भर नहीं थे, वजह होती थी उनके सोचने की कि शायद लोग 'हिन्द स्वराज' को स्वीकार करने की मन:स्थिति में आ गए हों।

इसके ही साथ-साथ एक और कारण रहा हो सकता है गांधी के 'हिन्द स्वराज' को इतने लम्बे अरसे तक अलग रखने का। उनका मानना था कि जब तक आजादी की लड़ाई चल रही है ऐसे मसलों को भरसक, वैचारिक स्तर पर, कांग्रेस और राष्ट्रीय आन्दोलन के बाहर ही रखा जाए जिनके कारण भारतीय समाज के विभिन्न वर्ग एकजुट हो संघर्ष करने के बजाय परस्पर फूट के शिकार हो जाएँ। मसलन जब 1928 में नेहरू ने जोर दिया कि गरीबों का शोषण करने वाले निहित स्वार्थों के खिलाफ मुहिम छेड़ देनी चाहिए, गांधी का उत्तर था : 'मैं तुम से सहमत हूँ कि हमें किसी दिन अमीरों और शिक्षितों को अलग कर एक जोरदार आन्दोलन शुरू करना होगा। पर अभी नहीं।'

जैसे ही देश की आजादी सुनिश्चित हो गई, गांधी ने भावी प्रधानमंत्री के साथ, और कांग्रेस की वर्किंग कमेटी में, 'हिन्द स्वराज' की बात शुरू कर दी।

नेहरू बहुत ही व्यस्त थे जब 'आनन्द भवन', इलाहाबाद, में उनको गांधी का 5 अक्टूबर वाला पत्र मिला। वह एक दौरे से लौटे थे और दूसरे पर जाने वाले थे। फिर भी, यह कहते हुए कि बाद में फिर वह एक विस्तृत उत्तर भेजेंगे, नेहरू ने 9 अक्टूबर को एक खासा लम्बा और झुँझलाहट-भरा पत्र गांधी को भेजा। पत्र अंग्रेजी में था।

पत्र के शुरू में अपनी व्यस्तता का जिक्र कर, और इस मसले पर अनौपचारिक बातचीत की जरूरत मान यह लिखते हुए कि 'फिलहाल मैं नहीं जानता कि कब यह हो सकेगा। मैं कोशिश करूँगा,' नेहरू ने कहा :

'संक्षेप में मेरा मत यह है कि हमारे सामने सवाल सत्य बनाम असत्य या अहिंसा बनाम हिंसा का नहीं है। हम जानते हैं कि वास्तविक सहयोग और शान्तिपूर्ण तरीके हमारे उद्देश्य हैं और हमारा लक्ष्य है इनको बढ़ावा देने वाला समाज। सारा सवाल तो यह है कि ऐसा समाज हासिल कैसे किया जाए और इस समाज के तत्त्व

क्या हों। मैं नहीं समझता कि क्यों कोई भी गाँव अनिवार्यतः सत्य और अहिंसा की प्रतिमा ही हो। गाँव आमतौर पर बौद्धिक और सांस्कृतिक रूप से पिछड़े होते हैं, और पिछड़े वातावरण में प्रगति सम्भव नहीं होती। संकीर्ण मानस वाले लोगों के झूठे और हिंसक होने की कहीं ज्यादा सम्भावना होती है।'

गांधी ने जरूरी समझा था कि अपने पत्र में नेहरू को साफ-साफ बता दें : 'अगर ऐसा समझोगे कि मैं आज के देहातों की बात करता हूँ तो मेरी बात नहीं समझोगे।' तो क्या नेहरू को कोई बुनियादी दिक्कत हो रही थी गांधी की बात समझने में ? लगता है कि शहर से अलग सांस्कृतिक जीवन की सम्भावना ही नेहरू की कल्पना से परे थी। सो कई अबज लोगों के महलों और शहरों में न रह सकने के गांधी के तर्क का नेहरू ने इस तरह प्रतिवाद किया :

'करोड़ों लोगों के लिए महलों का सवाल नहीं उठता। पर इसकी तो कोई वजह नहीं कि करोड़ों लोग सुविधा-सम्पन्न आधुनिक घरों में रहकर सुसंस्कृत जिन्दगी न बसर करें। आज तमाम ऐसे शहरों में जो सीमा से ज्यादा बढ़ गए हैं तमाम घृणित बुराइयाँ फैल गई हैं। शायद हमें इस वृद्धि को रोकना होगा और साथ ही ऐसी कोशिश भी करनी होगी कि गाँव शहरी संस्कृति के ज्यादा नजदीक आ जाएँ।'

गांधी के बरक्स नेहरू गाँव के सुसंस्कृत होने की कल्पना तभी कर सकते थे जब गाँव सांस्कृतिक दृष्टि से नगरों के साँचे में ढल जाएँ।

सीधे-सीधे 'हिन्द स्वराज' के मसले पर नेहरू ने आश्चर्य जताते हुए लिखा :

'मैंने बहुत बरस पहले हिन्द स्वराज पढ़ा था, और अब उसकी सिर्फ एक धुँधली तस्वीर मेरे जेहन में है। लेकिन जब मैंने बीस साल पहले इसे पढ़ा था तब भी यह पुस्तक मुझे बिलकुल अवास्तविक लगी थी। उसके बाद से आपके लेखन व भाषणों में मैंने बहुत कुछ ऐसा पाया है जो उस पुरानी स्थिति से आगे है और जिसमें आधुनिक प्रवृत्तियों का समालोचन है। इसलिए मुझे तो अचरज हुआ जब आपने हमें बताया कि आपके दिमाग में अभी तक वही तस्वीर बरकरार है। जैसा कि आप जानते हैं, उसको अपनाना तो दूर, कांग्रेस ने उस तस्वीर पर कभी विचार तक नहीं किया है। आपने भी, सिवाय इसके छोटे-मोटे हिस्सों के, कभी कांग्रेस से इस तस्वीर को अपनाने के लिए नहीं कहा। आप ही फैसला करें कि क्या कांग्रेस के लिए ऐसे बुनियादी सवालों पर विचार करना उचित होगा जिनसे विभिन्न जीवन दर्शनों का सम्बन्ध है। मैं समझता हूँ कि कांग्रेस जैसी संस्था को ऐसे मसलों पर तर्क में नहीं खो जाना चाहिए, जिनसे लोगों के दिमाग चक्कर में पड़ जाएँ और वे वर्तमान स्थिति में कार्यरत होने की सामर्थ्य खो बैठें। इससे देश में कांग्रेस और दूसरों के बीच दूरी पैदा हो सकती है। अवश्य ही यह और दूसरे सवाल अन्ततः स्वाधीन भारत के प्रतिनिधियों द्वारा तय किए जाएँगे। ...हिन्द स्वराज को लिखे गए 38 [यही] बरस हो गए हैं। शायद गलत दिशा में, पर तब से अब तक दुनिया पूरी तरह से बदल गई

है।...आपका कहना सही है कि दुनिया, या उसका बड़ा हिस्सा, लगता है आत्मघात पर आमादा है। हो सकता है यह अनिवार्य परिणति हो उस कुत्सित बीज की जो सभ्यता के साथ बढ़ता रहा है। मुझे ऐसा ही लगता है। हमारी समस्या यह है कि विगत और वर्तमान की अच्छाइयों को बनाए रखते हुए कैसे इस बुराई को समाप्त करें। स्पष्ट ही वर्तमान में भी अच्छाई है।'

नेहरू का पत्र पढ़ते हुए ऐसा लगता है कि वह गांधी ने जो कुछ अपने 5 अक्टूबर के पत्र में लिखा उसको नहीं पढ़ रहे, बल्कि 'हिन्द स्वराज' की जो धुँधली पर अमिट छवि उनके—नेहरू के—मन पर पड़ी थी 20 बरस पहले उस पर अपनी प्रतिक्रिया दे रहे हैं। उसकी अवास्तविकता, उसकी अव्यावहारिकता को उजागर कर रहे हैं। गांधी द्वारा प्रस्तावित गाँवों की केन्द्रीयता की अनर्गलता उद्‌घाटित करते हुए नेहरू लिखते हैं :

'फिर हमें भोजन, कपड़ा, आवास, शिक्षा, सफाई आदि में आत्मनिर्भरता जैसे कुछ उद्‌देश्य बनाने होंगे जिनको देश और हरेक देशवासी की न्यूनतम आवश्यकता माना जाए। इन उद्‌देश्यों को लेकर हमें सोचना होगा कि कैसे जल्दी से जल्दी उनको पूरा किया जाए। पुन: मुझे यह अनिवार्य लगता है कि यातायात के आधुनिक साधनों तथा दूसरी आधुनिक सुविधाओं को बनाए रखना व विकसित करना होगा। उनको अपनाए बगैर कोई रास्ता नहीं। अगर ऐसा है तो कुछ मात्रा में भारी उद्योग रहेगा ही। उसका कहाँ तक विशुद्ध ग्रामीण समाज के साथ मेल होगा? मैं स्वयं तो उम्मीद करता हूँ कि यथासम्भव उद्योगों का विकेन्द्रीकरण हो, चाहे वे भारी हों या हल्के, और बिजली की शक्ति के विकास की वजह से अब ऐसा हो भी सकता है। अगर देश में दो प्रकार की अर्थव्यवस्थाएँ रहती हैं तो या तो उनमें संघर्ष होगा या उनमें से एक दूसरी को खा जाएगी।'

फिर एक बार गांधी के पत्र को याद कर लें। भोजन, कपड़ा, मकान, शिक्षा, सफाई इत्यादि में से किसकी जरूरत से गांधी ने इनकार किया था? और आत्मनिर्भरता तो मूल मंत्र था उनका। रेल, डाक, तार या जो भी आवश्यक हो, 'ऐसी बहुत सी चीज' के रहने और 'बड़े पैमाने' पर बनने की बात करके क्या उन्होंने नेहरू से नहीं कहा था कि प्रश्न यह नहीं था कि 'क्या होगा, क्या नहीं'? गांधी 'असली बात' पर जोर दे रहे थे और वही नेहरू समझ नहीं रहे थे।

नेहरू अकेले नहीं थे इस न समझने में। गांधी को थोड़ी देर लगी—नेहरू के इस अनखाए जवाब के बावजूद—समझने में कि नेहरू, और नेहरू के साथ पूरी कांग्रेस और सारा देश, समझ नहीं पा रहे उनके सपने को।

बहरहाल नेहरू को अपनी व्यस्तताओं के चलते अपने 'बापू' से मिलकर इस मसले पर बात करने का मौका पूरे एक महीने बाद मिल पाया। इस दौरान वह वक्त न निकाल पाए उस लम्बे पत्र को लिखने का जिसका जिक्र उन्होंने अपने 9 अक्टूबर

के जवाब में किया था। दोनों 12 नवम्बर को मिले और मुलाकात के दूसरे ही दिन गांधी ने 'चि. जवाहरलाल' को लिखा :

'हमारी कल की बात से मुझे तो बड़ा आनन्द हुआ। उससे अधिक बात कल तो कर नहीं सकते थे और मेरा खयाल ऐसा है कि हम एक ही वक्त मिलकर सब काम पूरा नहीं कर सकेंगे। समय-समय पर हमें अवश्य मिलना चाहिए। मैं तो ऐसे बना हूँ कि अगर आज मेरी शक्ति इधर-उधर जाने की रहे तो मैं ही तुमको ढूँढ़ लूँ और भाग जाऊँ। ऐसी आज मेरी स्थिति नहीं रही है लेकिन ऐसा मैंने किया है इतना समझो। मैं चाहता हूँ कि हम एक दूसरे को समझ लें। अन्त में ऐसा हो सकता है कि हमारा मार्ग ही अलग है तो अलग सही। हमारा हृदय तो एक ही रहेगा, क्योंकि एक है। कल की बात से मैं यह समझा हूँ कि हम दोनों में विचार श्रेणी में या तो वस्तु समझने में बड़ा अन्तर नहीं है। तुमको किस तरह समझा हूँ वह बताना चाहता हूँ जिससे अगर फरक हो तो मुझे बता दोगे।'

इसके बाद सिलसिलेवार चार बातें लिखीं गांधी ने, और कहा : 'यहाँ तक मैं अगर ठीक समझा हूँ तो दूसरा हिस्सा मैं शुरू करूँगा।'

उपलब्ध साक्ष्य के आधार पर लगभग निश्चित रूप से कहा जा सकता है कि दूसरे हिस्से को लिखने की जरूरत पड़ी ही नहीं गांधी को। नेहरू ने गांधी को नहीं बताया कि उनकी बातों को गांधी ठीक से समझे थे या नहीं। बाकी बची बातें वह ठीक समझे थे या नहीं, फिजूल था इसके बाद जानने की कोशिश करना। उतना ही फिजूल था वर्किंग कमेटी की उस बैठक को बुलाने की जिद करना जो तय किया गया था बैठेगी इस मामले पर विचार करने के लिए।

सम्भव-असम्भव की गांधी की समझ अद्‌भुत थी। जहाँ लोगों को निराशा ही निराशा दिखाई देती थी, गांधी ऐसी कोई असम्भव लगती गुंजाइश ढूँढ़ कोई काम शुरू कर देते थे, जो शुरू होते समय, महज शेखचिल्लीपन दिखाई देता था। 'असहयोग' और 'नमक' दो ऐसे ही आन्दोलन थे। सम्भव नहीं हास्यास्पद लगे थे जब गांधी ने उनका प्रारूप पहली बार रखा था। पर, भले ही देर से समझें, एक बार समझ जाएँ वह कि फलाँ चीज असम्भव है तो तुरन्त मुल्तवी कर देते थे या तज देते थे उसे। ऐलान करके कि देश का बँटवारा उनकी लाश पर होगा पाकिस्तान को मान लेना उसी का एक ऐसा दृष्टान्त है जिसे अभी तक कम लोग ही समझ पाए हैं।

सो, भविष्य के लिए जो भी सोचा हो उन्होंने, 13 नवम्बर के बाद छोड़ दिया गांधी ने 'हिन्द स्वराज' के अमलीकरण का आग्रह।

इसी से जुड़ता है दूसरा सवाल। हम क्यों इस समय 'हिन्द स्वराज' को लेकर इतने उत्साहित हैं? जगह-जगह आयोजन हो रहे हैं, तरह-तरह की गोष्ठियाँ हो रही हैं, पत्र-पत्रिकाओं में लेख छप रहे हैं, विशेषांक निकल रहे हैं। इसका एक सीधा, और दुर्भाग्य से प्रमुख, कारण तो यही है कि यह 'हिन्द स्वराज' का शताब्दी

वर्ष है। जैसे हर साल, सारे वक्त गांधी को भूले और नकारते रहते, हम दो बार उनको रस्मन याद करते रहे हैं, इस बरस, शताब्दी की रस्म निभाते हुए, हम पूरे साल गांधी को, विशेष रूप से 'हिन्द स्वराज' के सन्दर्भ में, याद कर रहे हैं। और चूँकि रिवाज है ऐसे मौकों पर अच्छा-अच्छा बोलने का, हम भी बता रहे हैं कि विनाश की ओर जाती दुनिया को विकल्प की जरूरत है और ऐसा ही एक अनोखा, समग्र और सुचिन्तित विकल्प गांधी ने 'हिन्द स्वराज' में हमें दे दिया है।

लेकिन--और यह बड़ा गम्भीर 'लेकिन' है—क्या वाकई हम ऐसा मानते हैं? क्या हमने वाकई 'हिन्द स्वराज' आद्योपान्त और सोच-समझकर पढ़ा है? और पढ़ा है तो क्या हमें उसकी भाषा और तर्क-प्रणाली और उसके विचारों को लेकर बार-बार, या कई बार, कुछ वैसी ही खीझ नहीं हुई है जैसी नेहरू को हुई थी? क्या हम खुद उस तरह की जिन्दगी जीना चाहते हैं जो 'हिन्द स्वराज' या नेहरू को भेजे पत्र में गांधी ने एक आदर्श विकल्प के रूप में सुझाई है?

'हिन्द स्वराज' कोई सामान्य पुस्तिका नहीं है। व्यवहार की सम्भावना को दर किनार कर इस पर मात्र बौद्धिक विमर्श का कोई विशेष प्रयोजन नहीं हो सकता। 22 नवम्बर, 1909 को पुस्तिका पूरी करने के तुरन्त बाद लिखी गई इसकी भूमिका में गांधी ने कहा था कि उनका मकसद केवल ग्रन्थ-रचना नहीं था। असल मकसद था इसके मुताबिक जीवन जीने का। साथ ही उन्होंने जोड़ दिया था कि इसके मुताबिक जीवन बरतने के दौरान अगर इसमें व्यक्त विचार गलत साबित हुए तो उनसे चिपके रहने का उनका--गांधी का—कोई इरादा नहीं था।

अन्त तक वह, निजी स्तर पर, 'हिन्द स्वराज' को अमल में लाते रहे और इसमें कोई भी संशोधन करने की उन्हें जरूरत नहीं दिखाई पड़ी। दिन-ब-दिन इसमें उनका विश्वास दृढ़ ही होता गया।

हम किस बिना पर 'हिन्द स्वराज'-'हिन्द स्वराज' कर रहे हैं?

बहुत सम्भव है कि किसी आने वाले कल गांधी द्वारा आलोचित 'शैतानी' आधुनिक सभ्यता अपने किए के परिणामस्वरूप विनष्ट हो जाए, और उसकी जगह 'हिन्द स्वराज' जैसा विकल्प अस्तित्व में आ जाए। अगर कभी ऐसा हुआ तो वह गांधी या 'हिन्द स्वराज' या मानव जाति के विवेक की जय नहीं होगी। वह परिणति होगी एक त्रासद ऐतिहासिक अनिवार्यता की।

गांधी स्वयं 'हिन्द स्वराज' के मामले में खासे हताश हो गए थे। उन्होंने कहा था : 'मेरी आँखों से पढ़ो ''हिन्द स्वराज''।' गांधी की आँखें लोग पा सकते तो उन्हें जरूरत ही नहीं पड़ती ऐसी हताश अपील करने की।

लगता है गांधी की आँखें अभी भी मयस्सर नहीं हैं हमें।

गांधी और हमारी सामूहिक आत्म-प्रवंचना

97 साल पहले गांधी ने दक्षिण अफ्रीका को सदा के लिए अलविदा कह देश में अपना काम शुरू किया था। उन्हें 32 साल मिले थे वह सारा काम करने के लिए। उन 32 सालों में सिर्फ साढ़े पाँच महीने आजाद हिन्दुस्तान में कर पाए थे वह अपना काम। आजादी के 168वें दिन उनका काम तमाम कर दिया गया था। आज से 64 साल पहले। यानी कि जितने साल उन्होंने देश में काम किया उसके ठीक दुगुने साल हो गए उनके मारे जाने को।

64 साल बहुत होते हैं नाजुक से नाजुक मामले पर थोड़ा निष्पक्ष, निर्विकार मनन करने के लिए, भले ही उसमें थोड़ी अपनी आलोचना-भर्त्सना करनी पड़ जाए। लगता नहीं कि गांधी के मामले में हम ऐसा कर पाए हैं। हम निरन्तर राग अलापते रहे हैं गांधी की महानता का, उनकी अभूतपूर्व उपलब्धियों का, और दिनों-दिन गहराते संकट में घिरते निराश जगत में उनकी प्रासंगिकता का।

ऐसा करते रहने के लिए हमें बहुत कुछ भुलाना पड़ा है, अनदेखा करना पड़ा है, इतिहास को झुठलाना पड़ा है। करते रहे हैं हम यह सब, चूँकि ऐसा करने में ही आत्म-शान्ति सम्भव है, और सम्भव है गहराते संकट में आशा की क्षीण-सी किरण।

ऐसा न करने में बड़े खतरे हैं। चूँकि अगर हमने उन भुलाई-बिसराई बातों को याद करना शुरू कर दिया, गांधी वाले 32 सालों के इतिहास को वैसे देखना शुरू कर दिया जैसे गांधी खुद अपने आखिरी दिनों में देखने लगे थे, और जितना देखते थे उतनी ही शिद्दत से मौत की कामना करने लगते थे, भूले से भी कहीं शुरू हो गया यह सिलसिला, तो डगमगा जाएगा अच्छाई में यकीन और मुश्किल हो जाएगा मानवीय विवेक में विश्वास।

तब गांधी प्रासंगिक तो लगेंगे, जैसे कि गांधी की तरह चीजों को देखे बगैर भी लगते हैं, लेकिन—बड़ा काँटे का 'लेकिन' है यह—सम्भव नहीं लगेंगे। सम्भव न हो जो प्रासंगिकता वह किस काम की?

मैं प्रश्न उठा रहा हूँ, यह नहीं कह रहा कि गांधी हमारे किसी काम के नहीं। गांधी, मैं मानता हूँ, एक असम्भव सम्भावना हैं। इस विरोधाभास को समझकर ही

हम आज और आने वाले वक्त में गांधी की व्यावहारिकता—हवाई प्रासंगिकता नहीं—की सम्भावना, उसके सम्भव होने की जरूरी शर्तों और परिस्थितियों को समझ सकते हैं। (उस हद तक जिस हद तक इस तरह की इतिहास की बड़ी बातें समझी जा सकती हैं।)

गांधी का होना उनके हो सकने का सबूत है। कहा जा सकता है कि मार्टिन लूथर किंग जूनियर, नेल्सन मंडेला, आंग सांग सू ची जैसों का होना गांधी के होते रहने का सबूत है। मतलब कि गांधी के होने की सम्भावना उतनी असम्भव भी नहीं है जितनी मैं मानता हूँ।

क्यों मैं मानता हूँ जो मानता हूँ?

गांधी की एक सम्यक जीवन-दृष्टि थी। 1909 में 'हिन्द स्वराज' लिखने से पहले से ही उनके मन में उस तरह के विचार घुमड़ने लगे थे, जिनको पहली बार व्यवस्थित तरीके से उन्होंने अपने इस बीज पाठ में व्यक्त किया। उसके बाद ताउम्र वह इसी जीवन-दृष्टि को अपनाए रहे।

गांधी के अनुसार वर्तमान औद्योगिक सभ्यता एक शैतानी व्यवस्था है। इसको खत्म किए बगैर मानव-मंगल सम्भव ही नहीं है। गांधी चाहते थे कि हिन्दुस्तान अपने यहाँ औद्योगिक सभ्यता को तज 'हिन्द स्वराज' वाला विकल्प अपनाए। उनको विश्वास था कि ऐसा करके हिन्दुस्तान बाकी जगत को भी इस विकल्प को अपनाने के लिए प्रेरित कर सकेगा, और इस तरह से मानव जाति का ही नहीं पूरे प्राणी जगत का कल्याण होगा।

पर पराधीन भारत में तो नवनिर्माण का यह सपना साकार किया नहीं जा सकता था। देश की पहली जरूरत तो थी राजनैतिक ख़ुदमुख़्तारी। और यह काम, गांधी के मुताबिक, सत्याग्रह से ही पूरा किया जा सकता था। सत्याग्रह भी 'हिन्द स्वराज' वाली समग्र जीवन-दृष्टि का अंग था। एक अभिन्न अंग। इसलिए गांधी ने तय किया कि यद्यपि वह स्वयं, वैयक्तिक स्तर पर, उस पूरी जीवन-दृष्टि को अपनाकर चलेंगे, सारे देश के लिए, आजादी हासिल होने तक, 'हिन्द स्वराज' का उतना हिस्सा ही प्रासंगिक होगा जिसका सम्बन्ध राजनैतिक कर्म से था।

जब 1939-45 के युद्ध के बाद निश्चित हो गया कि देश आजाद होने वाला है, गांधी ने अक्टूबर 1945 में एक महत्त्वपूर्ण पत्र अपने राजनैतिक वारिस, भावी प्रधानमंत्री जवाहरलाल नेहरू, को लिखा। वह अपने वारिस को बताना चाह रहे थे कि किस तरह के आजाद भारत का सपना वह—गांधी—देखते रहे थे, और जानना चाह रहे थे कि उनका वारिस उनसे सहमत था या नहीं। जो खाका गांधी ने अपने सपने के भारत का इस खत में खींचा 'हिन्द स्वराज' पर आधारित था।

पत्र पाते ही वारिस ने एक लम्बा जवाब 'माई डियर बापू' को लिख भेजा। नेहरू सिरे से ही न समझ सके कि गांधी कहना क्या चाह रहे हैं। न सिर्फ उन्होंने

सिरे से खारिज कर दिया गांधी की बात को, बल्कि अचरज भी जताया कि गांधी अभी भी 'हिन्द स्वराज' का राग अलाप रहे थे, जबकि नेहरू और ज्यादातर कांग्रेसी यह समझे बैठे थे कि गांधी बहुत आगे बढ़ चुके थे 'हिन्द स्वराज' वाले दकियानूसी विचारों से।

गरज यह कि गांधी की जीवन-दृष्टि जिस वैकल्पिक सभ्यता पर आधारित है उसे—सिवाय छोटे-मोटे परीक्षणों और कभी-कभार बौद्धिक विमर्शों के—नकारा ही जाता रहा है।

गांधी—यह बहुत ही गम्भीर मसला है—को वहाँ भी नकारा गया है जहाँ बड़े विश्वास और फख्र से कहा जाता रहा है कि गांधी के नेतृत्व में आजादी हासिल करके हिन्दुस्तान ने सारी दुनिया को एक अनोखा सबक सिखा दिया है : सत्य और अहिंसा की व्यावहारिकता का सबक। दावा किया जाता है कि इतिहास में पहली बार ऐसा विशाल और सफल अहिंसक आन्दोलन हम भारतवासियों ने चलाया।

सच यह है कि गांधी के नेतृत्व में चलने वाला भारतीय राष्ट्रीय आन्दोलन अहिंसक सत्याग्रह था ही नहीं। गांधी ने जिस सत्याग्रह की कल्पना की, और जिसके आधार पर हम अपने स्वतंत्रता संग्राम के अनूठेपन का दावा करते हैं, उसके लिए हिंसा को त्यागना भर काफी नहीं है। ऐसा नहीं है कि हर शान्तिपूर्ण आन्दोलन—गांधी के सत्याग्रह के अर्थ में—अहिंसक होता है। अगर बात उतनी ही होती तो न केवल गांधी से पहले का कांग्रेस के नेतृत्व में चला आन्दोलन बल्कि उससे भी पहले चल निकले शान्तिपूर्ण राजनैतिक आन्दोलन भी अहिंसक आन्दोलन ही कहलाते।

गांधी की अहिंसा का एक नैतिक आधार और तर्क है। इसमें सत्याग्रही न सिर्फ कर्म के स्तर पर बल्कि मन और वाणी के स्तर पर भी अपने को हिंसा से मुक्त करता या करती है। अन्याय और अनर्थ के सामने झुकने के बजाय 'ना' कहने का साहस, 'ना' कहने के परिणामस्वरूप होने वाले अत्याचारों का सहन, उससे अपने अन्तर की शुद्धि, और यह विश्वास कि यह आत्म-शुद्धि अन्यायी को भी अन्ततोगत्वा शुद्ध कर देगी, यह मुख़्तसर है सत्याग्रह का आधारभूत तर्क।

गांधी की अहिंसा सिद्धान्ततः मानी जाती है, परिस्थितियों की विवशता के दबाव में नहीं। सैद्धान्तिक यानी नैतिक अहिंसा और बेचारगी यानी अवसरवादिता की अहिंसा के बड़े अलग-अलग व्यावहारिक परिणाम होते हैं। गांधी के नेतृत्व में चले स्वतंत्रता संग्राम की अहिंसा अवसरवाद की अहिंसा थी। दूसरे शब्दों में, वह अहिंसा थी ही नहीं। तभी ऐसा हो सका कि तीस साल तक शक्तिशाली अंग्रेजी साम्राज्यवाद का सफल 'अहिंसक' प्रतिरोध करने वाले लोग, आपस में लड़ाई की नौबत आने पर, घोर हिंसा पर उतर आए। गांधी के अपने शब्दों में :

> *पिछले तीस साल जो लड़ाई हमने की वह अहिंसा के बल पर नहीं थी। वह तो सिर्फ मन्द विरोध था और ऐसा विरोध कमजोरों का हथियार है।*

...अगर हम में अहिंसात्मक लड़ाई करने की बहादुरी होती और उसके लिए वीरों की बहादुरी चाहिए तो हम दुनिया के सामने आज आजाद हिन्द का एक और ही चित्र दिखा सकते। लेकिन आज तो हम दो टुकड़े का हिन्द बना रहे हैं, एक ऐसा देश जहाँ भाई-भाई आपस में लड़ रहे हैं और एक-दूसरे पर जरा भी विश्वास नहीं रखते।

इसी बात को और साफ तरीके से रखते हुए किसी और दिन गांधी बोले :

एक दिन था जब गांधी को सब मानते थे, क्योंकि गांधी ने अंग्रेजों के साथ लड़ने का रास्ता बताया था। और वे अंग्रेज भी कितने, केवल पौन लाख। पर उनके पास इतना सामान था, इतनी ताकत थी कि बकौल एनी बेसेंट रोड़े का जवाब गोली से दिया जाता था। तब अहिंसा से काम करना दीखता था, इसलिए उस समय गांधी की पूछ थी। पर आज लोग कहते हैं कि गांधी हमें रास्ता नहीं बता सकता है, इस वास्ते स्वरक्षा के लिए हमें शस्त्र हाथ में लेने चाहिए।...उस समय हमको किसी ने एटम बम बनाना नहीं बताया था। अगर हम वह विद्या जानते होते तो उसी से अंग्रेज को खत्म करने की सोचते; पर दूसरा कोई चारा नहीं था, इसलिए तब मेरी बात मानी गई और मेरा सिक्का जमा।

फ्रॉयड ने 'दमित के प्रतिशोध'—'रिवेंज ऑव द रिप्रैस्ड'—की बात की है। फ्रॉयड को पढ़े बगैर अपने आखिरी दिनों के हिन्दुस्तान को देख-देखकर गांधी बेचारगी में दबी रही हिंसा का क्रूर उफान समझ पा रहे थे :

...हमारी अहिंसा दुर्बलों की थी। मगर सच्चाई तो यह है कि दुर्बलों के साथ अहिंसा का कभी मेल बैठता ही नहीं। अत: उसे अहिंसा के बजाय निष्क्रिय प्रतिरोध कहना चाहिए।...निष्क्रिय प्रतिरोध सक्रिय और सशस्त्र प्रतिरोध की तैयारी होती है। नतीजा यह हुआ कि लोगों के दिलों में जो हिंसा भरी थी, वह एकाएक बाहर निकल पड़ी।

अगर गांधी का विश्लेषण सही है, और कोई तथ्य या तर्क सूझता नहीं इसे गलत ठहराने का, तो मानना पड़ेगा कि उनका जय-गान कितना भी होता रहा हो, उनको सच्चे अर्थों में माना नहीं गया। न उनके जीते जी, न उनकी हत्या के बाद।

जो 168 दिन गांधी आजाद हिन्दुस्तान में जिन्दा रहे उन्हीं दिनों संयोग से उनकी एक सालगिरह भी पड़ी थी। उस दिन शाम को अपने प्रार्थना-प्रवचन में उन्होंने जो कहा उसे हम भुलाए रहे हैं। उन्होंने कहा :

आज तो मेरी जन्मतिथि है।...मेरे लिए तो आज यह मातम मनाने का दिन है। मैं आज तक जिन्दा पड़ा हूँ। इस पर मुझको खुद आश्चर्य होता है, शर्म लगती है, मैं वही शख्स हूँ कि जिसकी जबान से एक चीज निकलती थी कि ऐसा करो तो करोड़ों उसको मानते थे। पर आज तो मेरी कोई सुनता

ही नहीं है। मैं कहूँ कि तुम ऐसा करो, 'नहीं, ऐसा नहीं करेंगे' ऐसा कहते हैं। ...ऐसी हालत में हिन्दुस्तान में मेरे लिए जगह कहाँ है और मैं उसमें जिन्दा रहकर क्या करूँगा? आज मेरे से 125 वर्ष की बात छूट गई है। 100 वर्ष की भी छूट गई है और 90 वर्ष की भी। आज मैं 79 वर्ष में तो पहुँच जाता हूँ, लेकिन वह भी मुझको चुभता है।

बड़े दु:ख भोगे गांधी ने अपने आखिरी दिनों में। मैं उनके निजी जीवन की—जिस हद तक भी निजता बची थी उस जीवन में—बात नहीं कर रहा। मैं बात कर रहा हूँ उन आदर्शों और सपनों की जिन्हें अपने देश और जगत के लिए सँजोया था गांधी ने, और दुस्साहस किया था जिन्हें साकार करने का। एक-एक कर इनके तिरस्कार और उपहास का दर्द भोगा था गांधी ने। बड़ी महागाथा है गांधी की ट्रैजिडी की। उसका अन्दाज करने के लिए काफी है याद करना एक सवाल जो बेचारगी और नितान्त अकेलेपन के उन दिनों में गांधी ने पूछा था : 'आज हिन्दुस्तान में कौन सी ऐसी चीज हो रही है जिससे मुझे खुशी हो सके?'

गांधी जितने प्रासंगिक अपनी हत्या के समय थे उससे ज्यादा प्रासंगिक आज हैं। कारण, दुनिया तब से अब तक निरन्तर बढ़ते वेग से तबाही की ओर चली जा रही है, और इस तबाही को बचाने का उपाय गांधी हमें बता गए हैं। सवाल दरअसल गांधी की प्रासंगिकता का नहीं उनकी सम्भवता का है। बहुत टेढ़ा है यह सवाल। उसका कोई सीधा-साफ जवाब हो नहीं सकता। वह जवाब तो धीरे-धीरे ही निकलेगा गम्भीरता से सोचते-करते रहने से।

वैसे फिलहाल गांधी की प्रासंगिकता की बात सामान्यत: जिस अन्दाज में होती है वह आखिरी दिनों की ही गांधी की एक और बात की याद दिलाती है। हमारे देश में ऐसा होने लगा है, गांधी कहने लगे थे, कि नाम लो राम का और काम करो शैतान का।

‘नाटकबाज’

उत्तर प्रदेश की मुख्यमंत्री मायावती ने पिछले हफ्ते गांधी को ‘नाटकबाज’ कहा। उनका बयान आया-गया हो जाता—हो जाना चाहिए था—अगर तमाम टी.वी. चैनलों ने, जैसा कि उनका ढब है, इसे बार-बार उछाला न होता। इसके बाद, कम से कम उत्तर भारत में, दूसरे राजनैतिक दलों के लिए चुप रहना मुश्किल था। सो न केवल कांग्रेस या समाजवादी पार्टी ने बल्कि भारतीय जनता पार्टी ने भी सुश्री मायावती की जमकर भर्त्सना की राष्ट्रपिता को अपमानित करने के लिए।

मुद्दा कुछ ऐसे उठ गया मानो गांधी को लेकर किसी तथ्य, किसी वास्तविक सच्चाई का निर्धारण हो रहा हो। गांधी वाकई नाटकबाज थे या नहीं थे? यह कोई ऐसा सवाल नहीं है जिस पर कुछ भी निर्णायक कहा जा सके। दक्षिण अफ्रीका जाने वाले सूट-बूटधारी गांधी धीरे-धीरे लँगोटीधारी हो गए। टैगोर को वह ‘महात्मा’ लगे और देश-दुनिया के करोड़ों लोगों को भी लँगोटीधारी गांधी महात्मा सरीखे दीखे। पर चर्चिल को वही गांधी ‘अधनंगा फकीर’ दिखाई दिए। फकीर भिखारी के अर्थ में। ढोंगी के अर्थ में भी। चर्चिल अकेले नहीं थे। वेवल जब भारत में वायसरॉय रहे उस समय उन्होंने गांधी के बारे में जो-जो लिखा उसके आगे ‘नाटकबाज’ और ‘फकीर’ फीके पड़ जाते हैं। वह सब वेवल के प्रकाशित ‘जर्नल’ में पढ़ा जा सकता है।

अब क्या सम्भव है कि ऐतिहासिक तथ्यों के आधार पर गांधी को महात्मा मानने वाले सिद्ध कर सकें कि गांधी को ढोंगी, पाखंडी इत्यादि मानने वाले गलत हैं? या गांधी को पाखंडी इत्यादि मानने वाले सिद्ध कर सकें कि गांधी को महात्मा, राष्ट्रपिता इत्यादि मानने वाले गलत हैं?

न जाने कितने ऐसे मुद्दे हैं जिनको लेकर अलग-अलग लोग अपने-अपने पूर्वग्रहों के प्रभाव में—बगैर जाने कि पूर्वग्रह से प्रभावित हैं वे—गांधी के प्रति अपनी विशेष धारणाएँ बनाए रहते हैं। न जाने कितने लोगों को शिकायत है कि भगत सिंह, राजगुरु और सुखदेव जैसे वीर देशभक्तों को फाँसी हो जाने दी गांधी ने। वह इन लोगों को बचाना चाहते तो वायसरॉय अर्विन के साथ उस समय चल

रही अपनी बातचीत के दौरान कह सकते थे कि अगर भगत सिंह और उनके साथियों की फाँसी वायसरॉय ने माफ नहीं की तो कांग्रेस और सरकार के बीच कोई समझौता नहीं हो सकेगा। पर गांधी के लिए अहिंसा ज्यादा महत्त्वपूर्ण थी देशभक्तों—शहीदों—की जान से।

इसी तरह कुछ और लोगों को शिकायत है कि नेताजी सुभाषचन्द्र बोस के बहुमत से जीतकर कांग्रेस के सभापति बनने के बावजूद गांधी ने अपनी तानाशाही बरती और बोस को त्यागपत्र देने के लिए मजबूर कर दिया।

कुछ दिन पहले तक देश के मार्क्सवादी गांधी को साम्राज्यवाद और पूँजीवाद का दलाल मानते थे। कुछ कट्टर अति वामपन्थी आज भी वैसा ही मानते हैं।

ऐसे भी तमाम लोग हैं जो गांधी को, उनके रामराज्य के कारण, हिन्दू साम्प्रदायिकता का हिमायती मानते हैं।

यह थोड़े से उदाहरण हैं। जिसने गांधी की जो छवि बना ली उसी के लिए उसे पर्याप्त ऐतिहासिक तथ्य और तर्क मिल जाते हैं। शायद ही कोई विपरीत तथ्यों और तर्कों की वैधता देखने और गांधी के प्रति अपनी धारणा को बदलने के लिए तैयार हो। आसानी से तो कतई नहीं।

गांधी का मानना था, और इतिहासकार तेजी से इस बात को मानते नजर आते हैं, कि लोगों के विश्वास तर्क से नहीं बदलते। विश्वास बदलने लगते हैं तो नए तर्क समझ में आने लगते हैं। गांधी को तरह-तरह से देखे जाने पर भी यह बात लागू होती है।

अगर गांधी किसी को वाकई नाटकबाज लगते हैं तो दूसरे शोर मचाकर क्या कर लेंगे? क्यों मचाते हैं वे लोग शोर? कहीं उनकी शोरबाजी भी नाटकबाजी तो नहीं है?

पता नहीं मायावती की क्या नीयत थी जब उन्होंने गांधी को नाटकबाज कहा। सम्भव है उन्होंने जो कहा वही वह दिल से मानती हों। सम्भव है उन्होंने जो कहा वह दलितों में अपनी साख बनाए रखने के लिए कहा। यानी कि सम्भव है—निश्चित नहीं—कि गांधी को नाटकबाज कहना उनका अपना नाटक हो।

पर जो इस बयान पर शोर मचा रहे हैं उन्हें सोचना पड़ेगा कि देश के दलित, विशेषतः दलित चेतना से संपृक्त दलित, क्या सोचते हैं गांधी के बारे में। क्यों मायावती को राजनैतिक लाभ मिल सकता है बहुजन के स्तर पर गांधी की भर्त्सना करके?

सच यह है कि तेजी से जिस दलित चेतना और विमर्श का विकास हो रहा है—इसमें गम्भीर इतिहास लेखन भी शामिल है—उसमें बाबासाहेब अम्बेडकर नायक हैं और गांधी खलनायक। केवल नायक ही नहीं वरन् देवतुल्य भी। न जाने कितने नवबौद्धों के घरों में और दलित शिक्षण व दूसरी संस्थाओं में आपको भगवान बुद्ध और बाबा साहब को समतुल्य दर्शित करने वाले चित्र दीवारों पर टँगे दिखाई पड़ेंगे। उस अपार श्रद्धा को न समझना दलित चेतना को न समझना है।

एक दर्द है जो दलित मानस में गहरे बैठा हुआ है। इस दर्द की कुछ कल्पना उस मार्मिक वाक्य से—केवल एक वाक्य से—की जा सकती है जो यरवदा जेल में गांधी से अम्बेडकर ने कहा था। इस वाक्य की पृष्ठभूमि जानना जरूरी है। दूसरी गोलमेज परिषद के बाद बर्तानवी प्रधानमंत्री ने दलितों के लिए पृथक निर्वाचन की घोषणा कर दी थी और इसके विरोध में यरवदा जेल में सजा काट रहे गांधी ने आमरण अनशन शुरू कर दिया था। स्वाभाविक था कि गांधी को बचाने के लिए कोशिश शुरू हो जाए। दलितों के सबसे महत्त्वपूर्ण नेता होने के कारण अम्बेडकर पर जबरदस्त जोर डाला गया कि वह जेल में गांधी से मिलकर बात करें और ऐसी कोई योजना मान लें जिसमें दलितों के हितों को बनाए रखते हुए पृथक निर्वाचन के सरकारी प्रस्ताव को निरस्त कर दिया जाए।

कहना न होगा कि अम्बेडकर अपने को निहायत मजबूर महसूस करते हुए गांधी से मिलने गए। उनका मानना था कि दलितों के लिए पृथक निर्वाचन की व्यवस्था से ज्यादा लाभदायक और कोई योजना नहीं हो सकती थी। पर गांधी के जीवन को दाँव पर लगाने का खतरा वह नहीं उठा सकते थे।

ऐसी परिस्थिति में गांधी से मिलने गए अम्बेडकर का पहला वाक्य था : 'महात्माजी यू हैव बीन वेरी अनकाइंड टू अस।' ('महात्माजी, आपने हमारे साथ बड़ी बेरहमी की है।')

गांधी ने अपनी तरफ से जवाब देने की कोशिश की। पर वह बेबस अम्बेडकर के दुःख को दूर करने वाला जवाब नहीं था। फिर बातचीत के दौरान गांधी ने दलितों को उससे ज्यादा देने की व्यवस्था की जो पृथक निर्वाचन के सरकारी प्रस्ताव में उनको मिलने वाला था।

उससे भी अम्बेडकर का दुख दूर होने वाला नहीं था। न हुआ। वह दुख और उससे जुड़ा आक्रोश तब और बढ़े जब गांधी के जीवन को बचाने की हड़बड़ी में किए गए समझौते पर सवर्ण हिन्दू तरह-तरह से सवाल उठाने लगे। यहाँ तक कि गांधी को खुद लगने लगा कि अनजाने में उनसे दलितों के प्रति ज्यादती हो गई है और उन्होंने जब इसका प्रायश्चित्त करने के लिए 21 दिन का लम्बा उपवास किया तो वह पूरी तरह से बेअसर साबित हुआ।

गांधी ने हिन्दू समाज की एकता बनाए रखने के लिए अपने जीवन को खतरे में डाल दिया और औपचारिक रूप से हिन्दुओं को एक बनाए रखने में वह सफल हो गए। पर वह कहते-कहते मर गए कि अस्पृश्यता का अन्त तब होगा जब वह सवर्णों के दिलों से निकल जाए। क्या हुआ उसका?

अम्बेडकर के उस एक वाक्य को समझ सकें हम तो उस धोखे को समझ पाएँगे जो दलितों के साथ होता आया है। क्योंकर मानेंगे दलित कि गांधी को इस अन्तहीन धोखे से जोड़ना गलत है?

आपद्धर्म

बचपन की धुँधली यादों के काल-निर्धारण के हम सबके अपने निजी तरीके होते हैं। मैं खुद ज्यादातर शहरों के सहारे तय कर पाता हूँ कि जो बात याद आ रही है वह कब की है। मुझे वह क्रम याद है जिसमें पिता के तमाम तबादले हुए। इससे प्रायः सहारा मिल जाता है। पर कभी-कभी याद जुड़ नहीं पाती किसी स्थान विशेष से, और न ही कोई दूसरा सूत्र मिल पाता है मदद के लिए। सो याद तो रहती है अपनी पूरी धुँधली स्पष्टता में, पर काल उसका हाथ नहीं आता।

एक ऐसी ही याद मेरी जुड़ी है जीवन में पहली बार 'महाभारत' पढ़ने से। अन्दाजन सवा सौ-डेढ़ सौ पृष्ठों के सचित्र खंडों—याद नहीं कितने—में एक के बाद एक रम जाने की याद। पता नहीं कितना बड़ा और कितना पढ़ा था उस वक्त मैं। पर उस सुदूर अतीत में पढ़े 'महाभारत' की एक-दो चीजें आज भी याद हैं। मनोविश्लेषण की दृष्टि से खासी अहम चीजें। वह चर्चा, शायद, कभी और।

जब भी हुआ हो यह परिचय, 'महाभारत' बनाता रहा मेरे चेतन और अवचेतन को। जब मैंने पत्रिकाओं के लिए लिखना शुरू किया—जो अंग्रेजी में था—तो पूरी एक श्रृंखला लिखी 'महाभारत' के कुछ पात्रों पर।

'महाभारत' से मेरी चेतना का यह सम्बन्ध कोई अनोखा नहीं है। आदिवासियों समेत भारतीय समाज के अनेक तबकों और सम्प्रदायों के लोगों की चेतना प्रत्यक्ष या परोक्ष तरीकों से 'महाभारत' से प्रभावित रहती है। सदियों से एक विशाल सामूहिक अचेतन के एक महत्त्वपूर्ण स्रोत के रूप में 'महाभारत' हममें से बहुतों के वैयक्तिक चेतन और अवचेतन को ढालता रहा है।

मानवीय स्थिति की कथा है 'महाभारत'। कठिन है मानव-जीवन की किसी ऐसी परिस्थिति या समस्या की कल्पना करना जिसका वर्णन, उसकी सारी संश्लिष्टता में, इस महाकाव्य में नहीं है। हर स्थिति और समस्या को सदा बदलते समय और

स्थान और पात्र के सन्दर्भ में व्याख्यायित करते हुए भी 'महाभारत' उस शाश्वत त्रासद यथार्थ को उद्घाटित करता है जहाँ बड़े से बड़े, नाटकीय से नाटकीय बदलावों के बावजूद इनसान वैसा का वैसा ही रहता है। उतना ही महान, उतना ही क्षुद्र। अपनी अच्छी-बुरी सम्भावनाओं में उतना ही कैद। या शायद बुराई की तरफ उत्तरोत्तर थोड़ा ज्यादा आकर्षित।

संयोग से पिछले दिनों 'महाभारत' पर हुई दो गम्भीर गोष्ठियों में शिरकत का मौका मिला। इनमें से पहली थी 'आपद्धर्म' पर और दूसरी 'महाभारत' के पात्रों पर। सालों बाद, कुछ अंशों में ही सही, फिर से 'महाभारत' पढ़ने में आया।

एक बार फिर इनसान की फितरत और 'महाभारत' में हुए उसके बारीक निरूपण का विचलित कर देने वाला एहसास हुआ।

पर आपद्धर्म वाले हिस्से का जो असर हुआ वह डरावना है। 'शान्तिपर्व' के आपद्धर्म सम्बन्धित अध्यायों को गौर से पढ़ते-पढ़ते समझ में आया कि औपचारिक रूप से भले ही इन अध्यायों में उस 'धर्म' का विवेचन किया गया हो जो आपत्ति के समय में अपवादस्वरूप बरता जा सकता है—बरता जाना चाहिए—दरअसल इस आपद्धर्म की बात ऐसे की गई है मानो यह हर समय बरता जाने वाला धर्म है।

क्या है यह आपद्धर्म? और कैसा होता है आपात्काल जिसमें आपद्धर्म जायज हो जाता है?

एक आपात्काल तो वह होता है जिसमें किसी प्राणी विशेष पर कोई भयंकर संकट आ जाता है। दूसरा वह जब सब लोग ही अधर्म का मार्ग अपना लेते हैं। दोनों तरह के संकट के समय आपद्धर्म धर्म बन जाता है।

सोचा जा सकता है कि समाज कैसी विपत्ति में पड़ जाएगा अगर हर व्यक्ति को अपने निजी संकट के समय स्वतंत्रता है आपद्धर्म अपनाने की। उसके अलावा हम जिस काल में रह रहे हैं उसकी दृष्टि से उस घृणा काल या जघन्य काल को भी देख लें जिसका वर्णन 'महाभारत' में हुआ है आपद्धर्म को उचित बताने के लिए। युधिष्ठिर भीष्म पितामह से पूछते हैं :

> *जब सब लोगों के द्वारा धर्म का उल्लंघन होने के कारण श्रेष्ठ धर्म क्षीण हो चले, अधर्म को धर्म मान लिया जाए और धर्म को अधर्म समझा जाने लगे, सारी मर्यादाएँ नष्ट हो जाएँ, धर्म का निश्चय डाँवाँडोल हो जाए, राजा अथवा शत्रु प्रजा को पीड़ा देने लगें, सभी आश्रम किंकर्तव्यविमूढ़ हो जाएँ, काम, लोभ तथा मोह के कारण सबको सर्वत्र भय दिखाई देने लगे, किसी का किसी पर विश्वास न रह जाए, सभी सदा डरते रहें, लोग धोखे से एक दूसरे को मारने लगें, सभी आपस में ठगी करने लगें, देश में सब ओर आग लगाई जाने लगे, ब्राह्मण अत्यन्त पीड़ित हो जाएँ,*

बारिश न हो, आपसी बैर और फूट बढ़ जाए, और पृथ्वी पर जीविका के सारे साधन लुटेरों के अधीन हो जाएँ, तब ऐसा अधम समय आने पर ब्राह्मण किस उपाय से जीवन-निर्वाह करे?

अगर धर्म, अधर्म, आश्रम और ब्राह्मण जैसे शब्दों को व्यापक अर्थ में ले सकें हम, तो अचरज होगा कि कैसे हमारे अपने समय का ऐसा सशक्त वर्णन महाभारतकार ने हजारों साल पहले कर दिया। और वह अचरज चला जाएगा इस एहसास के आते ही कि अगर सदा ही नहीं रहा है कमोबेश ऐसा ही मानव-यथार्थ, तो भी अनगिनत पुश्तों ने इन हजारों सालों में ऐसे ही आपात्काल में जीवन जिया है। न हम अनोखे हैं न हमारा समय इस दुर्भाग्य में।

तो कब आपद्धर्म इन हजारों सालों में जायज नहीं रहा है?

वैसे भी पूरे आपद्धर्म पर्व में जिस 'धर्म' या नीति का प्रतिपादन हुआ है वह सामान्य मानव प्रकृति की बात करते हुए हर काल और समय के लिए किया गया है, केवल संकट काल के लिए नहीं।

'महाभारत' में आपद्धर्म की नैतिकता व्यक्ति—व्यक्ति के शरीर—के संरक्षण की सर्वोपरिता पर आधारित है। तर्क है : 'अपनी रक्षा करने के लिए तो संतति, राज्य, रत्न और धन, सबका त्याग किया जा सकता है। अपना सर्वस्व त्यागकर भी स्वयं ही अपनी रक्षा करनी चाहिए।' दुर्भिक्ष में भूख से मरणासन्न ऋषि विश्वामित्र चांडाल के घर से कुत्ते का मांस चुराकर अपनी जान बचाने पर आमादा हैं। कहते हैं : 'इस समय तो धर्म के मूलभूत शरीर की ही रक्षा करना आवश्यक है; अतः मैं इस अभक्ष्य पदार्थ का भक्षण करूँगा। जीवन रक्षा हो गई तो बाद में पापकर्मों का प्रायश्चित्त कर लूँगा।'

इस तर्क की तह में है स्वार्थ। उसी से सब कुछ निर्धारित होता है। संसार के सम्बन्ध भी। न कोई किसी का स्थायी मित्र होता है और न ही शत्रु। 'स्वार्थ को ही लेकर मित्र और शत्रु एक दूसरे से बँधे हुए हैं। जैसे पालतू हाथियों द्वारा जंगली हाथी बाँध लिये जाते हैं, उसी प्रकार अर्थों द्वारा ही अर्थ बँधते हैं।' आगे : 'सुनो, मनुष्य कारण से ही प्रेमपात्र और कारण से ही द्वेष का पात्र बनता है।' 'यह जीव-जगत स्वार्थ का ही साथी है। कोई किसी का प्रिय नहीं है। दो सगे भाइयों तथा पति और पत्नी में भी जो परस्पर प्रेम होता है, वह भी स्वार्थवश ही है। इस जगत में किसी के भी प्रेम को मैं निष्कारण नहीं समझता।'

यही तर्क 'आपद्धर्म पर्व' में अपनी चरम परिणति में कणिक नीति में आता है जब भीष्म युधिष्ठिर को कणिक के कूटनीतिक उपदेश का यह हिस्सा सुनाते हैं : 'पुत्र, भाई, पिता अथवा मित्र जो भी अर्थ-प्राप्ति में विघ्न डालने वाले हों, उन्हें ऐश्वर्य चाहने वाला राजा अवश्य मार डाले।' ('पुत्रो न यदि वा भ्राता पिता वा यदि वा सुहृत्। अर्थस्य विघ्नं कुर्वाणा हंतव्या भूतिमिच्छता॥')

तथाकथित आपद्धर्म कहाँ तक ले जा सकता है 'महाभारत' हमें बताना चाहता है। यह जानते हुए भी कि आदमी कभी कुछ सीखता नहीं।

हम सब आपद्धर्म से परिचित हैं। भले ही न जानते हों कि वह कहाँ तक ले जा सकता है हमें।

सोचकर डर लगता है कि हमारे सामूहिक अचेतन में, जो हमारी चेतना में न जाने किस-किस तरह आता रहता है, यह सब भी शामिल है।

❂❂❂